L'éveil d'une passion

NORA ROBERTS

L'éveil d'une passion

Roman

Titre original :
REFLECTIONS

Traduction de l'américain par JEANNE DESCHAMP

&® est une marque déposée par le groupe Harlequin

Illustration de couverture : LUCIE TRUMON

© 1983, Nora Roberts.
© 2013, Harlequin S.A.
83-85 boulevard Vincent-Auriol, 75646 PARIS CEDEX 13.
Service Lectrices — Tél. : 01 45 82 47 47
www.harlequin.fr
ISBN 978-2-2803-1508-1

Chapitre 1

La température avait chuté et le vent frais de septembre poussait devant lui d'inquiétants nuages noirs. Sur le bord de la route, les arbres avaient jauni et des touches d'or et de rouge embrasaient les frondaisons. Quelques rayons de soleil perçaient entre les nuées, irisant le paysage.

L'air sentait la pluie et Lindsay Dunne marchait d'un pas vif, consciente que le temps risquait de tourner à tout moment. Elle repoussa avec impatience les fines mèches de cheveux blonds que le vent s'obstinait à ramener devant ses yeux.

Si elle n'avait pas été aussi pressée, elle aurait apprécié la promenade. En temps normal, elle aimait la marche à pied, le chatoiement de l'automne, la course majestueuse des nuages. Mais après la sale journée qu'elle venait de passer, Lindsay n'avait qu'une hâte : rentrer chez elle avant qu'un nouveau problème ne vienne s'ajouter à la liste déjà longue de ses mésaventures.

Depuis trois ans qu'elle était revenue dans le Connecticut pour enseigner la danse, elle avait connu quelques moments épiques. Mais la succession de contretemps accumulés ce jour-là arrivait en tête du hit-parade des « journées marquées par la poisse ». Non seulement elle avait eu des problèmes de plomberie dans le studio, mais une mère d'élève avait réussi à la coincer plus d'une heure dans un couloir pour lui rebattre les oreilles avec les prouesses de sa fille ; puis deux costumes s'étaient déchirés coup sur coup. Une de ses meilleures danseuses était tombée malade et avait passé l'après-midi à vomir dans les toilettes.

Et, cerise sur le gâteau : sa voiture avait fait la sourde oreille lorsqu'elle avait tourné la clé de contact.

Après avoir multiplié les tentatives, puis soulevé le capot pour scruter le moteur d'un regard d'impuissance, Lindsay avait fini par se faire une raison. Serrant les dents, elle avait jeté son sac de danse sur une épaule et s'était lancée résolument sur les routes pour parcourir à pied les cinq kilomètres qui séparaient le studio de la maison familiale.

« Je suis idiote, j'aurais dû appeler Andy pour me dépanner », finit-elle par admettre en voyant les nuages s'amonceler à une vitesse effrayante. Mais sous le coup de l'énervement, elle n'avait écouté que sa mauvaise humeur. Calmée par dix minutes de marche rapide, Lindsay soupira en glissant les mains dans ses poches. Sans doute aurait-elle réagi de façon moins épidermique si elle n'avait pas été aussi tendue à la perspective du spectacle de ce soir.

Enfin... pas à la perspective du spectacle proprement dit, en fait. Ses danseuses étaient au point et la dernière répétition avait été plus que satisfaisante. Quant à ses recrues les plus jeunes, elles étaient tellement adorables que les spectateurs leur pardonneraient volontiers quelques petites maladresses.

En vérité, c'était les « avant » et les « après-spectacle » qui angoissaient Lindsay. Et tout particulièrement les mères possessives qui venaient l'assaillir, sitôt la représentation terminée. Inévitablement, il y aurait des plaintes au sujet des rôles attribués à leurs filles chéries. D'autres parents encore tenteraient de la persuader d'accélérer la cadence. « Pourquoi notre future Anna Pavlova ne danse-t-elle pas encore sur pointes ? » « Et comment se fait-il que notre fille apparaisse moins longtemps sur scène que la petite Mary Jones ? » « Et quand notre petite Sue passera-t-elle *enfin* au cours intermédiaire ? »

Lindsay avait beau expliquer qu'il fallait laisser du temps au temps et que ce serait une grave erreur de brusquer des organismes en pleine croissance, certaines familles ne voulaient rien entendre. Pour venir à bout des récriminations des plus obstinées, elle avait généralement recours à un subtil mélange de flatterie et d'intimidation. Et dans l'ensemble, elle ne s'en tirait pas si mal pour calmer les récalcitrants. Sans doute parce qu'elle avait une longue expérience personnelle en matière de parents obsédés par le talent de leur progéniture.

N'avait-elle pas eu affaire toute sa vie à une mère dévorée par l'ambition pour sa fille ?

A partir du moment où Lindsay était née, Mae Dunne n'avait jamais eu qu'une seule obsession : voir son enfant devenir ballerine. Mae elle-même avait eu la vocation d'emblée. Bien que petite et compacte, avec des jambes légèrement trop courtes pour sa taille, elle avait réussi, à force de travail et de volonté, à se hisser à une place honorable dans le corps de ballet d'une petite compagnie de ballet new-yorkaise.

Mariée à presque trente ans, Mae avait fini par accepter qu'elle ne serait jamais elle-même danseuse étoile. Pendant quelques années, elle avait exercé comme professeur de danse. Mais son propre sentiment d'échec avait fait d'elle une piètre enseignante.

La naissance de Lindsay avait été pour elle comme une illumination, en revanche. Mae s'était juré qu'elle ferait de sa fille ce qu'elle n'avait jamais réussi à être elle-même : une « *prima ballerina* », une étoile parmi les étoiles. Dès cinq ans, Lindsay avait franchi la porte de sa première école de danse. Et sa vie depuis n'avait été qu'une longue succession de cours, de représentations, de musique classique et de pointes. Son alimentation avait toujours été surveillée de près ; sa taille mesurée presque quotidiennement — jusqu'au moment où il avait été établi avec certitude qu'elle ne dépasserait pas un mètre soixante.

Mais Mae s'était déclarée satisfaite du petit gabarit de sa fille. Les pointes, après tout, grandissaient les ballerines. Et une danseuse trop élancée avait toujours plus de difficultés à trouver un partenaire.

Si Lindsay avait hérité de la petite taille de sa mère, la nature l'avait pourvue d'une silhouette idéalement fine et déliée, en revanche. Après une brève période un peu ingrate, elle avait émergé des limbes de l'adolescence, parée d'une beauté gracile de faon, avec une chevelure aérienne, une peau ivoire et de grands yeux bleus à l'expression intense. Son ossature était fine, masquant la force musculaire acquise au fil des années. Et elle avait une grâce naturelle que la pratique intensive de la danse n'avait fait qu'accentuer.

Mae, comblée, avait vu en sa fille la réponse à toutes ses prières.

Car Lindsay n'avait pas seulement un physique de ballerine. Elle avait également le talent, la ténacité et la passion requises. Mae n'avait pas eu besoin de professeurs pour le lui confirmer. Son œil exercé de danseuse avait discerné chez sa fille la coordination et la technique, l'endurance et les capacités.

A dix-huit ans, Lindsay était entrée dans une compagnie new-yorkaise de renom. Et, à la différence de sa mère, elle n'avait pas stagné au sein du corps de ballet. Deux ans plus tard à peine, elle avait été promue première danseuse. Si bien que deux années durant, Mae avait vécu sur un nuage, persuadée que ses plus beaux rêves devenaient réalités.

Puis le drame était survenu qui avait contraint Lindsay à quitter New York du jour au lendemain pour retourner s'établir dans le Connecticut.

Pour gagner sa vie, elle avait ouvert sa propre école de danse à Cliffside. Et il n'avait plus jamais été question depuis de se produire en public. Si Mae en concevait une immense amertume, Lindsay, elle, se montrait beaucoup plus philosophe. La danse occupait toujours une place majeure dans sa vie, après tout. Et elle adorait enseigner.

Lindsay leva les yeux vers le ciel à présent entièrement couvert et songea avec nostalgie à la veste qu'elle avait bêtement laissée sur le siège avant de sa voiture. Elle frissonnait dans son justaucorps bleu clair sans manches sur lequel elle s'était contentée d'enfiler un jean. Pour se réchauffer, elle accéléra l'allure et se mit à courir. Accoutumés à être sollicités, ses muscles réagirent sans effort et elle trouva même dans cet exercice un plaisir inattendu.

Jusqu'au moment où le déluge se déclencha. D'emblée, la pluie tomba à seaux, torrentielle. Découragée, Lindsay s'immobilisa pour scruter les nuages d'un noir d'encre qui tourbillonnaient furieusement.

— Et maintenant ? Quelle nouvelle tuile pourrait encore me tomber sur la tête ? lança-t-elle, comme en défi aux éléments.

La réponse ne tarda pas à se faire entendre : un puissant coup de tonnerre lui explosa aux oreilles. Riant toute seule sous la pluie battante, Lindsay décida que l'heure était venue de se montrer raisonnable. La maison des Moorefield était juste de l'autre côté de la rue. Et Andy se ferait un plaisir de la raccompagner chez elle.

Trempée jusqu'aux os, elle fit volte-face et s'élança pour traverser la chaussée.

Un violent coup de Klaxon lui fit tourner la tête en sursaut. En voyant la voiture émerger de l'épais rideau de pluie, elle fit un bond en arrière, glissa sur l'asphalte mouillé et tomba de tout son long dans une flaque.

Lindsay ferma un instant les yeux lorsqu'elle entendit un crissement suraigu de pneus, un hurlement de freins. Dans dix ans, sans doute, elle serait capable de rire de l'incident. Mais là, c'était la goutte d'eau qui faisait déborder le vase.

Trop c'était trop.

— Vous êtes complètement folle ou quoi ?

Lindsay entendit la voix ulcérée rugir à travers le fracas de la pluie et souleva les paupières. Debout au-dessus d'elle se tenait un géant furieux. Ou un démon, peut-être ? se demanda-t-elle en dévisageant la créature avec inquiétude. Noir de cheveux comme de vêtements, il avait quelque chose de machiavélique. Peut-être à cause de ses sourcils épais et légèrement relevés aux extrémités. A moins que ce ne soit dû au contraste entre ses yeux d'un vert très pâle et le hâle de son visage ?

L'homme avait un nez assez long, accentuant encore l'aspect anguleux de ses traits. Ses vêtements trempés dessinaient un corps parfaitement charpenté que Lindsay aurait sans doute admiré d'un œil professionnel si elle n'avait pas été focalisée à ce point sur l'expression courroucée du personnage.

— Vous ne dites rien ? Vous êtes blessée ?

Le ton du géant exprimait la colère plus que la sollicitude. Lindsay secoua la tête et continua à le dévisager en silence. Avec une exclamation d'impatience, il la saisit par le bras et la releva, la soulevant de quelques centimètres avant de la reposer sur ses pieds.

— On ne vous a jamais appris à regarder avant de traverser ? lança-t-il sèchement.

Finalement, l'homme n'était pas aussi immense que Lindsay l'avait cru au premier abord. Il était grand, certes, mais n'avait rien de démesuré. Elle commença à se sentir plus ridicule que terrifiée.

Consciente que les torts étaient de son côté, elle se résigna à lui présenter ses excuses.

— Je suis vraiment désolée. J'ai regardé, mais je ne vous ai pas...

— *Regardé,* dites-vous ? Dans ce cas, vous feriez mieux de mettre vos lunettes au lieu de les garder planquées au fond de votre sac de cours. Je suis sûr que vos parents seraient furieux d'apprendre que vous vous promenez dans la rue sans vos bésicles.

Ulcérée par son ton paternaliste, Lindsay rétorqua sèchement.

— Je ne porte pas de lunettes.

— Dans ce cas, il faudra peut-être songer à vous en faire prescrire.

— J'ai une vue excellente.

— Alors que faisiez-vous au milieu de la chaussée ?

Décidément, ce type était insupportable.

— Je me suis excusée, protesta-t-elle, les mains sur les hanches. Ou du moins, je l'aurais fait si vous aviez eu la correction de me laisser terminer ma phrase. Qu'est-ce que vous voudriez au juste ? Que je me jette à vos pieds pour implorer votre pardon ? D'ailleurs, si vous n'aviez pas eu la main aussi lourde sur le Klaxon, je ne serais pas tombée dans cette flaque. Or je ne crois pas vous avoir entendu exprimer le moindre regret à ce sujet.

Il la dévisagea, impassible.

— Ce n'est pas ma faute si vous êtes gauche et empotée, ma pauvre fille.

— *Gauche et empotée...* Moi ?

Cette fois, Lindsay vit rouge. Qu'il l'envoie chuter dans

une flaque, elle pouvait l'admettre à la rigueur. Qu'il se montre cassant, désagréable et grossier, passe encore. Mais qu'il ose l'affubler de qualificatifs pareils ? Ça, non, jamais !

— Dites, vous êtes caractériel ou quoi ! Vous avez failli m'écraser, vous me faites une peur bleue, vous m'envoyez rouler dans une flaque pour venir me hurler dessus ensuite comme si vous aviez affaire à une gamine frappée de myopie aggravée. Et maintenant, vous avez le culot de me dire que je suis *empotée* ?

L'homme la dévisagea un instant en silence, manifestement décontenancé par la virulence de sa réaction.

— Eh bien... Vous avez du mal à reconnaître vos torts, on dirait.

A la profonde stupéfaction de Lindsay, il lui saisit le poignet et l'entraîna d'autorité avec lui. Elle laissa échapper un léger cri de frayeur.

— Mais qu'est-ce que vous faites ?
— Je nous mets à l'abri de cette fichue averse.

Il ouvrit la portière côté conducteur et la poussa sans ménagement à l'intérieur. Par automatisme, Lindsay se glissa sur le siège passager pour lui faire de la place.

— Je peux difficilement vous planter là sous ce déluge, maugréa-t-il en s'installant au volant.

Il passa les doigts dans la masse de cheveux épais que la pluie avait plaqués sur son front. L'attention de Lindsay se porta sur sa main et elle en oublia un instant l'antipathie qu'il lui inspirait. « Il a des mains sensibles... des mains de pianiste », songea-t-elle rêveusement.

Mais lorsqu'il tourna de nouveau les yeux vers elle, sa fascination retomba immédiatement.

— Où comptiez-vous aller, comme ça ? s'enquit-il d'un ton abrupt, comme s'il s'adressait à une adolescente en fugue.

Lindsay redressa la taille et rejeta ses cheveux trempés dans son dos.

— Je rentrais chez moi. A environ deux kilomètres d'ici...

Seth haussa les sourcils en scrutant son visage. Avec ses cheveux mouillés et son absence de maquillage, elle avait l'air incroyablement menue et juvénile. Pas étonnant qu'il l'ait prise d'abord pour une adolescente. Mais les yeux d'un bleu profond frangés de cils noirs naturellement recourbés avaient une expression tout à fait adulte. Et la bouche sensuelle, à seconde vue, était celle d'une femme, pas d'une jeune fille.

De ces traits purs, dépourvus de tout artifice, émanait une aura troublante qui se situait au-delà de la simple beauté. Mais avant que Seth ait pu définir ce que cette fille avait de si particulier, il la vit frissonner violemment.

— Puisque vous n'avez rien de mieux à faire, apparemment, que de sortir marcher sous la pluie, prévoyez au moins de vous habiller en conséquence, lui conseilla-t-il d'un ton suave en lui jetant une veste en daim fauve sur les genoux.

Lindsay ouvrait la bouche pour rétorquer qu'elle n'avait besoin de rien lorsqu'elle fut interrompue par deux éternuements successifs. Les mâchoires crispées, elle se résigna à enfiler le vêtement sans rien dire.

L'inconnu démarra et ils roulèrent dans un profond silence, souligné par le fracas de la pluie martelant le pare-brise. En examinant le profil buté, la bouche sévère, le regard sombre, Lindsay réalisa avec un léger pincement d'angoisse qu'elle n'avait encore jamais croisé cet homme à Cliffside. Dans la petite ville de bord de mer où elle avait passé toute son enfance, elle connaissait tout le monde, au moins de vue. Et nul doute qu'elle aurait mémorisé les traits de cet individu si elle avait déjà eu l'occasion de le rencontrer, ne serait-ce qu'une seule fois.

L'atmosphère à Cliffside était si paisible que les gens, dans l'ensemble, se montraient peu méfiants, même avec les étrangers. Mais Lindsay avait vécu suffisamment longtemps à New York pour mesurer les dangers très réels liés à sa situation. D'un mouvement à peine perceptible, elle se rapprocha de sa portière.

— Il est un peu tard pour vous inquiéter de ça maintenant, vous ne croyez pas ? dit-il d'un ton lourd d'ironie.

Lindsay tourna la tête brusquement et crut voir l'ombre d'un sourire sur ses lèvres. Sur le qui-vive, elle se redressa.

— Tenez, c'est la maison en cèdre, juste là, lui indiqua-t-elle sèchement, décidée à prendre ses sarcasmes de haut.

Silencieuse et puissante, la voiture s'immobilisa devant la barrière de bois blanc. Rassemblant toute sa dignité, Lindsay se tourna vers l'inconnu pour le remercier. Avec la ferme intention de se montrer glaciale.

— Changez-vous sans tarder, conseilla-t-il avant qu'elle ait pu ouvrir la bouche. Et la prochaine fois, regardez des deux côtés avant de traverser.

Trop suffoquée par la colère pour formuler une réponse

cohérente, Lindsay émit un son inarticulé. Elle poussa sa portière et le gratifia d'un ultime regard furibond.

— Merci. Vous avez été trop aimable, lança-t-elle juste avant de claquer sa portière avec force.

Contournant la voiture au pas de course, elle se précipita à l'intérieur de la maison, oubliant qu'elle portait toujours sur elle la veste en daim d'un inconnu.

Elle s'immobilisa dans le vestibule, ferma les yeux et s'obligea à respirer calmement. L'incident l'avait mise hors d'elle et à juste titre. Mais elle n'avait aucune envie de relater ce malencontreux épisode à sa mère.

Or le malheur voulait qu'elle ait des traits trop expressifs, un regard trop révélateur. En tant que ballerine, cette transparence émotionnelle avait joué en sa faveur. Lorsqu'elle dansait Giselle, elle devenait Giselle. Et son public pouvait suivre sur son visage le déroulement de la tragédie que vivait son personnage.

Sur scène, elle se confondait avec son rôle ; elle faisait corps avec la musique. Et c'était un formidable atout. Mais dans la vie de tous les jours, elle aurait préféré pouvoir endosser une personnalité plus impassible. Si sa mère surprenait son énervement, elle exigerait des explications ainsi qu'un récit détaillé. Puis, immanquablement, viendraient les conseils et les critiques.

Or un sermon en règle de la part de Mae était la dernière chose à laquelle Lindsay aspirait en cet instant. Trempée, fatiguée et bien décidée à se faire discrète, elle posa le pied sur la première marche de l'escalier.

Trop tard, hélas.

Déjà, une porte s'ouvrait dans son dos et elle entendit

le pas traînant, irrégulier qui ne cessait de lui rappeler l'accident qui avait coûté la vie à son père.

— C'est toi, maman ? Je m'apprêtais juste à monter me changer.

Repoussant les cheveux mouillés qui lui tombaient sur le front, Lindsay se retourna pour sourire à sa mère. Toujours soucieuse de son allure, Mae était coiffée et maquillée à la perfection. Mais le perpétuel mécontentement qui marquait ses traits gâchait l'effet de jeunesse qui aurait pu résulter des soins attentifs qu'elle accordait à son physique.

— Qu'est-ce qui t'est arrivé, Lindsay ? Tu as l'air d'un rat mouillé, ma pauvre fille.

— Je suis tombée en panne de voiture. Et je me suis fait surprendre par la pluie juste avant de me faire raccompagner... Il faudra que je demande à Andy de me ramener au studio ce soir, d'ailleurs, précisa-t-elle, sourcils froncés.

— Tu as oublié de lui rendre sa veste, commenta Mae en prenant lourdement appui sur la rampe.

Par temps humide, elle souffrait de sa hanche plus violemment encore qu'à l'ordinaire.

— Sa veste ?

Lindsay baissa les yeux et découvrit les manches en daim trop longues qui lui arrivaient à mi-cuisses.

— Oh non, mais quelle idiote ! Je n'ai vraiment aucune tête !

— Il n'y a quand même pas de quoi en faire un drame, observa Mae d'un air agacé. Puisque tu revois Andy ce soir, tu la lui rendras tout à l'heure.

— Andy ? Euh... oui, bien sûr, acquiesça Lindsay, consciente que ce malentendu providentiel lui évitait de fournir des explications.

Elle redescendit d'un pas et posa la main sur l'épaule de sa mère.

— Tu as l'air fatiguée, maman. Tu as fait ta sieste, au moins ?

— Lindsay, pour l'amour du ciel, arrête de me traiter comme si j'étais une enfant !

Blessée, Lindsay retira sa main.

— Je suis désolée. Je vais monter me changer.

Elle se détournait déjà lorsque Mae la rattrapa par le bras.

— Chérie... Je regrette. Tu sais que la pluie me met toujours dans un sale état. Et ça agit sur mon humeur.

— Oui... oui, je sais.

La voix de Lindsay se radoucit. Une averse torrentielle ainsi que des pneus lisses avaient été à l'origine de l'accident qui avait bouleversé leurs deux vies et mis fin à celle de son père.

— Et puis ça me rend folle que tu sois là, à gâcher ta jeunesse pour prendre soin de moi, alors que tu devrais être à New York en train de te produire sur scène.

— Maman !

— Cela fait des mois que je te le répète, Lindsay. Ta place n'est plus ici. Je suis parfaitement capable de me débrouiller seule. Et je n'en peux plus de te voir gâcher une magnifique carrière.

Sans attendre sa réponse, Mae se détourna et se dirigea vers le séjour de sa démarche laborieuse. Lindsay suivit sa mère des yeux jusqu'à ce qu'elle disparaisse de sa vue. Puis, poussant un profond soupir, elle gravit l'escalier à pas lents. Si sa place n'était pas ici, où était-elle ? Une fois dans sa chambre, elle se renversa contre le battant clos et examina son petit univers. La pièce était spacieuse et claire, avec ses deux grandes fenêtres. La commode en noyer lui venait de sa grand-mère. Les livres qu'elle avait lus enfants étaient alignés sur des étagères. Et elle avait gardé la collection de coquillages qu'elle avait constituée au fil des années en se promenant au bord de l'océan tout proche. Le tapis d'Orient élimé, lui, remontait à sa période new-yorkaise. C'était un des rares objets qu'elle avait emportés avec elle lorsqu'il avait fallu quitter le studio qu'elle louait à Manhattan. Le rocking-chair près de la fenêtre venait du marché aux puces de Cliffside. Quant à la toile originale d'un jeune peintre contemporain en vogue, elle l'avait acheté dans une galerie new-yorkaise sur un coup de tête. Sa chambre, au fond, reflétait assez bien les deux univers qui avaient été les siens.

Au-dessus de son lit, étaient accrochés les chaussons en satin roses qu'elle avait portés pour danser son premier grand rôle. Lindsay s'approcha pour en effleurer les rubans. Elle se souvenait de l'émotion ressentie en les enfilant — de la peur et de l'excitation. Elle revoyait le visage radieux de sa mère ; la fierté et le respect qui avaient illuminé les traits de son père.

Six années seulement la séparaient de cette soirée mémorable où, pour la première fois, elle avait incarné Juliette sur scène. Et pourtant, elle avait l'impression que sa carrière de ballerine remontait à une autre existence. A l'époque, pourtant, elle avait cru à un avenir éblouissant. Tout paraissait encore possible, en ce temps-là.

Avec un léger sourire, Lindsay se remémora sa vie de danseuse, avec ses souffrances et ses triomphes. Il y avait eu des moments magiques sur scène où elle s'était mue, fluide et libre, comme en état de grâce.

Mais il y avait eu également la torture des pieds en sang, des muscles tétanisés par les crampes. Comment avait-elle réussi à s'astreindre, jour après jour, à discipliner son corps pour lui faire adopter les positions contre-nature qui étaient celles du ballet classique ?

A cette ascèse, elle s'était tenue pourtant, luttant sans relâche pour repousser ses propres limites. Avec une détermination qui n'avait jamais faibli, elle était allée chaque fois au bout de ses possibilités et même au-delà. En sacrifiant sa vie, son corps à la danse.

Il n'y avait eu rien d'autre pendant des années que cette lutte passionnée, acharnée qu'il avait fallu livrer pour assouvir sa vocation. Rien d'autre que la danse, la compagnie, les représentations, les rôles avec lesquels elle finissait par se confondre.

Secouant la tête, Lindsay revint au présent. Elle avait aimé chaque instant de sa vie new-yorkaise mais aujourd'hui d'autres priorités s'imposaient. Comme le spectacle de ce soir, par exemple. Retirant la veste en daim mouillée, elle fronça les sourcils en se demandant ce qu'il convenait d'en faire.

La politesse aurait voulu qu'elle s'arrange pour la restituer à son propriétaire. Mais il ne lui avait donné ni nom ni adresse. Cet individu mal dégrossi n'avait même pas pris la peine de se présenter.

Lui savait où elle habitait, en revanche. S'il voulait récupérer son bien, il n'aurait qu'à faire l'effort de se déplacer.

Lindsay fit la grimace lorsque son regard tomba sur l'étiquette. Il avait dû la payer une fortune, sa fichue veste en daim. C'était stupide de sa part d'avoir oublié de lui rendre un vêtement d'une pareille valeur. Mais était-ce sa faute à elle si cet ours mal léché l'avait mise en rage ? Elle ne se serait sûrement pas précipitée hors de la voiture en claquant sa portière s'il s'était comporté de façon plus civilisée.

Jetant la veste sur un cintre, Lindsay l'enfouit au fond de son armoire et ferma résolument la porte.

Le plus simple serait d'oublier à la fois le vêtement et l'homme qui le lui avait prêté. Ni l'un ni l'autre, après tout, ne la concernaient de près ni de loin.

Chapitre 2

Deux heures plus tard, ce fut une tout autre Lindsay Dunne qui accueillit le public de parents venus assister au récital de danse de son école. Vêtue d'une robe fluide en jersey de laine écru, les cheveux relevés, le visage calme, elle ne présentait plus aucune ressemblance avec la créature trempée et échevelée qu'un inconnu vêtu de noir avait ramassée dans une flaque.

L'incident sous la pluie, d'ailleurs, s'était effacé de ses pensées. Elle était bien trop préoccupée par la représentation qui se préparait pour se soucier encore de son chauffard de l'après-midi. La salle commençait à se remplir et le bourdonnement des conversations rappelait à Lindsay les innombrables récitals de son propre passé. Elle s'efforça de prendre son temps pour serrer les mains, sourire, jouer son rôle d'hôtesse. Mais en pensée, elle avait déjà rejoint le vestiaire adjacent où deux douzaines de filles se débattaient avec leurs tutus, leurs chaussons et leurs angoisses.

Lindsay avait le trac.

Sous le sourire et le calme de façade, elle tremblait avant chaque spectacle, comme elle avait tremblé à dix ans, à quinze ans, puis à vingt. Des récitals, elle en avait fait pour ainsi dire toute sa vie. Et pourtant, elle continuait à avoir les jambes tremblantes avant chacune de ses représentations.

Et si elle avait mis une lumineuse sonate de Beethoven en musique de fond, ce n'était pas seulement pour créer une ambiance, mais avant tout pour tenter d'apaiser ses nerfs malmenés.

Lindsay n'ignorait pas que ses craintes étaient ridicules : il s'agissait d'un modeste récital destiné à un public peu averti. Mais c'était plus fort qu'elle. Son école et ses élèves avaient pris une importance considérable pour elle. Et la réussite de la soirée lui tenait à cœur.

Un père d'élève arborant une expression morose entra à la suite de son épouse. Lindsay lui souhaita la bienvenue et ils échangèrent une poignée de main. « Encore un qui a dû se faire violence pour s'arracher de son match de foot à la télévision ! » songea-t-elle, amusée. Notant qu'il passait et repassait le doigt entre son cou et le col de sa chemise, Lindsay faillit éclater de rire et lui souffler à l'oreille qu'il n'était pas obligé de porter une cravate.

Depuis qu'elle avait commencé à organiser des spectacles, il y avait maintenant plus de deux ans, Lindsay avait toujours eu pour objectif de mettre les parents à l'aise. Elle estimait qu'un public détendu réagissait avec plus de chaleur et d'enthousiasme. Or des spectateurs satisfaits étaient susceptibles de générer de nouveaux élèves pour son école de danse.

Elle avait monté son studio en comptant uniquement sur le bouche à oreille pour se faire connaître. C'était la recommandation d'un voisin, la publicité faite par un parent content des prestations de son enfant qui, peu à peu, lui avaient permis d'étoffer sa clientèle. Le studio de danse était à la fois sa source de revenus et sa passion. Et elle estimait que c'était une chance inestimable de pouvoir gagner sa vie en exerçant une activité qu'elle adorait.

Consciente que la grosse majorité de son public assistait au spectacle uniquement par devoir, Lindsay était déterminée à les surprendre agréablement. Pour chaque récital, elle veillait à varier les programmes et soignait ses chorégraphies de façon à ce que chacune de ses jeunes danseuses voie ses talents particuliers mis en valeur. Elle savait que toutes les mères n'étaient pas motivées comme Mae l'avait été pour elle ; que tous les pères n'offraient pas à leur fille le soutien dont elle avait elle-même bénéficié.

« Mais la plupart des parents font tout de même l'effort de se déplacer pour les récitals », constata Lindsay avec satisfaction en regardant les petits groupes qui s'étaient formés dans la salle. Ils étaient sortis par cette soirée froide et pluvieuse, renonçant, qui à son émission préférée, qui à une soirée entre amis au coin du feu. Lindsay sourit, touchée une fois de plus par le désintéressement dont les parents faisaient preuve dès qu'il s'agissait de leur progéniture.

En allant et venant parmi ces gens, elle ressentit une joie profonde, inattendue. Et réalisa qu'elle était heureuse ici, dans le Connecticut où elle avait ses racines. Non pas qu'elle ait détesté New York. Au contraire. Elle avait adoré les deux années qu'elle avait passées là-bas. La vie, le mouvement, le foisonnement des nationalités et des cultures l'avaient fascinée. Mais la simplicité qu'elle avait retrouvée à Cliffside, le calme de ses rues et la présence de l'océan lui apportaient une satisfaction élémentaire et profonde, un contentement qu'elle n'aurait pas imaginé pouvoir éprouver.

Tout le monde dans cette pièce se connaissait — de vue ou de nom. La mère d'une de ses danseuses les plus âgées avait été sa baby-sitter vingt ans plus tôt. Lindsay sourit en songeant à la frêle jeune fille à queue-de-cheval qu'elle avait connue à cinq ans. Le lien, même ténu, qui l'unissait à ces gens lui réchauffait le cœur. « Tous les jeunes devraient partir de chez eux à dix-huit ans, puis revenir à l'âge adulte dans la ville qui les a vu naître », songea Lindsay. Pas forcément pour la vie, mais en tout cas pour le plaisir de l'expérience. Quoi de plus instructif que de revoir à travers un regard mature, les gens et les choses que l'on avait connus enfants ?

— Lindsay ?

Elle se tourna pour saluer l'une de ses anciennes camarades de lycée.

— Bonsoir, Jackie. Comment vas-tu ? Tu sais que tu es très en beauté, ce soir.

Jackie, une jeune femme brune toujours tirée à quatre épingles, la serra affectueusement dans ses bras.

— Nous sommes morts de trac tous les trois, admit-elle en riant. David et moi peut-être plus encore que Caroline !

Suivant le regard de Jackie, Lindsay vit David, ancien champion de football du lycée, devenu agent d'assurance, escorter ses parents déjà âgés jusqu'à leurs places au premier rang.

— Ainsi les grands-parents se sont déplacés aussi, commenta-t-elle, ravie. Ne te fais pas de souci pour Caroline, en tout cas. Elle a tellement répété qu'elle dansera son rôle sans une hésitation. Tu verras qu'elle s'est beaucoup assouplie depuis l'année dernière... D'ailleurs, les filles vont toutes être superbes grâce à l'aide que tu as apportée pour la réalisation des costumes. Je n'ai même pas encore eu le temps de te remercier pour tout ce que tu as fait, Jackie.

Jackie balaya ses remerciements d'un haussement d'épaules.

— Oh, c'était un plaisir... J'espère que les parents de mon mari vont être contents du spectacle, ajouta-t-elle dans un murmure. Ils peuvent être terrifiants par moments.

— Caroline est leur unique petite-fille, je crois ? s'enquit Lindsay, amusée.

— Oui. Et ils voudraient qu'elle soit la huitième merveille du monde, vingt-quatre heures sur vingt-quatre. Cela fait beaucoup pour ses seules épaules. Et je te jure que ça m'épuise autant que ma fille.

Lindsay ne put s'empêcher de rire.

— Tu trouves ça drôle ? protesta Jackie d'un air sombre. Ça se voit que tu n'as jamais eu de beaux-parents, toi. Tiens à ce propos, tu te souviens de mon cousin Tod ?

Aussitôt sur la défensive, Lindsay hocha la tête.

— Oui, oui, je me souviens.

— Il doit venir passer quelques jours ici en octobre. Et il m'a encore demandé des nouvelles de toi la dernière fois que je l'ai eu au téléphone, précisa Jackie avec un sourire innocent.

— Ecoute, Jackie, je ne...

Mais son amie ne la laissa pas terminer sa phrase.

— Pourquoi n'irais-tu pas dîner avec lui un de ces soirs ? La dernière fois qu'il t'a vue, Tod est tombé sous le charme. Ce n'est pas souvent qu'il a l'occasion de passer ici. Et il a une excellente situation dans le New Hampshire. Je crois que je t'ai déjà parlé de la quincaillerie qu'il a ouverte il y a cinq ans ?

Lindsay étouffa un soupir.

— Je suis au courant, oui.

C'était un des grands inconvénients de la vie dans les petites villes, en revanche : un célibataire y était constamment menacé par les projets matrimoniaux que tout le monde s'acharnait à ourdir à son endroit.

Et depuis que Mae commençait à récupérer de son accident, les allusions et les suggestions se faisaient de jour en jour plus insistantes. Pour éviter la surenchère, Lindsay décida de se montrer ouvertement dissuasive.

— Jackie, tu sais à quel point je suis occupée ici. Et...

— Tu fais un travail merveilleux avec nos enfants, l'interrompit Jackie. Et toutes les filles t'adorent. Mais tu diriges une école de danse, pas un couvent. Et je ne vois pas ce qui t'empêcherait de te distraire de temps en temps. Il n'y a rien de sérieux entre Andy et toi, si ?

— Non, non. Bien sûr que non. Mais...

— Alors rien ne t'oblige à vivre en ermite.

— Ma mère...

— Mae avait l'air en pleine forme lorsque je suis passée l'autre jour poser les costumes, la coupa impitoyablement Jackie. Ça m'a fait plaisir de la voir se déplacer sans

L'éveil d'une passion 31

déambulateur et sans canne. Elle a même repris un peu de poids, heureusement.

— C'est vrai. Mais…

— O.K., c'est convenu, alors ? Je dirai à Tod de te passer un coup de fil, conclut Jackie d'un ton léger avant de la planter là pour aller rejoindre sa famille.

Lindsay la suivit des yeux avec un mélange d'irritation et d'amusement. Cette conversation frustrante lui aurait au moins appris une chose : il était inutile d'espérer faire entendre raison à un interlocuteur qui ne vous laissait jamais finir une seule de vos phrases.

Avec un léger haussement d'épaules, Lindsay abandonna la foule des parents pour aller rejoindre ses jeunes danseuses. Le pire qui pourrait lui arriver, après tout, serait d'avoir à endurer une soirée au restaurant avec un cousin Tod intimidé aux paumes moites et à l'élocution difficile. Rien d'insurmontable a priori. Les hommes, après tout, ne se pressaient pas à sa porte. Et cela lui ferait peut-être du bien de changer d'air pour un soir.

Une fois dans le vestiaire, Lindsay poussa un soupir de soulagement en se renversant contre le battant clos. Un chaos total régnait dans la pièce transformée en une vaste volière. Mais c'était le genre de capharnaüm qui lui avait toujours été familier. Les filles bavardaient, surexcitées, tout en s'aidant mutuellement à enfiler leurs costumes. Quelques-unes s'exerçaient une dernière fois à exécuter une combinaison de pas difficile. D'autres s'échauffaient calmement à la barre pendant que deux de ses plus jeunes éléments, à peine âgés de cinq ans, tiraient chacune sur le ruban d'un chausson, en poussant des hurlements stridents.

Lindsay se redressa et éleva la voix.

— Puis-je avoir votre attention, mesdemoiselles, s'il vous plaît ?

Tous les regards se tournèrent dans sa direction.

— Vous entrez en scène dans dix minutes… Beth ? Josey ? Vous voulez m'aider à habiller les petites ?

Lindsay consulta sa montre et constata que Monica, la pianiste, était en retard une fois de plus. Mais ce n'était pas le moment de paniquer. Au pire, il lui restait toujours le lecteur de CD.

Elle s'accroupit pour rajuster le collant d'une des fillettes tout en s'efforçant de répondre dans l'ordre aux questions et aux remarques qui fusaient autour d'elle.

— Mademoiselle… Vous n'avez pas donné une place au premier rang à mon petit frère, au moins ? Quand je danse, il n'arrête pas de faire des grimaces horribles et ça me déconcentre.

— Deuxième rangée, tout à fait sur la droite, rétorqua Lindsay, la bouche pleine d'épingles à cheveux, en s'employant à recoiffer un chignon.

— Lindsay, je n'arriverai jamais à faire le grand jeté de la seconde partie !

— Mais si, tu y arriveras. A la répétition, tu as été parfaite.

— Mademoiselle Dunne, y a Kate qui a mis du vernis à ongles rouge !

— Mmm…, marmonna Lindsay en jetant un second coup d'œil à sa montre.

— Mademoiselle, pour les fouettés...
— Pas plus de cinq.
— Et pour le maquillage de scène, mademoiselle Dunne ?

Lindsay secoua la tête en réprimant un sourire.

— *Jamais* de maquillage pour mes spectacles... Ah Monica ! Te voilà enfin ! s'exclama Lindsay avec un sourire de soulagement. Je commençais à désespérer de te voir arriver.

Monica salua joyeusement à la ronde.

— Bonjour, tout le monde. Désolée d'être en retard !

Monica Anderson avait tout juste vingt printemps et rayonnait d'une beauté saine et vigoureuse. Ses cheveux blonds aux boucles joyeuses encadraient un visage criblé de taches de rousseur où se détachaient de grands yeux bruns pétillants. Grande et athlétique, elle avait le cœur le plus pur que l'on puisse imaginer. Monica recueillait les chats perdus, écoutait toujours les deux parties en cas de conflit, et portait sur les êtres et les choses un regard d'une générosité sans faille.

Lindsay l'adorait pour sa simplicité et son authentique gentillesse. Monica avait également un vrai talent pour l'accompagnement au piano. Elle respectait le tempo et jouait la musique classique sans les ornementations qui auraient distrait ses danseuses. La ponctualité, en revanche, ne préoccupait pas Monica outre mesure.

Lindsay réprima un soupir.

— Il nous reste à peine cinq minutes avant le début du spectacle.

Avec un large sourire, Monica mut ses courbes généreuses en direction de la salle.

— Aucun problème, j'y vais... Je te présente Ruth, au fait, précisa-t-elle en désignant une jeune fille qui se tenait en retrait, juste devant la porte. C'est une ballerine.

L'attention de Lindsay se reporta sur la nouvelle venue. C'était une fille délicate d'aspect, à l'ossature fine. Ses yeux en amande avaient une beauté presque orientale et sa bouche aux lèvres pleines indiquait une nature secrète et passionnée.

Séparés par une raie médiane, les cheveux noirs de Ruth tombaient jusque sur ses épaules, encadrant un petit visage triangulaire. Sans être réguliers, ses traits formaient un ensemble saisissant. C'était une jeune fille encore, hésitant au seuil de la vie adulte.

Si son attitude détendue donnait une impression d'assurance, le regard de ses yeux sombres trahissait une indéniable nervosité.

Sensible à la détresse qui semblait émaner d'elle, Lindsay lui sourit avec chaleur.

— Bonsoir, Ruth.

— Je vais jouer un morceau pour calmer un peu la salle, annonça Monica.

D'un air paniqué, Ruth la retint par la manche.

— Mais Monica, tu m'avais promis...

— Ah oui, c'est vrai. Ruth a quelque chose à te demander, Lindsay.

La pianiste les gratifia l'une et l'autre d'un large sourire.

— Ne sois pas intimidée, Ruth. Je t'ai déjà dit que

Lindsay était très sympa. Ruth est un peu angoissée, précisa-t-elle avant de disparaître dans la pièce voisine.

Amusée par l'attitude insouciante de Monica, Lindsay secoua la tête. Mais lorsqu'elle vit les joues empourprées de Ruth, elle se hâta de la rassurer en lui posant la main sur le bras.

— Notre Monica est d'une décontraction déconcertante, par moments, observa-t-elle en riant. Maintenant, si tu veux bien m'aider à placer les danseuses du premier rang, nous pourrons bavarder entre-temps.

— Je ne voudrais pas être dans vos jambes, mademoiselle Dunne, balbutia Ruth.

D'un geste large, Lindsay engloba le chaos qui régnait dans le vestiaire.

— Dans mes jambes ? Tu veux rire. Ça m'arrange plutôt que tu me donnes un coup de main.

En vérité, Lindsay était parfaitement capable de discipliner son petit monde toute seule. Mais elle sentait Ruth tellement intimidée qu'elle avait choisi ce moyen simple pour la mettre à l'aise. Observant les gestes de la jeune fille, elle fut frappée par la grâce qui émanait d'elle. Quelque chose lui disait qu'elle avait affaire à une danseuse de talent.

Ouvrant la porte, Lindsay fit signe à Monica que le spectacle allait commencer. Sur les premières mesures d'introduction, une dizaine de petites filles en tutu entrèrent en scène.

Tout en surveillant leurs évolutions d'un œil, elle fit signe à Ruth de se rapprocher.

— Tu as débuté la danse à quel âge ?

— Cinq ans.

Lindsay hocha la tête, murmura quelques encouragements à ses petites danseuses, puis tourna de nouveau son attention vers Ruth.

— Et maintenant, tu as... ?

— Dix-sept ans depuis le mois dernier, proclama Ruth, avec une telle vigueur que Lindsay réprima un sourire.

— J'ai commencé à cinq ans, moi aussi. Ma mère n'a jamais pu se résoudre à jeter mes premiers chaussons.

— Je vous ai vue danser dans *Don Quichotte*, annonça Ruth dans un souffle.

Tournant la tête, Lindsay vit le regard fasciné de la jeune fille rivé sur elle.

— Tu as assisté à une de mes représentations ? Quand ?

— Il y a cinq ans, à New York. Vous étiez magnifique. Je n'avais encore jamais rien vu d'aussi beau.

Un tel émerveillement transparaissait dans les yeux noirs de la jeune fille que Lindsay, touchée, lui effleura la joue. A l'évidence gênée par ce contact physique, Ruth esquissa un léger mouvement de recul. Mais Lindsay lui sourit sans en prendre ombrage.

— Merci. *Don Quichotte* a toujours été un de mes ballets préférés. J'adore cette ambiance espagnole, avec cette fougue, cette flamboyance, ces castagnettes.

— Un jour, moi aussi, je danserai Kitri dans *Don Quichotte*, annonça Ruth.

La détermination dans le regard de la jeune fille avait momentanément chassé les incertitudes et la timidité. Lindsay songea en la regardant qu'elle n'avait encore jamais vu un physique mieux adapté au rôle.

— Tu as l'intention de poursuivre dans la danse, alors ?
Ruth s'humecta les lèvres.

— Oui. Je veux en faire mon métier.

— Et tu aimerais que je te prenne comme élève ?

— Oui, admit la jeune fille à voix basse.

Lindsay leva la main pour indiquer à son second groupe de danseuses d'entrer en scène.

— Demain, c'est samedi. J'ai mon premier cours à 10 heures. Tu serais d'accord pour venir une heure avant ? demanda-t-elle tout en suivant des yeux ses petites recrues de maternelle qui regagnaient le vestiaire sous les applaudissements nourris du public. J'ai besoin de te voir danser pour me faire une idée de ton niveau. Ça m'aidera à te placer par la suite. Pense à apporter tes pointes.

Les yeux de Ruth brillèrent d'excitation.

— D'accord. A demain 9 heures, alors.

— J'aimerais également m'entretenir avec tes parents, Ruth. Serait-il possible que l'un des deux, au moins, t'accompagne ?

Un silence tomba. Au même moment, la musique changea de tempo et le groupe suivant se prépara à entrer en scène.

— Mes parents sont morts il y a trois mois dans un accident, finit par déclarer Ruth d'une voix sans timbre.

Oubliant ses élèves sur scène, Lindsay se tourna en sursaut vers la jeune fille.

— Oh, Ruth... Je suis désolée. Ç'a dû être terrible.

Elle se sentait d'autant plus touchée qu'elle avait elle-même vécu un drame similaire. L'accident qui avait emporté son père et handicapé sa mère avait bouleversé irrémédiablement sa vie.

Mais Ruth ne voulait aucune compassion, de toute évidence. Elle secoua la tête et évita soigneusement son regard. Sans chercher à la brusquer, Lindsay attendit en silence qu'elle se recompose une attitude. Elle percevait en Ruth un jeune être blessé, refermé sur son chagrin, pour qui il était encore impensable de partager ses émotions.

— J'habite chez mon oncle, à présent, poursuivit Ruth d'une voix de nouveau calme et maîtrisée. Nous venons juste d'emménager ici, lui et moi.

— Vous êtes nouveaux à Cliffside, alors ?

La jeune fille hocha la tête.

— Mon oncle a acheté la grande maison qui est tout au bout de la ville, au-dessus de l'océan.

— Les Hauts de la Falaise ! s'exclama Lindsay. J'avais entendu dire que le manoir avait enfin trouvé un acquéreur. Tu sais que j'ai toujours adoré cette vieille propriété ?

Ruth ne réagit pas, se contentant de regarder droit devant elle. « Elle la déteste, sa nouvelle maison », comprit Lindsay, la mort dans l'âme. Mais comment aurait-elle pu ne pas haïr son nouvel environnement alors que la mort brutale de ses parents l'avait arrachée à tous ses repères ?

Lindsay reprit d'un ton plus neutre.

— Tu pourrais demander à ton oncle de venir demain matin pour que nous parlions de l'organisation de tes cours ? Si cela lui pose un problème de se déplacer, il n'aura qu'à me joindre par téléphone. Je suis dans l'annuaire.

Un soudain sourire illumina les traits de Ruth.

— C'est entendu, je lui en parlerai. Je vous remercie, mademoiselle Dunne. Je me réjouis de travailler avec vous.

Lindsay dut intervenir pour séparer deux de ses petites

élèves qui se chamaillaient. Lorsqu'elle releva de nouveau la tête, Ruth avait disparu.

« Quelle fille étrange, songea-t-elle en calant distraitement sur sa hanche une des fillettes en tutu qui lui tendait les bras. Non… pas étrange. *Solitaire*, plutôt. » Lindsay embrassa l'enfant sur sa joue rebondie. La solitude, elle ne l'avait pas souvent expérimentée elle-même. Sa vie avait été trop remplie pour cela. Mais elle était capable d'en discerner les ravages chez d'autres. Et cela l'attristait de la voir reflétée chez un être aussi jeune.

Tout en regardant ses élèves de la classe intermédiaire interpréter un court extrait de *La Belle au Bois Dormant*, Lindsay s'interrogea sur l'oncle de Ruth. Cet homme avait-il la patience, la générosité, nécessaires pour mener à bien la tâche délicate dont la vie l'avait soudain investi ? Ce n'était sans doute pas si simple, pour un célibataire de se voir confier la charge d'une nièce orpheline. A fortiori s'il s'agissait d'un vieux garçon, prisonnier de son traintrain.

« Pauvre Ruth. »

Lindsay soupira en songeant à la tristesse qui émanait de la jeune fille. Monica, qui recueillait tous les chats et chiens égarés de la création, avait manifestement trouvé en Ruth une protégée de plus. Elle-même, d'ailleurs, se sentait déjà concernée plus que de raison par le sort de cette jeune fille.

Restait à présent à déterminer si Ruth avait un avenir dans la danse ou non…

**

Lindsay en arrivait à se demander si la pluie finirait un jour par s'arrêter. Cela faisait des heures, maintenant, qu'elle l'entendait tomber sans relâche. Et elle avait beau être confortablement lovée dans la tiédeur des draps, elle ne parvenait toujours pas à fermer l'œil. *Bizarre*. En temps normal, le crépitement léger de la pluie favorisait le sommeil, pourtant.

A moins que son insomnie ne soit due aux derniers restes de tension suscités par le spectacle ?

Un spectacle qui s'était déroulé à la perfection, cela dit. Les filles avaient toutes donné le meilleur d'elles-mêmes et le public s'était montré enthousiaste. Plusieurs personnes à la fin étaient venues la féliciter pour la qualité de son récital.

L'idéal, bien sûr, aurait été que ses élèves masculins acceptent d'y participer. Mais Lindsay avait cessé une fois pour toutes de se bercer d'illusions à ce sujet. Les rares garçons qui venaient à ses cours refusaient de se montrer sur scène.

D'elles-mêmes, les pensées de Lindsay dérivèrent sur la jeune Ruth. Que la belle adolescente brune ait de l'ambition ne faisait aucun doute. Mais avait-elle également du talent ? Lindsay revit le regard noir, brillant de détermination, et pria pour que ce soit le cas. Ruth était une fille fragile, compliquée, ébranlée par la tragédie qu'elle venait de subir.

La danse — s'il s'agissait d'une vraie passion — pourrait canaliser ses énergies et l'aider à surmonter sa peine. « Elle s'est mise en tête de danser Kitri », se remémora Lindsay. Elle ressentit une pointe d'anxiété pour l'adolescente. Au cours de ses années d'apprentissage, elle avait vu tant d'espoirs brisés, tant de vocations affirmées détruites par la froide réalité d'un univers qui n'acceptait que les meilleurs !

Elle espérait ardemment que Ruth avait les atouts nécessaires pour se hisser jusqu'au sommet. Pourquoi elle se sentait aussi concernée, elle n'aurait su le dire. Peut-être parce que Ruth lui rappelait la fille qu'elle avait été à dix-sept ans ? En ce temps-là, l'espoir de danser un jour dans *Don Quichotte* figurait encore pour elle parmi ces rêves éblouissants que l'on n'ose caresser qu'en grand secret.

Avec un léger soupir, Lindsay bascula sur le ventre, enfouit la tête sous l'oreiller et tenta de trouver le sommeil dans cette nouvelle position. Mais ce fut peine perdue. Son esprit restait trop agité, ses pensées trop vivaces.

Seule, elle serait descendue dans la cuisine pour se faire une tisane. Mais sa mère avait le sommeil léger et elle craignait de la réveiller. Mae dormait mal, depuis l'accident. Surtout par temps de pluie.

Sa mère avait tant de mal à surmonter l'épreuve que la vie lui avait fait infligée ! Même si le mariage n'avait pas toujours été une source d'épanouissement pour Mae, elle avait trouvé en son mari une bouée de sauvetage, un soutien discret et sûr, et un admirateur plein de tendresse.

Le perdre avait été terrifiant pour elle. Il avait suffi d'une chaussée glissante et d'un moment d'inattention pour que tout l'univers de Mae s'effondre. Elle était sortie de son coma pour se réveiller en plein cauchemar. Brusquement, elle se retrouvait veuve et handicapée. Et sa ballerine de fille avait été condamnée à quitter la scène pour venir prendre soin d'elle.

A présent qu'elle retrouvait petit à petit son autonomie, Mae n'avait plus qu'une idée : voir sa fille revenir à la danse professionnelle.

Lindsay roula sur le côté droit et scruta la nuit d'un noir d'encre, la pluie qui fouettait les vitres. Pourquoi sa mère ne se résignait-elle pas à accepter l'inévitable ? Et à être heureuse, tout simplement, en acceptant la vie telle qu'elle se présentait ? Elle revit l'expression amère de Mae, cet après-midi-là, lorsqu'elles avaient échangé quelques mots, au pied de l'escalier. En même temps que l'image maternelle, surgirent les remords familiers, la sensation habituelle de découragement et de culpabilité.

Avec un gémissement bref, Lindsay se laissa tomber sur le dos et scruta le plafond. A quoi bon se torturer avec cela maintenant ? Ces pensées sombres ne la mèneraient nulle part, hélas.

« C'est juste la pluie qui me donne le blues, songea-t-elle. Rien de plus. » Ainsi que les contrariétés de l'après-midi, sans doute. Avec le recul, pourtant, la série d'incidents qui l'avait tant exaspérée amena un sourire à ses lèvres. Finalement, la journée s'était bien terminée. Et ses petits soucis du jour étaient déjà presque oubliés. A l'exception de sa fichue voiture, toujours immobilisée sur le parking devant l'école de danse.

Penser à la panne et à la marche à pied échevelée qui s'en était suivie raviva le souvenir de sa chute et de l'homme vêtu de noir qui l'avait précipitée dans une flaque.

Tournant la tête vers le placard invisible dans le noir,

Lindsay se demanda si l'inconnu se présenterait un beau jour à sa porte pour récupérer sa veste. Il avait été tellement grossier, tellement condescendant ! Une vague d'indignation la submergea, chassant momentanément sa tristesse.

— « Puisque vous n'avez rien de mieux à faire, apparemment, que de sortir marcher sous la pluie, prévoyez au moins de vous habiller en conséquence », dit-elle en l'imitant et en faisant une horrible grimace.

Il avait une très belle voix, cela dit. Et un physique plutôt attrayant, dans l'ensemble. Dommage que tout le reste soit odieux à ce point chez lui.

— Gauche et empotée ! fulmina-t-elle. Je veux bien être traitée de n'importe quoi, mais s'il y a une chose que j'ai apprise dans la vie, c'est la grâce ! Ce n'est pas possible d'être aveugle à ce point, bon sang !

Furieuse, elle assena un vigoureux coup de poing à son oreiller qui n'y était pour rien.

— Finalement, j'espère qu'il reviendra la chercher, sa veste, marmonna-t-elle. Et je lui en mettrai plein la vue, cette fois.

Laissant vagabonder son imagination, elle élabora toute une série de scénarios où elle recevrait l'inconnu avec un mélange de hauteur, de superbe et de commisération dédaigneuse. Inutile de préciser qu'elle aurait très nettement le dessus et qu'il repartirait l'air piteux et sa veste sous le bras.

La prochaine fois qu'ils se verraient, elle ne serait pas dégoulinante de pluie. Ni en situation d'infériorité, couchée dans une flaque, frissonnant dans ses vêtements mouillés.

La prochaine fois, elle serait à son avantage. Drôle, un rien sarcastique, sûre d'elle-même et séduisante.

Le visage enfin détendu par un sourire, Lindsay finit par glisser lentement dans un profond sommeil réparateur.

Chapitre 3

Le déluge de la nuit avait laissé de grandes flaques où le soleil radieux du matin venait jeter ses reflets. D'innombrables gouttelettes de pluie scintillaient comme des pierres précieuses dans l'herbe des talus. Seules quelques discrètes écharpes de brume oubliées çà et là glissaient encore sur la chaussée, ajoutant encore à la splendeur de cette matinée automnale.

Andy Moorefield monta le chauffage de la voiture lorsque Lindsay sortit de chez elle. Fasciné, il la regarda avancer vers lui de sa démarche souple et élastique. A ses yeux, Lindsay était et resterait toujours la plus belle. Il la considérait comme une créature à part — proche et néanmoins totalement inaccessible. Elle était trop délicate, trop gracieuse et éthérée pour entrer dans la catégorie des filles ordinaires.

Et sa beauté était si pure, si fragile. A son approche, Andy sentit une boule se former dans son estomac. Un phénomène qui se reproduisait avec une régularité décourageante depuis qu'ils se connaissaient.

Lindsay sourit et lui adressa un signe joyeux de la main en accélérant le pas sur le trottoir. Dans son sourire, Andy vit de l'affection et une amitié sincère. Il descendit de voiture et la salua gaiement à son tour. Il ne s'était jamais bercé d'illusions sur ce que Lindsay avait à lui offrir. Il savait que son amitié lui était acquise. Mais qu'il n'avait rien à attendre de plus. Depuis quinze ans qu'ils étaient amis, elle n'avait jamais eu le moindre geste ambigu, ne lui avait jamais prodigué ne serait-ce que le plus petit encouragement.

« Elle n'est pas pour moi, c'est clair », conclut-il une fois de plus en reprenant sa place au volant. Lorsque Lindsay se laissa tomber sur le siège passager, il n'en ressentit pas moins avec acuité l'habituel mélange de trouble et de plaisir. Il aimait son odeur : fraîche et légère, avec à peine une touche de mystère. De son côté, il se sentait toujours beaucoup trop grand et trop massif lorsqu'il se trouvait en présence de Lindsay.

Elle se pencha pour lui effleurer la joue d'un baiser rapide.

— Andy, je ne sais pas comment te remercier. Tu me sauves la vie une fois de plus.

Lindsay contempla son ami avec affection. Tout était fiable et rassurant dans ce visage large à l'ossature solide : le regard confiant, les traits bien dessinés, les cheveux bruns, toujours un peu en bataille.

Avec lui, elle se sentait elle-même. Et se surprenait même à se montrer maternelle par moments.

— Tu es vraiment adorable de faire ce détour pour moi, Andy.

Il haussa ses larges épaules.

— Tu sais bien que ça ne me dérange pas.

— Oui, je sais, admit-elle en riant. Et le service est d'autant plus appréciable que tu le rends volontiers !

Toujours très physique dans ses contacts avec autrui, Lindsay se rapprocha d'Andy pour lui poser la main sur le bras.

— Je crois que ta mère a l'intention de venir tenir compagnie à la mienne aujourd'hui ?

Andy démarra et prit la direction du studio.

— Oui, ça a l'air d'être prévu comme ça, en effet. Maman va essayer de convaincre Mae de faire un petit voyage en Californie avec elle, cet hiver.

Lindsay songea à l'humeur éternellement morose de sa mère et étouffa un soupir.

— Cela lui ferait un bien fou de changer d'air. J'espère que ta mère réussira à la convaincre. Cela dit, j'ai bien peur qu'elle ne refuse, une fois de plus.

— Pourquoi tant de pessimisme ? Mae se déplace bien mieux depuis quelque temps, non ?

Lindsay sentit comme une ombre tomber sur le matin clair de septembre. Mais elle ne chercha pas pour autant à éluder la question. Avec Andy, son ami d'enfance, elle pouvait aborder tous les sujets, même les plus douloureux.

— Il est vrai que, physiquement, elle a fait d'énormes progrès. Ces trois derniers mois, surtout, il y a eu une nette amélioration au niveau de la mobilité, de l'équilibre. Mais sur le plan moral…

Croisant les mains sur les genoux, Lindsay finit par laisser échapper le soupir qu'elle avait tenté de retenir.

— Elle est irritable, agitée, en colère. Le fait que je vive ici, à Cliffside au lieu de danser sur scène à New

York lui est de plus en plus insupportable. Et il n'y a pas moyen de lui faire entendre raison. C'est devenu une sorte d'idée fixe, chez elle. Elle refuse d'accepter qu'on ne puisse pas reprendre en danse classique là où on s'est arrêté en partant. Or tu imagines à quel point c'est énorme, trois années d'absence, dans le métier qui était le mien.

Andy attendit quelques instants avant d'interrompre son silence méditatif.

— La vraie question est peut-être de savoir si tu as envie, *toi*, de retourner à New York ?

Un pli de concentration barra le front de Lindsay.

— Je ne crois pas, en fait. Je suis heureuse ici, à Cliffside. Et puis j'ai eu la chance, pendant deux ans, de pouvoir interpréter les plus grands rôles sur scène. Je ne suis donc pas passée à côté de ma carrière. Les circonstances m'ont amenée à l'abréger, c'est tout.

— Mais tu adorais ta vie là-bas, non ?

Le regard de Lindsay se fit encore plus pensif.

— Oui, c'est vrai. C'était merveilleux de ne vivre que par et pour la danse, même si j'avais constamment l'impression qu'on exigeait de moi l'impossible. Mais cet univers new-yorkais appartient désormais au passé ; je l'ai laissé derrière moi. Et je crois que c'est une illusion de vouloir revenir en arrière. Le problème, c'est que ma mère refuse de s'incliner devant la réalité. Comme s'il n'y avait pas d'autre bonheur au monde que la célébrité et la scène.

Avec un léger haussement d'épaules, Lindsay se renversa contre le dossier. Son regard de nouveau rieur se porta sur l'océan, sur les maisons familières.

— Je crois que j'ai ma place, ici, désormais. Et ça me va bien de me sentir partie de ce petit coin de Nouvelle-Angleterre. Tu te souviens quand nous sommes montés sur les Hauts de la Falaise pour nous introduire dans la maison en cachette ?

Andy lui rendit son sourire.

— Arrête ! Il faisait nuit noire. Je n'ai jamais eu aussi peur de ma vie. Je maintiens que j'ai vu le fantôme glisser juste devant mes yeux.

Lindsay éclata de son rire léger.

— Fantôme ou pas, cela reste pour moi le manoir de mes rêves... Tu sais qu'il a été vendu, au fait ?

— Oui, c'est ce que j'ai entendu dire. Cela doit te faire un drôle d'effet, non ? Tu avais juré à l'époque que, quoi qu'il arrive, tu finirais tes jours comme occupante en titre des Hauts de la Falaise.

Une vague de nostalgie teinta l'humeur de Lindsay de mélancolie douce.

— Ce n'était rien qu'un rêve de petite fille... Je voulais vivre en hauteur, loin au-dessus de la ville, et me donner de l'importance. Et puis, j'étais fascinée par ce foisonnement de pièces biscornues et de salons, de balcons et de corridors...

Andy hocha la tête.

— C'était un labyrinthe vermoulu menacé par la ruine. Mais j'imagine que l'aspect des lieux a dû changer du tout au tout. Il paraît que le nouveau propriétaire a fait faire de gros travaux de rénovation.

— J'espère qu'il n'a pas tout gâché !

— Gâcher quoi, au juste ? Les toiles d'araignée ? La poussière ? Les nids à rats ?

Lindsay fronça les narines.

— Mais non, idiot ! La majesté, la grandeur, l'arrogance ! J'ai toujours imaginé cette demeure avec ses jardins en pleine floraison et les portes-fenêtres ouvertes pour accueillir l'air de l'océan, l'odeur des fleurs, les visiteurs.

— A ma connaissance, aucune fenêtre là-haut n'a été ouverte depuis une décennie. Et le jardin est tellement envahi par les ronces et les mauvaises herbes qu'aucune fleur n'y voit plus le jour depuis longtemps.

Découragée, Lindsay secoua la tête.

— Le problème avec toi, Andy, c'est que tu manques d'imagination... A propos, tu sais que la jeune fille avec qui j'ai rendez-vous ce matin pour un cours particulier est la nièce du nouveau propriétaire ? Tu as déjà eu l'occasion de le rencontrer, au fait ?

— Non. Je ne pourrais même pas te dire de qui il s'agit. Il faudrait poser la question à ma mère. Je ne sais pas comment elle se débrouille, mais elle est toujours au courant de tout ce qui se passe dans cette ville.

Une vision de la beauté poignante de Ruth s'imposa à l'esprit de Lindsay.

— J'ai été très touchée par la personnalité de la nièce, en tout cas, murmura-t-elle pensivement. Elle a l'air un peu seule, un peu perdue. J'aimerais bien l'aider si c'est possible.

— Et qu'est-ce qui te fait croire qu'elle aurait besoin d'aide ?

— Elle m'a fait penser à un oiseau affolé qui ne sait pas

encore si la main qui le tient va le caresser ou l'étouffer…
D'où les questions que je me pose au sujet de l'oncle.

Andy se gara sur le parking devant l'école de danse.

— Tu crois que la malheureuse enfant est tombée entre les mains d'un vieil oncle cruel et machiavélique ? commenta-t-il en riant. Je manque sans doute d'imagination mais toi, tu en as en excès, Lindsay. Je suis d'ailleurs surpris que tu puisses avoir une image négative de l'homme qui a eu assez de discernement pour élire domicile sur les Hauts de la Falaise.

Lindsay descendit de voiture avec la grâce légère qui lui était coutumière.

— Tu as raison, acquiesça-t-elle lorsqu'il la rejoignit près de son véhicule. Il ne peut s'agir que d'un homme de goût.

Andy hocha la tête et releva les manches.

— Je vais jeter un coup d'œil sur ton moteur. Tu peux ouvrir le capot ?

Lindsay s'exécuta sans se faire prier. En découvrant le moteur noir de cambouis, Andy fit la grimace.

— Tu sais que ça s'entretient, une voiture, Lindsay ?

— Mmm…

Il effleura les bougies encrassées et poussa un profond soupir.

— Il me semble t'avoir déjà dit que pour maintenir un véhicule en état de marche, il ne suffit pas de rajouter de l'essence lorsque le réservoir est vide.

— Je suis un désastre mécanique absolu, admit-elle sans l'ombre d'un remords.

— Même si tu n'es pas capable d'entretenir un moteur,

tu peux au moins prendre rendez-vous chez le garagiste tous les trois mois pour une vidange. C'est quand même le moins que l'on puisse faire pour...

Lindsay leva les mains en signe de reddition.

— Ah non, pas de sermon, je t'en supplie ! Tu as gagné. Je plaide coupable.

Jetant les bras autour du cou d'Andy, elle l'embrassa affectueusement sur les deux joues.

— Désolée. Je suis d'une inconscience impardonnable dès qu'il s'agit de voitures, d'entretien et de garagistes.

Les mains toujours nouées dans la nuque d'Andy, Lindsay entendit un second véhiculer se garer sur le parking.

— Ah ! Ce doit être Ruth ! commenta-t-elle gaiement. Merci mille fois d'avoir accepté de t'intéresser à mon pauvre moteur, en tout cas. S'il est en phase terminale, essaie de m'annoncer la triste nouvelle en douceur.

Lâchant Andy, Lindsay se retourna pour accueillir Ruth et demeura clouée sur place par la stupéfaction. L'homme qui s'avançait au côté de la jeune fille était brun et de haute taille. Et elle sut avant qu'il ouvre la bouche quel serait le son de sa voix.

— Super, murmura-t-elle à voix basse tandis que leurs regards se rivaient l'un à l'autre.

Son chauffard colérique de la veille garda une expression impassible. S'il était surpris, il n'en laissait en tout cas rien paraître.

Au bout d'un temps de silence, Ruth la dévisagea avec un mélange d'étonnement et d'inquiétude.

— Mademoiselle Dunne ? Vous m'aviez bien demandé de venir à 9 heures, n'est-ce pas ?

Lindsay tourna vers elle un regard absent.

— Pardon ?

— Pour mon cours de danse.

— Oui, oui, bien sûr, se hâta de confirmer Lindsay. Excuse-moi, je suis un peu distraite. Ma voiture m'a joué un mauvais tour hier soir et j'avais la tête ailleurs… Ruth, je te présente mon ami Andy Moorefield. Andy, voici Ruth…

— … Bannion, compléta la jeune fille. Et mon oncle est venu avec moi.

— Seth Bannion, annonça l'inconnu en saluant Andy. Enchanté, mademoiselle Dunne.

Il s'exprimait avec une neutralité si parfaite que Lindsay se prit un instant à douter qu'il l'ait reconnue. Mais son regard discrètement moqueur lui assura qu'il savait à qui il avait affaire. Ce qui n'empêcha pas le nouveau propriétaire des Hauts de la Falaise de lui prodiguer une poignée de main d'une irréprochable politesse, comme s'ils ne s'étaient jamais croisés de leur vie.

Parfait. S'il était disposé à se comporter avec civilité, elle était prête à s'aligner sur sa ligne de conduite.

— Enchantée, monsieur Bannion. J'apprécie beaucoup que vous ayez fait l'effort d'accompagner Ruth à son cours, ce matin.

— Tout le plaisir est pour moi, rétorqua-t-il avec une exquise courtoisie.

Lindsay lui jeta un bref regard suspicieux mais ne fit pas de commentaires.

— Entrons, proposa-t-elle… Andy, à plus tard, d'accord ?

Le nez plongé dans le moteur, ce dernier les salua d'un

vague grognement. Pendant que Lindsay ouvrait le studio, Ruth murmura d'une voix mal assurée.

— C'est très gentil de votre part d'avoir accepté de me recevoir, mademoiselle Dunne.

La nervosité de la jeune fille était palpable. Notant que Ruth se cramponnait au bras de son oncle, Lindsay lui posa la main sur l'épaule d'un geste rassurant.

— Ça m'aide de travailler en individuel avec mes élèves lorsque je les vois pour la première fois.

Sentant une résistance chez la jeune fille, elle se hâta de rompre le contact.

— Dis-moi d'abord avec qui tu as travaillé jusqu'à présent, Ruth.

— J'ai eu différents professeurs de danse aussi bien aux Etats-Unis qu'en Europe, expliqua la jeune fille en pénétrant dans le studio. Mon père était journaliste et nous avons mené une vie assez itinérante, ces quelques dernières années.

— Bien. Nous allons voir où tu en es.

Lindsay se tourna vers Seth dont l'expression restait toujours aussi imperturbablement polie.

— Mettez-vous à l'aise, monsieur Bannion, et prenez un fauteuil. Ruth et moi allons commencer par un échauffement à la barre.

Seth hocha la tête sans prononcer un mot. Mais Lindsay le vit adresser un discret signe d'encouragement à sa nièce.

— Les effectifs de mes classes sont assez modestes, précisa Lindsay en retirant son manteau. Pour une petite ville comme Cliffside, nous avons un nombre relativement élevé d'élèves. Mais je ne suis pas obligée non plus de les refuser par douzaines !

Elle sourit à Ruth, puis se baissa pour enfiler des jambières en laine sur son collant. Elle portait une jupette en tulle d'un vert qui rappelait étrangement la couleur des yeux de Seth, réalisa Lindsay, non sans un léger sentiment de contrariété. Sourcils froncés, elle laça ses chaussons.

— Mais ça vous plaît d'enseigner, n'est-ce pas ? demanda Ruth.

Timide et empruntée, la jeune fille se tenait juste à côté d'elle, dans un justaucorps rose qui mettait son teint et sa chevelure en valeur.

— J'aime énormément mon métier, oui, confirma Lindsay. Et voilà, je suis prête. On passe à la barre ?

Se dirigeant vers le miroir, elle fit signe à Ruth de se placer en face d'elle.

— Première position.

De son poste d'observateur, Seth vit les deux silhouettes se mouvoir dans un ensemble parfait. La jeune femme et la jeune fille étaient de la même taille et elles avaient une allure similaire — frêle et déliée, à la fois. L'une était claire, fragile, et lumineuse comme le jour ; l'autre avait une grâce plus exotique, plus secrète.

— Grand plié.

Sans effort apparent, elles descendirent sur leurs talons. Lindsay observa le dos de Ruth, vérifia la position des pieds, le port de tête. Lentement, sans brûler les étapes, elle lui fit exécuter les différentes positions. Ses pliés comme ses battements étaient parfaits, nota-t-elle. A la façon dont elle se mouvait, à travers la grâce des gestes,

Lindsay lisait l'amour de Ruth pour la danse. Elle se souvint de la jeune fille qu'elle avait été dix ans plus tôt — si jeune, encore, avec des rêves pleins la tête. Et toujours cet espoir tremblant au fond de soi qui vous poussait à vous dépasser, à surmonter la peur, la fatigue, les douleurs musculaires.

Touchée, Lindsay sourit. C'était la première fois qu'elle se reconnaissait ainsi chez l'une de ses élèves. Elle se sentait en empathie avec Ruth tandis qu'elles évoluaient ensemble en une étonnante harmonie.

— O.K. On passe aux pointes, annonça-t-elle en se dirigeant vers la chaîne hi-fi pour changer de CD.

Au passage, elle jeta un coup d'œil à Seth et vit qu'il l'observait avec attention. Ses étranges yeux verts auraient pu avoir quelque chose d'apaisant si son regard n'avait pas été aussi envahissant, aussi direct.

Elle se tourna vers lui, le visage impassible.

— Il nous reste encore environ une demi-heure de cours, monsieur Bannion, précisa-t-elle en glissant le CD de *Casse-Noisette* dans le lecteur. Souhaitez-vous que je vous fasse un café en attendant ?

Au lieu de décliner son offre tout de suite, Seth laissa passer quelques longues secondes de silence. Figée dans l'attente de sa réponse, Lindsay se sentit soudain comme un papillon cloué sur la planche de l'entomologiste.

— Non, merci, dit-il enfin, le regard rivé au sien.

Elle sentit ses joues s'empourprer, ses muscles détendus par la barre se crisper de nouveau. Se surprenant à jurer en silence, elle se demanda si c'était Seth ou elle-même qu'elle maudissait aussi vigoureusement.

L'éveil d'une passion

Faisant signe à Ruth de se placer au centre de la salle, Lindsay retourna s'adosser à la barre. Elle commencerait par des mouvements lents pour juger de l'équilibre, du style, de la présence de la jeune danseuse. Trop souvent ses élèves montraient une prédilection pour la vitesse et l'apparence. Elles aimaient éblouir par la rapidité de leurs pirouettes, de leurs sauts, de leurs fouettés. En négligeant la lente beauté d'une arabesque ou d'un développé.

— Prête ?

— Prête, mademoiselle Dunne.

Si Ruth était incontestablement réservée, elle ne souffrait pas de timidité pour autant. Lindsay vit les yeux de la jeune fille scintiller de plaisir à la perspective de la danse.

— Quatrième position... Pirouette... Cinquième.

L'exécution était parfaite, le rythme excellent.

— Quatrième... Pirouette... Attitude.

Enchantée par la prestation de la jeune fille, Lindsay se détacha de la barre pour décrire un cercle autour d'elle.

— C'est très bien, Ruth... *Arabesque*... Encore une fois. *Attitude*. Tiens la position... *Plié*.

Non seulement Ruth avait du talent mais — plus important encore — elle avait l'énergie et l'endurance nécessaires pour supporter la discipline de fer qu'exigeait la danse classique. Chacun de ses gestes était un cri d'amour pour l'art qu'elle pratiquait avec une évidente passion.

D'un côté, Lindsay avait mal pour la jeune fille, en songeant aux sacrifices et aux souffrances physiques qui l'attendaient. Mais la joie qu'elle ressentait dominait sa peine. Pour la première fois, dans sa carrière d'enseignante, elle avait affaire à une vraie danseuse, à une future étoile qui saurait surmonter les obstacles et danser vers les sommets.

Et elle serait là pour l'aider, comprit Lindsay, déterminée à jouer son rôle de guide et de mentor. Car Ruth avait encore beaucoup à apprendre. La jeune fille avait acquis la technique mais pas encore l'expressivité. Elle savait danser mais ne se servait pas encore à la perfection de ses bras ni de ses mains.

Au bout de trois quarts d'heure, Lindsay jugea qu'elle en avait assez vu pour se faire une opinion.

— C'est bien, Ruth. Tu peux t'arrêter... Tes différents professeurs ont fait du bon travail, commenta-t-elle en allant couper la musique.

En se retournant, elle vit que l'anxiété était de retour dans le regard de la jeune fille. Réagissant à l'instinct, elle s'approcha pour lui poser les mains sur les épaules. Mais là encore, elle sentit la résistance de Ruth et lâcha prise.

— Je n'ai pas besoin de te dire que tu es faite pour la danse, Ruth. Tu n'es ni idiote ni aveugle. Tu le sais aussi bien que moi et depuis longtemps.

Pendant quelques secondes, Ruth demeura immobile et muette. Puis son visage s'éclaira, ses épaules se détendirent, un sourire joua sur ses lèvres.

— Vous ne pouvez pas imaginer ce que cela représente pour moi d'entendre cela venant de *vous*, murmura-t-elle, les yeux brillants d'un mélange de fierté et de joie.

Surprise par l'intensité de sa réaction, Lindsay haussa les sourcils.

— Pourquoi venant de moi, spécialement ?

— Parce que vous êtes la soliste la plus extraordinaire

que j'aie jamais vue sur scène. Et je sais que si vous n'aviez pas été obligée d'interrompre votre carrière, vous vous classeriez aujourd'hui parmi les quelques rares danseuses de stature internationale. J'ai lu plein d'articles à votre sujet, vous savez. On disait de vous que votre talent était le plus prometteur de la décennie. Davidov lui-même vous avait élue comme partenaire attitrée. Et il a confié aux journalistes qu'il n'avait jamais dansé avec une Juliette aussi prodigieuse. Vous êtes toute de grâce et de légèreté et…

Soudain consciente qu'elle se laissait emporter, Ruth s'interrompit net. Deux cônes brûlants incendièrent ses joues pâles.

Même si elle était sincèrement touchée, Lindsay garda un ton léger pour aider la jeune fille à surmonter son embarras.

— Merci, Ruth. J'ai rarement l'occasion d'entendre des critiques aussi averties, ici, à Cliffside.

Elle marqua un temps d'arrêt, résistant à la tentation de prendre de nouveau la jeune fille par les épaules.

— Certaines de mes élèves ne manqueront pas de te prévenir que je suis une enseignante exigeante, difficile et très stricte avec ses grandes classes. Il faudra travailler dur tous les jours.

— Cela ne me dérange pas.

De nouveau, la brûlante lueur d'espoir était là, consumant le regard sombre.

— Dis-moi ce que tu attends de la vie, Ruth ?

— Je veux danser sur les plus grandes scènes. Devenir

célèbre, répondit la jeune fille sans une hésitation. Comme vous.

Lindsay rit doucement et secoua la tête.

— Moi, tout ce que je voulais à l'époque, c'était danser… Mais ma mère, elle, briguait la gloire, précisa-t-elle à mi-voix. Allez, va retirer tes chaussons. Je dois m'entretenir quelques instants avec ton oncle, maintenant. Ton cours est à 13 heures, le samedi. La leçon de pointes, à 14 h 30. Et je suis féroce sur la ponctualité.

Se tournant résolument vers Seth, Lindsay lui jeta son regard le plus professionnel.

— Monsieur Bannion ? Si vous voulez bien me suivre ?

Chapitre 4

Résolue à affirmer son autorité d'entrée de jeu, Lindsay passa derrière son bureau. Ici, au studio de danse, elle était dans son élément. Elle se sentait sûre d'elle, incisive, compétente — à des années-lumière de l'image pathétique qu'elle avait pu donner à l'occasion de sa première rencontre avec Seth.

Tout en lui indiquant d'un geste de suivre son exemple, elle prit place dans un fauteuil. Mais Seth ne tint pas compte de son instruction muette et demeura debout à contempler les photos qu'elle avait mises au mur. Il resta en arrêt devant celle où elle dansait avec Nick Davidov dans le dernier acte de *Roméo et Juliette*.

— J'ai réussi à mettre la main sur le poster où vous figurez avec Davidov et je l'ai envoyé à Ruth, il y a quelques années, commenta-t-il, le dos tourné. Elle ne s'en est jamais séparée. Aujourd'hui encore, il est accroché au-dessus de son lit.

Seth s'interrompit pour reporter son attention sur elle.

— Ruth vous voue une immense admiration.

Sous-entendu : « Vous avez une responsabilité envers

elle », comprit Lindsay. Elle fronça les sourcils, irritée par l'exigence implicite contenue dans sa voix.

— Puisque vous êtes le tuteur de Ruth, j'estime que vous êtes en droit d'être informé de ce qu'elle fera ici et de ce que j'attends d'elle en dehors de ses cours.

— Il va sans dire que je m'en remets entièrement à vous, dans ce domaine, mademoiselle Dunne. C'est vous l'experte.

De nouveau, elle sentit son regard sur elle, explorant ses traits avec minutie. Et s'étonna une fois de plus du contraste entre ce regard si distinctement *personnel* et l'attitude détachée de Seth.

Soudain mal à l'aise, elle croisa et décroisa les mains sur son bureau.

— En tant que tuteur de Ruth, vous…

— En tant que tuteur de Ruth, je sais qu'elle a besoin d'étudier la danse comme elle a besoin de respirer.

Il se rapprocha avant de poursuivre, se plaçant de manière à l'obliger à lever la tête.

— Je vais donc être obligé de vous faire confiance. Dans une certaine limite, du moins.

Lindsay le dévisagea avec curiosité.

— Et quelle est-elle, cette limite ?

— Je le saurai plus précisément dans une semaine ou deux. J'ai l'habitude de me renseigner avec soin, avant de prendre une décision quelle qu'elle soit. Or je ne vous connais pas, précisa-t-il en plissant les yeux d'un air vaguement méfiant.

Inexplicablement vexée, Lindsay hocha la tête.

— Pas plus que je ne vous connais vous.

— C'est vrai, admit-il, impassible. J'imagine qu'avec le temps, le problème se résoudra de lui-même. Mais j'ai de la peine à croire que la ballerine que j'ai vue danser *Giselle*, cette reine de l'équilibre qui défiait la gravité à chaque pas, puisse se montrer maladroite au point de tomber dans une flaque au premier coup de Klaxon.

Sidérée qu'il ose revenir sur le sujet, elle fixa sur lui un regard outré.

— Est-ce que vous vous rendez compte, au moins, que vous avez failli m'écraser ? explosa-t-elle. Tout conducteur roulant à tombeau ouvert dans une rue résidentielle sous une pluie diluvienne mériterait d'être arrêté et jeté en prison !

— *A tombeau ouvert* ? A trente kilomètres heures ? rétorqua-t-il, imperturbable. Si j'avais dépassé la vitesse autorisée, vous ne seriez peut-être plus ici pour me répondre. Vous avez traversé sans regarder, un point c'est tout.

Lindsay lui jeta un regard noir.

— La plupart des gens civilisés prennent le temps de se familiariser avec l'infrastructure routière lorsqu'ils sont nouvellement installés quelque part.

— La plupart des gens civilisés ne circulent pas à pied sous la pluie et l'orage, riposta-t-il sans se démonter. J'ai un rendez-vous dans quelques minutes, mademoiselle Dunne. Souhaitez-vous que je vous fasse un chèque pour Ruth avant de partir ?

Elle se leva pour quitter le bureau.

— Inutile. Je vous enverrai une facture.

Seth lui emboîta le pas et s'immobilisa juste avant de quitter la pièce, si bien qu'ils se retrouvèrent un instant l'un contre l'autre, dans l'encadrement de la porte. Lindsay ressentit comme une déflagration silencieuse. Levant la tête, elle l'interrogea des yeux, même si son corps, plus avisé, semblait déjà connaître la réponse à sa question muette.

Seth demeura un instant immobile, son regard scrutateur attaché au sien. Puis, sans un mot, il se détourna et alla rejoindre Ruth.

A plusieurs reprises, au cours de la journée qui suivit, les pensées de Lindsay s'attardèrent sur Seth Bannion. Quel genre d'homme était-il, au fond ? Son attitude, ses propos étaient conventionnels à souhait. Mais elle avait la conviction qu'il ne se résumait pas à l'individu lisse et compassé dont il affichait ostensiblement le profil. Et pas seulement parce qu'elle avait eu un aperçu de son tempérament emporté lors de leur première rencontre. Elle avait également discerné une intensité dans son regard.

Et ressenti comme un électrochoc lorsqu'ils s'étaient touchés par inadvertance...

On devinait en lui une énergie qui n'était pas seulement physique. Les volcans aussi étaient calmes et bien élevés en surface. Et pourtant la lave et le danger bouillonnaient en permanence sous leurs flancs débonnaires.

Elle avait sans doute mieux à faire, dans la vie, qu'à se pencher sur la personnalité cachée d'un Seth Bannion. Mais Lindsay avait beau se répéter que cet homme ne tenait aucune place dans sa vie, ses pensées ne cessaient de revenir vers lui. Autant le reconnaître, Seth Bannion l'intriguait. De même, d'ailleurs, qu'elle s'intéressait à sa nièce.

Lindsay observa Ruth avec attention pendant ses deux premiers cours. Mais cette fois-ci, elle ne se focalisa pas sur la technique. C'était l'attitude et la posture qu'elle cherchait à repérer ; la personnalité dont elle s'efforçait de comprendre les mécanismes. De tempérament extraverti, Lindsay avait du mal à saisir comment fonctionnaient les natures plus repliées, comme celle de sa nouvelle recrue. Ruth ne cherchait pas à sympathiser avec les autres élèves et repoussait toutes les approches, même les plus chaleureuses et spontanées. Ce n'était ni de l'impolitesse ni de la réelle froideur, à l'évidence. Juste un besoin de maintenir les autres à distance.

Avec de pareilles dispositions, Ruth se verrait traitée de snob plus souvent qu'à son tour, songea Lindsay tout en exécutant une série de glissades avec sa classe. Et pourtant ce n'était pas par dédain que la jeune fille s'isolait de ses camarades. Seul un manque criant de sécurité intérieure la poussait à fuir tout contact.

Lindsay songea à la façon dont Ruth s'était refermée chaque fois qu'elle lui avait effleuré innocemment une main, un bras, une épaule. Avec Seth, en revanche, la jeune fille se sentait en confiance. Elle n'avait pas hésité à se cramponner à lui lorsqu'elle était arrivée ce matin au studio de danse. Manifestement, son oncle était sa seule bouée de sauvetage, en cette phase critique de sa jeune existence. Se rendait-il compte, au moins, de la place qu'il occupait dans l'affection de sa nièce ? Avait-il conscience de ses peurs, de son chagrin et de ses doutes ? Et s'en souciait-il autant qu'il le devrait ?

Lindsay montra une nouvelle posture à ses élèves, se soulevant sans effort sur les pointes, laissant ses bras s'élever lentement. Seth avait exprimé des doutes au sujet de ses compétences en tant qu'enseignante. « Ce qui ne l'a pas empêché de me confier sa nièce quand même », maugréa-t-elle intérieurement.
Avant de constater avec irritation que l'énigmatique Seth Bannion venait, une fois de plus, de se glisser dans ses pensées…

Chassant résolument l'intrus de son esprit, Lindsay se concentra sur son cours et oublia Seth jusqu'à la fin de la classe. Lorsque les dernières retardataires eurent quitté le studio et que le silence fut retombé dans la salle, elle regarda autour d'elle avec satisfaction.

« *Mon* école de danse », songea-t-elle fièrement. Soit, le studio était modeste. Et rempli de filles qui, passés dix-huit ans, ne danseraient plus sur autre chose que sur les airs du top 50. Mais quand même. C'était son gagne-pain. Et le fait de travailler chaque jour avec plaisir ne faisait-il pas d'elle une privilégiée ?

Le regard de Lindsay tomba sur le CD qu'elle tenait à la main. Avec un léger sourire, elle le plaça dans le lecteur. Elle adorait ses élèves et elle adorait enseigner. Mais elle aimait aussi se retrouver seule dans le studio. Elle avait tiré beaucoup de satisfactions de ces trois années passées à transmettre ses compétences et son amour de la danse à d'autres. Mais elle ressentait un besoin vital, par moments, de danser pour le plaisir.

L'éveil d'une passion

Ce besoin-là, sa mère n'avait jamais pu le comprendre. Pour Mae, la danse était un engagement, une obsession, une *carrière*. Alors que, pour elle, il s'agissait avant tout d'une joie et d'une passion.

Sa conversation avec Ruth lui avait donné envie d'écouter la musique de *Don Quichotte*. Kitri avait toujours été un de ses rôles favoris. Parce que le personnage était espiègle, joyeux, plein de vie. A présent que la musique emplissait la pièce, il lui suffisait de fermer les yeux pour retrouver les pas, les rythmes, l'atmosphère du ballet.

Elle se plaça dans la diagonale, la jambe droite tendue derrière. Puis elle enchaîna sur un saut de chat… jeté devant en lançant la jambe… jambe gauche en attitude, petits menés sur pointes en reculant sur la diagonale…

Son corps prenait vie, porté par l'amour de la danse. Très vite, Lindsay entra dans son personnage, tournant, sautant, battant, multipliant les équilibres. Tandis qu'elle virevoltait dans la salle sur la musique de Minkus, le miroir reflétait son justaucorps vert, son cache-cœur et sa jupe courte. Mais dans l'esprit de Lindsay, elle était vêtue d'un tutu en satin noir et rouge. Une rose dans les cheveux, elle était Kitri, légère, enlevée, joueuse, ivre d'amour pour son Basile.

Emportée par l'élan musical de la fin, elle tourbillonna en enchaînant les fouettés, avec le sentiment qu'elle aurait pu danser ainsi jusqu'à la fin de la nuit. Sur les dernières notes du ballet, elle porta une main à la taille et se cambra, l'autre bras levé au-dessus de la tête.

— Bravo.

Les deux mains pressées sur le cœur, Lindsay se retourna

brusquement. Dans un coin de la salle, Seth Bannion avait enfourché une de ses petites chaises de bois et l'observait de son regard habituel — à la fois calme et pénétrant. A bout de souffle, les yeux écarquillés, Lindsay se figea, consciente qu'elle avait les joues en feu, la peau brûlante et que sa poitrine se soulevait et retombait à un rythme accéléré.

Elle avait cru danser pour elle-même, dans la solitude du studio vide. Et pourtant, elle n'avait pas le sentiment d'avoir été violée dans son intimité par la présence de cet homme. Elle ne parvenait même pas à en vouloir à Seth d'avoir partagé ces moments avec elle à son insu. Quelque chose dans son regard lui disait qu'il avait compris et respecté sa prestation ; qu'il n'était pas entré dans ce studio en voyeur.

Il gardait les yeux rivés sur elle et ce n'était plus seulement l'essoufflement de la danse qui lui soulevait la poitrine et accélérait les battements de son cœur. Le regard de Seth glissait sur elle, réchauffant encore le sang dans ses veines, asséchant sa bouche, suscitant de petits picotements sous la peau. Levant la main qu'elle tenait toujours posée sur son cœur, Lindsay la porta à ses lèvres.

— Magnifique, murmura-t-il.

Seth s'approcha à pas lents, prit la main qui effleurait sa bouche et y posa les lèvres. Le pouls de Lindsay battait si vite qu'elle vit le studio tourner lentement autour d'elle.

— A vous voir danser, on a l'impression, que les pas s'enchaînent d'eux-mêmes et ne demandent aucun effort, commenta-t-il. Je ne m'attendais même pas à ce que vous soyez hors d'haleine.

L'éveil d'une passion

Un sourire inattendu illumina alors son visage anguleux et sombre.

— Je tiens à vous remercier, même si je suis très conscient que vous ne dansiez que pour vous-même.

— Je... je ne m'attendais pas à trouver un public dans la salle, en effet.

Le son heurté de sa propre voix arracha Lindsay à la magie sensuelle du moment. Eprouvant le besoin de se ressaisir, elle voulut retirer sa main. A sa grande surprise, Seth lui opposa une résistance et garda encore un instant ses doigts entre les siens avant de la laisser aller, comme à contrecœur.

De nouveau, il scruta son visage avec une attention minutieuse.

— Je devrais sans doute m'excuser de m'être introduit ici à votre insu, mais dire que je suis désolé d'avoir vu ce que j'ai vu serait un mensonge. L'expérience restera inoubliable.

Ainsi Seth Bannion était capable de déployer un certain charme, lorsqu'il le voulait. Incroyable. Encore tout imprégnée du rôle d'amoureuse qu'elle venait d'interpréter, Lindsay se sentait un peu trop vulnérable au charme en question. Peut-être étaient-ce ses sourcils arqués qui la fascinaient tant ? se demanda-t-elle rêveusement.

C'est seulement lorsqu'elle vit son sourire amusé qu'elle réalisa qu'elle le dévorait littéralement des yeux. Irritée de s'être laissée surprendre ainsi, elle se détourna pour ranger le CD dans sa jaquette.

— Votre présence ne me gêne pas, lança-t-elle avec désinvolture. J'ai l'habitude de danser en public. Mais j'imagine que vous n'étiez pas entré ici pour assister à une représentation privée. Vous aviez quelque chose à me dire ?

— J'avoue que je suis d'une ignorance crasse en matière de ballet classique. Quel rôle dansiez-vous, au juste ?

— J'incarnais Kitri, la fille de l'aubergiste, amoureuse de Basile, le barbier. C'est un personnage du *Don Quichotte* de Petipa. C'est Ruth qui m'a remis ces pas en tête, hier soir. Elle a l'intention d'interpréter Kitri, elle aussi.

Il lui prit le CD des mains avec impatience, comme s'il ne supportait pas qu'elle s'intéresse à autre chose qu'à sa présence.

— Et le réalisera-t-elle, son rêve ?

— Je pense que oui. Votre nièce a un talent exceptionnel. Mais cela ne me dit toujours pas ce que vous êtes venu faire ici ? insista-t-elle en le regardant droit dans les yeux.

Les lèvres de Seth esquissèrent un lent sourire.

— Vous voir, tout simplement.

Il continua à sourire lorsqu'il vit son expression de surprise.

— Et vous parler de Ruth, compléta-t-il. Ce qu'il m'aurait été difficile de faire ce matin, alors qu'elle se trouvait dans la pièce voisine.

Ramenée à son rôle d'enseignante, Lindsay hocha la tête.

— Il y a plusieurs points que j'aimerais aborder avec vous, en effet. Mais ce matin, j'avais cru comprendre — à tort de toute évidence — que le sujet ne vous intéressait pas.

— Le sujet est loin de me laisser indifférent, au contraire.

De nouveau, il plongea son regard dans le sien.

— Dînez avec moi, ce soir.

Toute à ses projets d'avenir pour Ruth, Lindsay mit un instant à réagir.

— Dîner avec vous ? reprit-elle, déconcertée. Eh bien, je ne sais pas… Je ne suis pas complètement convaincue d'en avoir envie, à vrai dire.

Sa franchise un peu brutale provoqua un haussement de sourcils sarcastique.

— Mais vous n'avez pas d'objection majeure pour autant ? Alors je passe vous prendre à 19 heures.

Sans lui laisser le temps de formuler une réponse, il se dirigea vers la porte.

— Je connais déjà l'adresse, précisa-t-il par-dessus l'épaule avant de disparaître.

Lindsay avait acheté la robe en satin prune pour sa coupe ajustée, son élégance, la discrète austérité de son col chinois. Lorsqu'elle inspecta sa tenue dans le miroir en pied, elle sourit, satisfaite de l'image qu'elle offrait. Seth l'avait connue échevelée, affolée et trempée ; il l'avait vue également en ballerine, rêveuse et passionnée. Alors que la jeune femme dans la glace était sûre d'elle, discrètement féminine, avec un côté mature qui lui plaisait tout particulièrement.

Elle se sentait bien dans ce personnage — comme dans la plupart des rôles qu'elle était amenée à endosser, d'ailleurs. Mais pour affronter un homme tel que Seth Bannion, elle préférait se composer une allure un tant soit peu sophistiquée.

Ramenant ses longs cheveux sur une épaule, Lindsay les tressa distraitement tout en réfléchissant à la soirée qui l'attendait. Seth l'intriguait — sans doute parce qu'elle n'avait pas encore réussi à le cerner. En règle générale, elle était assez intuitive, pourtant. Et prompte à se forger une opinion. Mais avec Seth, elle avait affaire à une personnalité complexe. Ce qui n'était pas fait pour lui déplaire, d'ailleurs. Elle avait toujours été attirée par les gens compliqués.

A moins que ce ne soit le fait qu'il ait acheté les Hauts de la Falaise qui éveillait sa curiosité ? Pensive, elle interrogea son reflet dans le miroir, tout en attachant de grands anneaux d'or à ses oreilles.

Lindsay sortit la veste en daim de son placard et la plia sur son bras. Elle capta l'odeur de Seth sur le vêtement et une légère sensation de faiblesse lui coupa les jambes. « Depuis combien de temps n'ai-je pas passé une soirée en tête à tête avec un homme ? » se demanda-t-elle, soudain. Il y avait eu des petits dîners et des soirées cinéma avec Andy, bien sûr. Mais elle se sentait avec son ami d'enfance comme avec un frère. Impossible de ranger ces moments paisibles avec Andy dans la catégorie des soirées galantes.

Il n'y avait eu quasiment personne dans sa vie pendant ces trois années où elle avait été monopolisée par les soins que nécessitait sa mère ainsi que par le studio de danse. Et avant cela, elle n'avait connu d'autre passion que celle de la scène. Les hommes et l'amour n'avaient tenu qu'une place extrêmement réduite dans son existence, au fond.

Le regrettait-elle ? Lindsay fixa gravement son reflet dans le miroir. Si la jeune femme qui lui faisait face paraissait fragile, il s'agissait d'une impression trompeuse. Elle avait toujours été forte à sa manière et les regrets n'avaient pas de place dans sa vie. Ses choix — même s'ils avaient été drastiques, elle les avait faits en connaissance de cause. Et une fois lancée sur une voie, elle n'avait pas coutume de perdre du temps à regarder en arrière.

Levant les yeux, Lindsay vit ses chaussons de danse accrochés au mur. Avec un léger sourire, elle enfila une paire d'escarpins à talons hauts, prit son sac à main et la veste en daim, et descendit au rez-de-chaussée.

Comme elle disposait de quelques minutes avant l'arrivée de Seth, elle posa ses affaires dans l'entrée et alla frapper à la porte de sa mère. Depuis sa sortie de l'hôpital, Mae était restée confinée dans le bas de la maison. Au début parce qu'elle ne pouvait pas monter l'escalier. Puis plus tard, pour la simple raison qu'elle avait pris ses habitudes au rez-de-chaussée. Le fait d'occuper chacune un étage différent leur offrait à l'une comme à l'autre un supplément d'intimité bienvenu. Pendant la première année, Lindsay avait campé toutes les nuits sur le canapé du salon pour être à portée de voix au cas où sa mère aurait besoin d'elle. Et aujourd'hui encore, elle ne dormait que d'une oreille, prête à descendre à la moindre alerte.

Dans le petit salon qu'elles avaient aménagé pour Mae, la télévision était allumée. Lindsay frappa un coup léger et entra.

— Maman, je...

Elle s'immobilisa net en voyant Mae installée dans son fauteuil de relaxation, les jambes surélevées. L'attention de sa mère n'était pas dirigée sur le téléviseur mais concentrée sur l'album ouvert sur ses genoux. Lindsay le connaissait bien, cet album. Il était large, en cuir et bourré de coupures de journaux et de photos. Et toutes avaient trait à la carrière de danseuse de Lindsay Dunne. Des premières revues de presse extraites de la gazette de Cliffside à sa dernière interview accordée au *New York Times*, rien ne manquait. Toute sa vie professionnelle et une bonne partie de sa vie privée étaient contenues dans ce recueil.

Comme chaque fois qu'elle voyait sa mère penchée sur ces vestiges d'une existence révolue, Lindsay se sentit submergée par une vague de culpabilité et de tristesse.

— Maman ?

Mae, cette fois, releva la tête. Elle avait les joues empourprées et son regard luisait d'excitation.

— « Une merveilleuse danseuse lyrique, cita-t-elle de mémoire. Avec la beauté et la grâce d'une créature surgie d'un autre monde... Interprétation inoubliable. A couper le souffle. » Signé : Clifford James. Le critique le plus impitoyable de la profession ! Et tu n'avais que dix-neuf ans, ma fille.

— Je me souviens de cette critique comme si c'était hier, admit Lindsay en posant la main sur l'épaule de sa mère. Je crois que je l'ai relue au moins vingt fois, à l'époque.

— Et tu es consciente, j'espère, que Clifford James écrirait exactement la même chose si tu retournais à New York aujourd'hui ?

Lindsay sentit la tension familière paralyser sa nuque et ses épaules. Détachant les yeux de la coupure de presse, elle chercha le regard de sa mère.

— J'ai vingt-cinq ans, maman.

— Vingt-cinq ans, ce n'est pas encore trop tard pour une danseuse. A fortiori lorsqu'on a un talent comme le tien. Je t'assure que...

— Assez ! Stop ! Par pitié, fiche-moi la paix avec ça !

Choquée par la violence de sa propre réaction, Lindsay s'accroupit à côté de sa mère.

— Je suis désolée, maman. Mais je n'ai vraiment pas le temps d'aborder ce sujet maintenant. Je dois partir dans moins d'une minute.

Levant leurs deux mains jointes, elle caressa la joue encore lisse de Mae. Et regretta une fois de plus qu'il n'y ait jamais eu d'autre lien que la danse entre sa mère et elle.

Mae soupira et hocha la tête.

— Je ne savais pas que tu sortais dîner avec Andy ce soir. J'ai vu Carol aujourd'hui et elle ne m'en a rien dit.

Se souvenant que la mère d'Andy avait passé une partie de la journée avec Mae, Lindsay se releva.

— Carol ne pouvait pas t'en parler pour la bonne raison que je ne dîne pas avec Andy, maman.

Mae fronça les sourcils.

— Ah bon... Avec qui, alors ?

— L'oncle d'une de mes nouvelles élèves, Ruth Bannion. Une fille de dix-sept ans avec un vrai tempérament de danseuse. J'aimerais te la faire rencontrer, tu sais. Ruth a un magnifique talent pour le ballet classique.

Mae balaya sa manœuvre de diversion d'un geste indifférent de la main.

— Et l'oncle ? Comment est-il ?

— Je l'ai juste croisé, à vrai dire. Je n'ai pas eu le

temps de me faire une opinion. C'est lui qui a acheté les Hauts de la Falaise, au fait.

— Ah oui ? C'est le propriétaire de la maison de tes rêves, autrement dit ?

Lindsay acquiesça d'un signe de tête.

— Ils viennent tout juste d'emménager à Cliffside. Ruth a perdu ses parents dans un accident il y a quelques mois. Elle traverse une période difficile. Et j'aimerais m'entretenir avec son oncle à son sujet pour essayer de la soutenir dans la mesure du possible.

— Donc tu dînes avec l'oncle uniquement pour parler de la nièce ?

— En quelque sorte, oui.

Agacée d'avoir à s'expliquer sur ses moindres faits et gestes, Lindsay se dirigea vers la porte.

— Passe une bonne soirée, maman. Tu n'as besoin de rien avant que je parte ?

— Je ne suis pas infirme.

Surprise par l'acidité de la remarque, Lindsay tourna la tête. Le visage de sa mère était tendu ; ses mains crispées sur les accoudoirs.

— Je sais que tu n'es pas infirme, maman.

Un silence tomba que ni l'une ni l'autre ne parvint à rompre. C'était comme si le gouffre d'incompréhension entre elles ne cessait de se creuser de jour en jour. Muette, atterrée, Lindsay fixait sa mère sans rien dire lorsque le carillon de l'entrée sonna. Mae haussa les épaules et se replongea dans son article.

— Amuse-toi bien, Lindsay.

Avec un amer sentiment de défaite, elle se tourna vers la porte.

— Merci. Passe une bonne soirée.

Lindsay se hâta de gagner le vestibule en s'efforçant de chasser ses doutes, sa culpabilité et sa tristesse. Elle avait quitté New York parce que l'état de santé de sa mère le nécessitait. Qu'aurait-elle pu faire de plus ou de mieux que ce qu'elle avait fait ? Rien, songea-t-elle, découragée. Strictement rien.

Brusquement, Lindsay ressentit le besoin d'échapper au carcan étouffant de la maison parentale. D'ouvrir la porte en grand pour respirer l'air du dehors. Partir droit devant elle et ne s'arrêter que lorsqu'elle aurait trouvé un endroit où elle pourrait être elle-même. Un endroit où il lui serait possible de se détendre, de réfléchir, de prendre à tête reposée une décision d'avenir qui lui ressemblerait vraiment.

Elle ouvrit à Seth, consciente qu'elle n'avait pas réussi à déloger la barre de plomb qui pesait sur sa poitrine.

— Bonsoir.

Saluant Seth d'un sourire, elle recula d'un pas pour le laisser entrer. Le costume sombre lui allait bien. Sous son air lisse, impeccable, cet homme avait quelque chose d'indéfinissable qui invitait au péché. Lindsay songea qu'elle était sensible — peut-être trop sensible — à la sensualité à la fois discrète et puissante qui émanait de lui.

— Donnez-moi juste une seconde, le temps de prendre un manteau. Le temps s'est refroidi avec la pluie d'hier.

Sans un mot, Seth l'aida à enfiler son imperméable

en cuir. Pendant qu'il drapait le vêtement autour d'elle, Lindsay s'interrogea sur l'attirance physique élémentaire qui rapprochait parfois deux êtres sans que leur volonté y ait la moindre part. Elle avait lu qu'il s'agissait d'un phénomène purement animal. Un regard, un geste, la simple proximité suffisaient à déclencher une série de processus complexes : la pression sanguine s'élevait, le cœur accélérait son mouvement de pompe ; la température du corps montait de quelques fractions de degrés. Nulle affinité, nulle affection préalables n'étaient nécessaires. Tout reposait sur une mystérieuse et inexplicable compatibilité chimique.

Lindsay ne résista pas lorsque Seth la fit pivoter vers lui pour ajuster le col de son manteau. Ils étaient si proches l'un de l'autre qu'elle se surprit à méditer à voix haute :

— Croyez-vous qu'il y ait matière à s'étonner si je suis fortement attirée par votre personne, alors que ma première impression de vous a été résolument défavorable et que rien ne me prouve encore que ma première opinion n'ait pas été la bonne ?

Un rapide sourire amusé détendit les traits de Seth.

— Posez-vous toujours des questions à la fois aussi directes dans le fond et tortueuses dans la forme ?

Lindsay se dégagea doucement.

— C'est assez habituel chez moi, oui. Je ne suis pas très douée pour dissimuler ce que je ressens. Et j'ai tendance à dire ce que je pense.

Elle prit ses affaires sur une console.

— Voici votre veste. J'avoue que je ne m'attendais pas à vous la rendre aussi... pacifiquement.

Le regard interrogateur de Seth glissa avec insistance sur ses traits.

— Vous aviez d'autres scénarios de retrouvailles en tête, Lindsay ?

— Plusieurs, oui, admit-elle. Et dans chacun d'entre eux, vous étiez consumé par les remords pour avoir impunément insulté une ballerine de renom par un après-midi pluvieux de septembre... Voilà, je suis prête, annonça-t-elle d'un ton léger. On y va ?

D'un geste qui lui était coutumier, Lindsay lui tendit la main. Après une hésitation presque impalpable, Seth l'accepta et entrelaça ses doigts aux siens.

— Vous êtes différente de l'image que je me faisais de vous, déclara-t-il tandis qu'ils s'engageaient côte à côte dans l'allée.

Lindsay renversa la tête en arrière pour regarder les étoiles.

— Ah oui ? Et comment m'imaginiez-vous ?

La nuit d'automne sentait le froid, l'humus, la pomme. Seth sourit en la voyant prendre une profonde inspiration. Il attendit qu'ils aient pris place dans sa voiture pour répondre à sa question :

— Le personnage que vous campiez ce matin correspondait assez bien au portrait que je me faisais de vous. Vous étiez très professionnelle, très détachée, avec un côté mystérieux et inaccessible — très « danseuse classique », en fait.

— J'avais la ferme intention de poursuivre dans le

même registre, ce soir, admit Lindsay. Mais en vous voyant, j'ai oublié mes résolutions.

— Accepterez-vous de me dire pourquoi vous aviez l'air prête à vous enfuir de chez vous en courant lorsque vous m'avez ouvert votre porte ?

Elle lui jeta un bref regard appréciateur.

— Vous êtes très observateur.

— A l'occasion, oui.

Avec un bref soupir, elle se renversa contre son dossier.

— C'est en rapport avec ma mère... Un sentiment permanent d'insuffisance.

Tournant la tête vers Seth, elle chercha son regard.

— Je vous en parlerai peut-être un jour, murmura-t-elle sans prendre le temps de se demander pourquoi de pareilles confidences lui paraissaient possibles. Mais pas ce soir. Je n'ai pas envie d'y penser maintenant.

Seth démarra la voiture.

— Entendu. Dans ce cas, vous accepterez peut-être de me dire en deux mots qui est qui dans cette bonne ville de Cliffside ?

Appréciant la délicatesse avec laquelle il avait négocié le changement de sujet, Lindsay sentit ses tensions se dissiper.

— Mmm... Le restaurant est loin d'ici ?

— A vingt minutes environ.

— Parfait. Cela devrait me laisser le temps de vous dresser la liste complète de nos célébrités locales. Je commence par le maire, la coiffeuse ou par le vieux Joe Bradley qui est le plus ancien pêcheur de la ville et le meilleur client du bar de la Marine ?

— Je vous laisse l'initiative.

Retrouvant petit à petit le sourire, elle entreprit de lui brosser un portrait haut en couleurs de la petite ville côtière, de ses habitants et de ses mœurs.

Chapitre 5

Lindsay se sentait étonnamment à l'aise avec Seth. Pour le plaisir de l'entendre rire, elle multiplia les anecdotes amusantes. L'humeur sombre et dépressive qui l'avait envahie après sa conversation avec Mae s'était évanouie sans laisser de traces. Et elle était bien décidée à faire plus ample connaissance avec le nouveau propriétaire des Hauts de la Falaise. Seth l'attirait et l'intriguait à la fois. Et même si une réaction volcanique devait résulter de leur rencontre, elle était prête à courir le risque. On ne s'ennuyait que rarement au cours d'une catastrophe naturelle.

Seth se gara devant un restaurant connu pour son élégance, la qualité de sa cuisine et le raffinement de son service. Lindsay avait déjà eu l'occasion d'y dîner à une ou deux reprises avec des hommes qui avaient voulu l'impressionner.

D'instinct, elle sut que ce n'était pas le cas de Seth. S'il l'avait emmenée là, c'était uniquement parce que le cadre et la qualité gastronomique des mets correspondaient à ses goûts. Et aussi, à en juger par ses vêtements et sa voiture, parce qu'il avait largement les moyens de s'offrir ce genre d'escapade.

— C'est ici que j'ai dîné pour la première fois en tête à tête avec mon père, se remémora-t-elle pensivement en descendant de voiture. Pour l'anniversaire de mes seize ans.

Elle attendit que Seth vienne la rejoindre sur le trottoir et lui offrit sa main.

— Jusque-là, je n'avais encore jamais eu le droit de sortir avec des garçons. Mon père a annoncé que son invitation officielle ce soir-là correspondait à mon « entrée dans le monde ». Et qu'il avait voulu être le premier homme à avoir l'honneur de passer une soirée en ma compagnie.

Elle sourit, touchée par cette évocation pleine de tendresse.

— Mon père avait toujours des attentions, des petits gestes de ce genre. C'était un magicien du quotidien.

Tournant les yeux vers Seth, elle vit qu'il l'observait avec cette intensité qui le caractérisait.

— Je suis heureuse d'être ici. Heureuse d'être avec vous aussi.

Il la dévisagea un instant avec curiosité puis effleura sa tresse.

— C'est également un plaisir pour moi de passer la soirée en votre compagnie.

Ils pénétrèrent côte à côte dans l'élégante construction en brique ancienne. Lindsay fut aussitôt attirée par les hautes fenêtres qui offraient une vue dégagée sur le détroit de Long Island. Au chaud dans la discrète atmosphère de luxe qui baignait la salle, elle avait l'impression d'entendre le bruit du ressac frappant la roche, de sentir les embruns et le froid de la nuit.

— J'aime beaucoup ce restaurant, commenta-t-elle, ravie. Il est à la fois très raffiné, très sélect, et néanmoins ouvert à la puissance des éléments. J'adore les contrastes, pas vous ?

Seth réfléchit un instant.

— Mmm... A condition qu'ils ne soient pas trop dissonants...

— Oui, mais la vie serait tellement triste si on pouvait tout ranger dans des catégories préétablies.

Le regard de Seth glissa des anneaux qu'elle portait aux oreilles à ses lèvres discrètement soulignées de rouge.

— J'avoue qu'il m'arrive de me demander dans quelle catégorie vous entrez, vous.

Songeuse, Lindsay laissa son regard s'évader par la fenêtre.

— Je me pose souvent la question moi-même. Vous, en revanche, vous avez une bonne connaissance de vous-même. Cela se sent.

— Si c'est un compliment, je vous en remercie, rétorqua-t-il avec l'ombre d'un sourire. Vous souhaitez prendre un apéritif ?

Reportant son attention sur Seth, Lindsay avisa le serveur qui attendait avec une admirable discrétion qu'ils veuillent bien s'intéresser à sa présence.

— Volontiers, oui. Un verre de vin blanc. Sec de préférence.

Le regard de Seth demeura rivé sur elle pendant qu'il passait la commande. « On sent en lui une calme ténacité, songea-t-elle. Comme un homme qui lit la première page d'un livre en sachant que, quoi qu'il arrive, il ira jusqu'à la dernière. »

Lorsqu'ils furent de nouveau seuls, le silence entre eux se prolongea, si chargé de tension sensuelle que Lindsay jugea urgent de rétablir les priorités.

— Il serait temps que nous parlions de Ruth.
— Tout à fait.

Mais le regard de Seth restait imperturbablement arrimé au sien.

— Seth... Il faudra arrêter de me fixer ainsi.
— Je ne pense pas, non, répondit-il aimablement.

Elle ne put s'empêcher de sourire.

— Et moi qui vous croyais si scrupuleusement poli.

Le bras posé sur son dossier, il semblait sûr de lui, détendu.

— Vous êtes très belle, Lindsay. Et il se trouve que j'ai la passion du beau.
— Merci.

Avec un léger haussement d'épaules, Lindsay décida qu'avant la fin de la soirée, elle se serait habituée au regard trop direct de Seth.

— Revenons à Ruth, reprit-elle. En l'observant ce matin, j'ai vu immédiatement qu'elle irait loin. Et j'ai été encore plus impressionnée, cet après-midi, pendant les cours.
— Ruth est folle de joie à la perspective de travailler quelques années avec vous

Lindsay secoua la tête.

— Ce n'est pas avec moi que Ruth devra étudier la danse. Pour une jeune danseuse avec un talent comme le sien, mon studio est beaucoup trop modeste. Il faut qu'elle poursuive son apprentissage à New York, dans une école de haut niveau, où elle pourra suivre les cours de façon plus intensive.

Le sommelier s'approcha pour apporter leurs verres. Seth leva le sien et prit le temps d'admirer la robe claire du vin avant de répondre.

— Vous voulez dire que vous ne vous sentez pas capable de former Ruth ?

La façon dont il formula sa question déplut intensément à Lindsay.

— Mes capacités d'enseignante ne sont pas en cause. Ruth a simplement besoin de danser avec des élèves de son niveau.

— Vous vous vexez facilement, commenta Seth en prenant une gorgée de son vin.

— Vous trouvez ?

Lindsay but à son tour et s'efforça d'être aussi pragmatique que lui.

— Il se peut que j'aie un caractère assez emporté, en effet. Vous avez sans doute déjà entendu dire que les danseurs étaient des gens plutôt tendus dans l'ensemble.

Seth hocha la tête.

— J'imagine qu'il s'agit d'un métier où on est constamment sous pression. Mais pour en revenir à Ruth, elle a l'intention de prendre quinze heures par semaine de cours de danse avec vous. Cela devrait suffire, non ?

S'il posait la question, c'est qu'il ne devait pas être entièrement borné et déraisonnable. Bien décidée à faire passer son message, Lindsay se pencha vers lui.

— Non, Seth. Elle devrait suivre une formation beaucoup plus spécialisée que celle que je peux lui proposer ici. Même si je la prenais en cours particuliers, elle ne bénéficierait pas de la même qualité d'apprentissage qu'à New York. Ruth a besoin de danser avec des partenaires. Or, j'ai quatre garçons inscrits à mon école en tout et pour tout. Et ils ne viennent à mes classes que pour s'assouplir et améliorer leurs prestations sur le stade de foot. Ils ne veulent même pas participer à mes spectacles. C'est dire à quel point la danse les fascine.

Lindsay leva les yeux au ciel en songeant à ses quatre lascars démotivés.

— Il faut être réaliste, Seth : Cliffside n'est pas un haut lieu de la culture. C'est juste une petite ville sans prétention, avec une population dotée d'un solide esprit pratique. Pour les gens d'ici, la danse c'est bien gentil, mais c'est du superflu. On peut en faire pour le plaisir ou pour améliorer ses muscles. Mais il ne viendrait à l'idée de personne d'envisager une carrière de danseur.

Seth remercia d'un bref signe de tête le serveur qui s'était approché pour remplir une seconde fois leurs verres. Regarder Lindsay parler était un plaisir en soi. A mesure qu'elle multipliait les arguments, ses mains s'animaient. Et leurs mouvements harmonieux semblaient obéir à une musique silencieuse et secrète dont la beauté le fascinait.

— Vous avez bien vécu toute votre enfance à Cliffside, objecta-t-il. Et ça ne vous a pas empêché de devenir danseuse professionnelle, à l'évidence.

Avec un léger soupir, Lindsay prit une gorgée de vin. Elle choisit ses mots avec soin :

L'éveil d'une passion

— Mon cas est un peu particulier, Seth. Ma mère ne vivait, ne respirait que pour le ballet classique. Inutile de préciser qu'elle prenait mon avenir de danseuse très à cœur. Je m'entraînais presque quotidiennement dans un studio situé à plus de cent kilomètres d'ici. Ma mère s'est astreinte sans hésiter à effectuer ces trajets. Je crois qu'elle passait la moitié de sa vie dans sa voiture, à l'époque.

Songeant à ses années d'apprentissage, Lindsay retrouva le sourire.

— Mon professeur de danse était moitié russe moitié française. C'était une femme extraordinaire. Elle a soixante-dix ans passés maintenant et elle a pris sa retraite. Sinon, je vous aurais supplié de lui confier votre nièce.

— C'est avec *vous* que Ruth a envie de poursuivre son apprentissage de la danse, lui rappela Seth d'un ton égal.

Lindsay en aurait hurlé de frustration.

— J'avais dix-sept ans — l'âge de Ruth — lorsque je suis partie pour New York. Et j'avais déjà passé huit ans à étudier intensivement la danse dans une école de très bon niveau. A dix-huit ans à peine, j'entrais dans le corps de ballet de la compagnie où j'ai fait carrière ensuite. Dans le monde de la danse, les places sont rares et la compétition est rude. C'est un univers compliqué, exigeant… mais merveilleux quand même, souligna-t-elle avec un léger rire. Et Ruth est faite pour cette vie-là. Elle mérite d'avoir sa chance, Seth. Ce serait un crime de laisser un talent comme le sien s'étioler.

Il mit quelques secondes à répondre.

— Ruth est très fragile encore. Elle vient de traverser

une lourde épreuve. Et New York sera toujours là dans trois ou quatre ans.

— Trois ou quatre ans ! se récria Lindsay en reposant le menu qu'elle venait d'ouvrir. Mais elle aura vingt ans !

— Un âge canonique, en effet.

— Pas canonique pour tout le monde, je vous le concède. Mais rien n'est plus éphémère qu'une carrière de danseuse, Seth. A trente ans, une femme peut dire adieu à la scène. Seuls quelques hommes poursuivent au-delà de la trentaine, lorsqu'ils ont bien rôdé certains de leurs grands rôles. Il y a eu Margot Fonteyn, bien sûr. Mais ça, ce sont les exceptions. Pas la règle.

— C'est pour cette raison que vous refusez de retourner à la scène ? Vous estimez qu'à vingt-cinq ans, votre carrière est déjà derrière vous ?

La question prit Lindsay tellement au dépourvu qu'elle demeura un instant interdite. Les paumes moites, soudain, elle fit tourner son verre entre ses doigts.

— Il était question de Ruth. Pas de moi.

Seth prit sa main et la retourna pour scruter longuement sa paume.

— Tout ce qui est mystérieux exerce une attirance, Lindsay. Et je ne conçois rien de plus irrésistible qu'une femme très belle et très secrète… Je ne sais pas si vous vous êtes déjà fait la remarque, mais certaines mains semblent avoir été conçues tout exprès pour qu'on y porte les lèvres. Et la vôtre se range dans cette catégorie.

Comme il joignait le geste à la parole, Lindsay fut parcourue d'un lent frisson. Fascinée, elle scruta les traits impassibles de son compagnon. Et s'interrogea sur les ravages que ses lèvres pourraient produire si elles s'attachaient aux siennes. Elle aimait beaucoup la forme de la bouche de Seth, d'ailleurs. Et comment ne pas avoir un faible pour son sourire en coin, mi-amusé, mi-railleur ?

« Tes priorités, Lindsay ! » se rappela-t-elle à l'ordre.

— Au sujet de Ruth…

Elle tenta de dégager sa main mais il la garda prisonnière.

— Au sujet de Ruth, oui : ses parents ont été tués dans un accident de train, il y a six mois à peine. Ils venaient de s'établir en Italie, tous les trois.

Elle ne sentit aucune crispation dans les doigts qui tenaient les siens. Mais la voix de Seth s'était durcie. Une image de leur première rencontre s'imposa soudain à l'esprit de Lindsay : elle le revit dressé au-dessus d'elle, noir et menaçant, comme une sorte d'émanation démoniaque des nuages qui se déchaînaient dans le ciel.

— Ruth avait une relation très fusionnelle avec ses parents, poursuivit-il sans détacher les yeux des siens. Comme ils voyageaient tout le temps, elle n'a jamais formé aucun autre attachement durable. Mon frère aîné et sa femme étaient tout pour elle. Il est inutile de vous préciser, je suppose, que le choc a été terrible. Leur installation à Rome ne remontait qu'à deux semaines et Ruth ne connaissait personne sur place. Elle s'est retrouvée orpheline du jour au lendemain dans un pays inconnu dont elle ne maîtrisait pas la langue.

Lindsay ouvrit la bouche pour exprimer sa compassion, mais Seth poursuivait déjà :

— Elle n'avait plus personne au monde que moi. Or, j'étais au fin fond de l'Afrique du Sud, sur un de mes chantiers. Il a fallu plusieurs jours avant qu'on parvienne à me joindre. Mon frère et ma belle-sœur étaient déjà enterrés lorsque je suis enfin arrivé en Italie pour récupérer une nièce tétanisée et en état de choc.

— Seth, je suis désolée. Terriblement désolée.

D'un geste instinctif, elle prit sa main entre les deux siennes.

— Ç'a dû être un cauchemar pour vous presque autant que pour Ruth.

Il garda le silence pendant quelques secondes avant d'acquiescer brièvement.

— Oui, ç'a été un cauchemar, en effet... Quoi qu'il en soit, j'ai ramené ma nièce aux Etats-Unis. Mais New York est une ville difficile. Et Ruth y déambulait comme une noyée. Je l'ai sentie trop fragile pour ne pas se perdre dans ce grouillement incessant autour d'elle.

— Alors vous avez trouvé les Hauts de la Falaise, murmura Lindsay.

Seth parut surpris qu'elle connaisse le nom de la maison. Mais il ne fit pas de commentaire.

— J'ai pensé qu'il lui fallait un environnement plus calme — plus réparateur, surtout. Je sais que Ruth elle-même n'est pas de cet avis. Elle a toujours voyagé de capitale en capitale. Comme mon frère, elle aimait le bruit, la couleur, le rythme de la vie des grandes villes. Et il va sans dire que je ne compte pas l'enfermer éternellement dans cet exil. Mais pour le moment, j'estime que Cliffside est la meilleure solution pour elle.

— Je comprends que vous essayiez de la protéger du monde pour un temps. Et je respecte votre initiative.

L'éveil d'une passion

Mais je crois que Ruth est avant tout une danseuse. Et à ce titre, elle a des besoins qui ne sont pas ceux de tout le monde, Seth.

— Nous en reparlerons dans six mois.

Il s'était exprimé avec une telle autorité que Lindsay se tut, ravalant l'argument qu'elle avait déjà sur le bout de la langue. Irritée, elle chercha son regard.

— Vous ne seriez pas un peu tyrannique, par hasard ?

— Assez, oui, admit-il avec un léger sourire. Vous avez faim ?

Sourcils froncés, elle rouvrit son menu.

— Un peu, admit-elle avec un soupir résigné. Il paraît que leur homard est excellent.

Le regard de Lindsay alla se perdre par la fenêtre pendant que Seth passait commande. Elle eut une vision de Ruth perdue dans une grande ville inconnue, livrée sans défense à son chagrin. Et obligée, à seize ans, d'agir, de décider, d'affronter seule tous les sinistres problèmes pratiques liés au décès parental. Elle-même ne se souvenait que trop bien de la panique dans laquelle l'avait plongée l'annonce de l'accident de ses parents. Jamais elle n'oublierait l'horreur ressentie pendant le trajet entre New York et Cliffside. Trouver à l'arrivée son père décédé et sa mère dans le coma resterait à jamais inscrit en elle comme l'expérience même de la solitude absolue.

« Et j'étais adulte, à l'époque. Une jeune adulte, certes, mais une adulte quand même, puisque je vivais seule depuis déjà trois ans. Je ne me trouvais pas à l'étranger, entourée d'inconnus. » Plus intensément que jamais,

Lindsay ressentit le besoin de venir en aide à Ruth, de la soutenir dans son épreuve.

Six mois, avait dit Seth. S'il était disposé à reconsidérer sa décision à ce moment-là, Ruth avait encore ses chances. Et en attendant, elle pouvait toujours mettre ce temps à profit pour aider la jeune fille à approfondir sa technique.

Qui sait ? Avec un peu de chance, elle parviendrait à convaincre Seth de changer d'avis avant l'échéance fixée. Mais pour le moment, la solution la plus sage consistait à s'incliner. Si elle insistait maintenant, elle se heurterait à un mur. Mieux valait laisser passer un peu de temps et revenir à la charge une fois que Seth et Ruth auraient pris leurs habitudes à Cliffside.

Un chantier en Afrique du Sud, avait-il dit... Sur quel genre de chantier un homme comme Seth pouvait-il bien œuvrer ? Sa mémoire se réveilla avant même qu'elle ait fini d'inventorier les possibilités.

— Bannion ! s'exclama-t-elle à voix haute. Vous êtes S.N. Bannion, l'architecte. Je viens tout juste de faire le rapport !

Seth haussa les sourcils.

— Je suis surpris que vous ayez le temps de vous intéresser à l'architecture. Je croyais que les danseurs ne vivaient que pour leur art.

— Nous sommes un peu obsédés par ce que nous faisons, c'est vrai. Mais il faudrait vraiment beaucoup de mauvaise volonté pour vivre à New York pendant trois ans sans entendre parler d'un architecte de carrure internationale comme S.N. Bannion. J'ai même lu un long article sur vous dans le *Time*, il y a environ un an.

L'éveil d'une passion

— Vous avez une bonne mémoire.

Un sourire amusé joua sur les lèvres de Lindsay.

— Une excellente mémoire, oui. Je me souviens même d'avoir vu votre nom à plusieurs reprises dans le genre de magazines qui s'empilent dans les salles d'attente des dentistes. Si mes informations sont exactes, une héritière australienne, une joueuse de tennis allemande et une diva espagnole auraient connu vos faveurs. Vous ne vous êtes pas fiancé avec Billie Marshall, la présentatrice du journal télévisé, il y a quelques mois ?

Seth fit tourner lentement son verre entre ses doigts.

— Je n'ai jamais été fiancé avec qui que ce soit, répondit-il en toute simplicité. Les fiançailles, comme chacun sait, conduisent au mariage.

— Mmm… oui. L'enchaînement paraît logique. Et la conjugalité ne fait pas partie de vos buts dans l'existence ?

Il répondit à sa question par une autre.

— Est-ce l'un des vôtres ?

Lindsay se donna un temps de réflexion.

— Je ne sais pas, finit-elle par murmurer, sourcils froncés. J'avoue que je ne me suis jamais formulé le problème en ces termes. Le mariage devrait être un but, selon vous ? Je le voyais plutôt comme quelque chose qui vous tombe dessus. Une heureuse surprise, en somme. Ou, en tout cas, une belle aventure.

— Voilà un discours de romantique ou je me trompe fort.

— C'est vrai que je suis romantique, admit Lindsay sans le moindre embarras. Mais vous n'êtes pas complètement terre à terre non plus, sinon vous n'auriez pas acheté les Hauts de la Falaise.

— Mes transactions immobilières font de moi un rêveur, selon vous ?

Lindsay se renversa contre son dossier.

— Les Hauts de la Falaise, c'est autre chose qu'une étendue de terrain avec quatre murs dessus. Et je suis persuadée que vous l'avez ressenti aussi. Vous auriez pu trouver une demi-douzaine de propriétés mieux situées. Et qui auraient nécessité moins de travaux que celle-ci.

— C'est vrai. Et pourquoi ai-je porté mon choix sur cette vieille bâtisse, à votre avis ? s'enquit Seth, intrigué par sa théorie.

En face de lui, Lindsay avait l'air plus fragile et mystérieuse que jamais, avec ses grands yeux bleus lumineux rivés sur lui.

— Parce que vous avez succombé à son charme. C'est un endroit exceptionnel, un lieu chargé de magie. Si vous aviez eu un esprit purement pratique, vous auriez jeté votre dévolu sur l'une des luxueuses copropriétés que l'on trouve plus loin sur la côte. Là où l'on prétend vous transporter dans la Nouvelle-Angleterre « authentique », tout en soulignant que vous serez à distance commode de l'autoroute ainsi que du centre commercial le plus proche.

Seth rit doucement.

— J'ai l'impression que vous n'appréciez pas beaucoup ce type d'habitat ?

— Je le déteste, admit Lindsay. C'est un point de vue parfaitement arbitraire, j'en conviens. Et je comprends tout à fait qu'on puisse apprécier la modernité, le confort

L'éveil d'une passion

et les avantages pratiques qu'offre ce genre de résidences. Mais je n'aime pas ce qui est trop bien léché, trop aseptisé, trop standard.

Elle fit la moue avant d'enchaîner avec un léger rire.

— Vous allez me répondre que j'exerce une profession où tout est « léché », justement : chaque mouvement est cadré jusque dans le moindre détail. Mais je n'ai jamais vécu la danse comme une discipline figée. Ce qui m'intéresse avant tout, c'est l'expressivité : être différent, innovant — comme vous l'êtes vous-même dans votre métier, d'ailleurs.

— C'est pour pouvoir exprimer qui vous êtes au fond de vous que vous avez mené votre carrière de danseuse jusqu'à de tels sommets ? s'enquit Seth juste avant de s'attaquer à son homard.

Lindsay secoua la tête.

— Je crois que c'est l'inverse : il me semble que c'est parce que je suis danseuse que j'ai eu envie de développer mes capacités d'expression… Cela dit, je n'ai pas l'habitude de m'observer de très près. Je préfère analyser les autres, à vrai dire, admit-elle en riant. Vous saviez que votre maison était hantée, au fait ?

Il sourit.

— Non. Aucun fantôme n'a été mentionné dans le contrat de vente. A moins qu'il n'y figure en lettres invisibles. Ce qui, pour un spectre ne serait pas autrement surprenant, me direz-vous.

Lindsay éclata de rire.

— Je suis sûre que vous n'êtes pas mécontent d'avoir hérité d'un revenant — *d'une* revenante, plus exactement.

— Mmm…, fit-il d'un air dubitatif. Vous aspireriez à ce genre de compagnie, vous ?

— Je ne m'accommoderais pas de n'importe quel fantôme, mais le spectre des Hauts de la Falaise est très fréquentable. Il y a cent ans, la malheureuse jeune femme a été surprise par son vieux barbon de mari alors qu'elle se glissait hors de la chambre conjugale pour rejoindre son amant. Dévoré par la jalousie, l'époux trahi l'a poussée du balcon du deuxième étage et elle est allée s'écraser sur les rochers en contrebas.

— Une solution radicale pour mettre fin à tout problème d'adultère, commenta Seth pince-sans-rire.

Lindsay hocha la tête et finit sa bouchée de homard.

— Tout ce qu'il y a de plus radical, oui, acquiesça-t-elle. Mais la jeune femme assassinée revient de temps en temps déambuler dans les jardins à l'abandon. Et les nuits sans lune, on l'entend pleurer sous l'arbre où son bel amant l'attendait.

— Vous avez l'air d'aimer cette histoire.

— A un siècle de distance, n'importe quel fait divers tragique finit par se teinter de romantisme. D'ailleurs, les deux ballets que je préfère sont *Giselle* et *Roméo et Juliette* — où les héroïnes meurent l'une et l'autre.

— Or vous avez interprété les deux rôles. D'où votre grande sympathie pour notre revenante amoureuse.

— Oh, je m'étais déjà attachée à votre fantôme avant de danser quelque rôle que ce soit, rectifia Lindsay avec un léger soupir. J'ai toujours été fascinée par les Hauts de la Falaise. Enfant, je m'étais même juré que j'en ferai un jour ma demeure... Voilà pourquoi je suis heureuse que vous en soyez l'acheteur.

Le regard de Seth glissa de ses lèvres à son cou.

— Ah oui ? Et pourquoi moi ?

— Parce que vous saurez l'apprécier. Et la faire revivre, surtout... Il paraît que vous avez déjà entrepris de la restaurer ?

Il sourit.

— Vous aimeriez voir le résultat ?

— J'en rêve, admit-elle.

— Je passerai vous prendre demain après-midi pour vous faire visiter... On vous a déjà dit que vous aviez un appétit étonnant pour quelqu'un de votre gabarit ?

— Mais c'est que j'ai quinze années de privations et de régime à rattraper !

Savourant la sensation de détente en compagnie de Seth, Lindsay beurra une tranche de pain et la dévora à pleines dents en songeant que la vie de prof de danse dans une petite ville, avait décidément *quantité* d'aspects positifs.

Le ciel était d'un bleu sombre et profond et les étoiles entre les nuages brillaient d'un éclat presque irréel. Un vent puissant courbait les arbres et secouait la voiture de Seth à chaque rafale. Mais Lindsay se sentait en sécurité dans l'espace clos du véhicule. Un soupçon de vin coulait encore dans ses veines et une sensation de plaisir lui montait à la tête.

La soirée avait été agréable. Beaucoup plus agréable, d'ailleurs, qu'elle ne l'avait pensé. Dès le premier instant, elle avait apprécié la compagnie de Seth. Qui aurait cru qu'un homme aussi sérieux parviendrait non seulement à la faire rire, mais à lui apporter en plus détente et bonne humeur ?

Lindsay avait parfaitement conscience du fait que ces trois années où elle s'était partagée entre sa mère et son studio de danse n'avaient pas toujours été très gaies. Elle se surprenait d'ailleurs depuis quelque temps à pécher par excès de sérieux — voire même à se laisser traverser par des passages de mélancolie.

Et contre cette triste maladie, le rire constituait le meilleur remède.

Par un accord tacite, Seth et elle avaient évité d'aborder les sujets trop polémiques. Lindsay savait que, tôt ou tard, ils seraient amenés à croiser encore le fer à propos de Ruth. Leurs projets pour la jeune fille étaient si radicalement opposés qu'il y aurait forcément de nouvelles disputes. Mais pour le moment, Lindsay se sentait d'humeur cent pour cent pacifique.

— J'adore les nuits comme celle-ci, lorsque les étoiles sont basses et que le vent siffle et gronde, comme s'il voulait faire courber l'échine au monde entier. Ce soir, vous entendrez l'océan se déchaîner. Vous avez choisi la chambre à coucher qui donne sur le détroit ? Celle avec le balcon suspendu juste au-dessus des rochers ?

Seth lui jeta un regard en coin.

— Vous avez l'air de connaître la maison comme votre poche ?

— N'oubliez pas qu'elle est restée inoccupée pendant

des années. Quel gamin aurait résisté à la tentation d'aller l'explorer ?

— Et c'est la chambre à coucher que vous auriez choisie pour vous-même ? s'enquit Seth d'un air amusé.

— Bien sûr. L'immense cheminée en pierre et les poutres au plafond sont déjà un argument en soi. Mais le balcon... Vous vous êtes déjà tenu dehors par un soir de tempête ? Ça doit être magnifique de voir les vagues frapper le pied de la falaise tandis que le ciel se déchaîne juste au-dessus.

— Vous aimez vivre dangereusement.

Le regard rivé sur les cheveux de Seth, Lindsay était en train de se demander s'ils seraient doux ou rêches sous les doigts. Etonnée par les dérives inattendues de sa pensée, elle se hâta de croiser les mains sur les genoux et se concentra sur sa question.

— Si j'aime le péril, c'est surtout par procuration ! Cliffside n'offre pas le genre d'environnement où le danger vous guette à chaque coin de rue.

— Votre spectre ne doit pas partager cet avis.

Lindsay rit de bon cœur.

— Pas mon spectre, le *vôtre*, en l'occurrence. Vous en avez l'entière responsabilité, désormais.

Seth se gara sur le trottoir devant chez elle et coupa le contact. En descendant de voiture, Lindsay sentit la bise froide lui souffleter les joues.

— L'automne est là pour de bon, cette fois, commenta-t-elle, avec une pointe de mélancolie. Bientôt, un feu de joie sera organisé sur la grande place. Marshall Woods viendra avec son violon et il y aura de la musique et des chansons jusqu'à minuit… Pour nous, à Cliffside, ce sera l'événement du mois, précisa-t-elle avec l'ombre d'un sourire. Mais pour vous qui voyagez d'une mégalopole à l'autre, nos petites distractions provinciales doivent sembler bien dérisoires.

— Bien familières, plutôt. J'ai passé toute mon enfance dans un coin perdu de l'Iowa, précisa Seth en franchissant la grille avec elle.

— Et moi qui vous voyais citadin jusqu'au bout des ongles ! J'aurais été prête à jurer que vous aviez grandi dans un milieu très sophistiqué, très urbain. Et vous n'avez jamais été tenté de retourner dans votre Iowa natal ?

Il secoua la tête.

— Trop de souvenirs.

Debout sur la première marche de l'escalier du perron, Lindsay se retourna et eut la surprise de trouver le visage de Seth à la hauteur exacte du sien. Dans ses iris verts, elle décela de minuscules taches dorées. Figée dans une contemplation rêveuse, elle entreprit de les compter une à une. Comme s'il n'y avait rien de plus naturel au monde que de se livrer à ce genre d'exercice, à minuit passé, avec un homme que, la veille encore, elle considérait comme son ennemi juré.

— Ça en fait treize en tout, murmura-t-elle. Six à gauche et sept à droite. Je me demande si cela porte malheur ?

Seth scruta le regard bleu qui semblait perdu dans le sien.

— Si *quoi* porte malheur ?

Embarrassée par ses propres divagations, Lindsay rougit.

— Rien. J'ai tendance à rêver tout haut par moments… Qu'est-ce qui vous fait sourire, Seth ?

— Je me demandais quand il m'était arrivé pour la dernière fois de raccompagner une fille chez elle et de trouver la lumière du perron allumée, pendant que la maman veillait à l'intérieur... Je crois que ça doit remonter à mes dix-huit ans.

Les yeux de Lindsay brillèrent.

— Je suis soulagée de découvrir que vous avez été jeune et innocent, vous aussi. Et que s'est-il passé avec la jeune fille ? Vous l'avez embrassée ?

— Naturellement. Pendant que sa mère écartait discrètement un coin de rideau pour surveiller la scène.

Lindsay sourit malicieusement en tournant la tête vers les vitres du salon.

— Je crois que nous sommes tranquilles en ce qui concerne la mienne. Elle doit dormir du sommeil du juste.

Posant les mains sur les épaules de Seth, elle se pencha pour lui effleurer les lèvres d'un bref baiser amical. Mais lorsque leurs bouches entrèrent en contact, elle oublia ses intentions premières. L'effet fut immédiat et distinctement cataclysmique.

Le cerveau brouillé par l'électrochoc, elle renversa la tête en arrière et ils se regardèrent en silence, figés l'un et l'autre dans une immobilité de pierre. Le cœur de Lindsay battait à grands coups sourds dans sa poitrine, comme lorsqu'elle attendait dans les coulisses avant un grand pas de deux final.

Mais ce duo avec Seth n'était pas de ceux que l'on répète à l'avance. Vieux comme le monde, il restait également le plus neuf, le plus inédit de tous. Son regard tomba sur la bouche de Seth et elle sentit gronder en elle une faim primitive.

Leurs visages se rapprochèrent lentement, comme si l'horloge du temps s'était arrêtée et que, déjà, l'éternité leur revenait en partage. Sans une hésitation, sans un faux mouvement, leurs corps se trouvèrent et se coulèrent l'un contre l'autre. Ils étaient comme deux amants de toujours se retrouvant après la nuit interminable de l'attente. Sûrs d'eux-mêmes. De la parfaite exactitude de leurs gestes.

Leurs lèvres se soudèrent. Se quittèrent. Revinrent s'interroger de nouveau. Les mains de Seth glissèrent sous son manteau pendant qu'elle cherchait sa chaleur sous sa veste.

Seth attrapa sa lèvre inférieure entre ses dents, immobilisant sa bouche vagabonde. Une pointe brève de douleur aviva le désir, le fit flamber sans retenue. Leur baiser devint tornade, où les langues se cherchaient, s'enlaçaient, bataillaient pour mieux s'entremêler. Remontant les bras dans le dos de Seth, Lindsay se raccrocha à ses épaules.

Elle se serra fort contre lui tandis que la bouche de Seth quittait la sienne pour explorer son cou. Les yeux clos, elle gémit sous la caresse de ses cheveux contre sa joue. Ils étaient doux, soyeux et demandaient à ce qu'on y enfouisse les doigts.

Les mains expertes de Seth trouvèrent la fermeture Eclair de sa robe. Puis la nudité de sa peau qu'elles explorèrent de la taille aux épaules. Le désir se fit tremblement. Et douleur.

Un tourbillon violent d'émotions vint se mêler à la faim purement physique. Saisie de vertige, Lindsay lutta pour reprendre pied. Elle se découvrait si vulnérable soudain que la peur surgit, prenant le pas sur le désir.

Elle se dégagea en le repoussant doucement. Seth libéra sa bouche mais garda les bras noués autour de sa taille.

— Il faut arrêter, maintenant, chuchota-t-elle d'une voix mal assurée.

Lindsay dut s'interrompre et fermer un instant les yeux pour retrouver une certaine clarté d'esprit.

— Je vous remercie pour cette soirée, Seth, finit-elle par déclarer avec un pâle sourire de politesse. J'ai passé un moment très agréable.

Il l'observa quelques instants en silence.

— Ce petit discours tombe un peu à plat après ce qui vient de se passer, non ? chuchota-t-il en frottant doucement ses lèvres contre les siennes.

— Vous avez sans doute raison... Mais...

Détournant la tête, elle se déroba à ses baisers.

— Je préfère rentrer maintenant. Je crains d'être un peu rouillée.

— Rouillée ?

Lindsay déglutit. Elle avait laissé le petit baiser « amical » aller infiniment trop loin. Difficile, à présent, de reprendre le contrôle de la situation en mains.

— S'il vous plaît... Je suis désolée... Je n'ai jamais été très douée pour me sortir de ce genre de situation et...

— Qu'entendez-vous par ce « genre de situation », au juste ?

Les bras de Seth la tenaient toujours comme dans un étau. Et il gardait son regard vissé au sien.

— Seth...

Son cœur recommençait à battre trop vite ; son souffle, de nouveau, menaçait de s'emballer.

— S'il vous plaît... Laissez-moi m'en aller maintenant avant que je me couvre de ridicule, supplia-t-elle d'une voix tremblante.

Une lueur de colère brilla dans le regard vert de Seth. Se penchant sur ses lèvres, il lui prodigua un baiser aussi tumultueux et dévastateur qu'il fut bref et violent.

— A demain, dit-il en la relâchant.

Secouée, pantelante, Lindsay repoussa d'une main tremblante les cheveux qui lui tombaient sur le front.

— Je crois qu'il serait préférable que nous ne nous...

— Demain, réitéra-t-il d'un ton sans réplique.

Lindsay le suivit des yeux tandis qu'il se dirigeait à grands pas vers sa voiture. « Demain », songea-t-elle.

Et un long frisson la parcourut dans le froid automnal de la nuit.

Chapitre 6

Le lendemain dimanche, Lindsay se sentait presque calme et détendue lorsqu'elle termina ses exercices quotidiens à la barre et monta se changer en vue de son expédition sur les Hauts de la Falaise. Jugeant judicieux d'adopter un profil bas, elle enfila un simple T-shirt sur un pantalon de sport couleur rouille, jeta la veste assortie sur un bras et dévala l'escalier. Elle parvint au rez-de-chaussée juste au moment où la mère d'Andy pénétrait dans le vestibule.

Carol Moorefield et son fils étaient comme le jour et la nuit. De taille menue, fine et élégante, la brune Carol faisait partie de ces beautés intemporelles que l'âge ne parvenait à altérer. Andy, lui, ressemblait plutôt à son père que Lindsay ne connaissait que pour l'avoir vu en photo. Il y avait plus de vingt ans désormais que Carol était veuve.

Après le décès de son mari, la mère d'Andy avait repris sa boutique de fleuriste et l'avait tenue avec beaucoup de goût et de talent. Lindsay avait toujours attaché une grande importance aux opinions de Carol. Et il n'était pas rare qu'elle recherche ses conseils.

— Tu sors faire ton footing ? s'enquit Carol en la voyant en tenue sportive.

Lindsay se surprit à rougir comme une gamine de treize ans.

— Euh... non. Pas exactement, balbutia-t-elle en embrassant l'amie de sa mère sur la joue. Je...

Carol sourit.

— Ah. Je vois. Tu as un nouveau rendez-vous avec ton bel inconnu d'hier soir ?

— Parce que vous êtes déjà au courant ? Les nouvelles circulent vite à Cliffside ! Ma mère vous a appelée hier soir, je suppose ?

Avec un rire affectueux, Carol lui passa la main dans les cheveux.

— Il se trouve que j'ai eu ta mère, oui. Mais je l'aurais su, de toute façon. Hattie MacDonald était à sa fenêtre lorsqu'il est passé te prendre. Et j'ai eu droit à mon bulletin d'information ce matin.

— Mmm... J'imagine qu'un pareil événement me place largement en tête de liste dans la série des potins du jour !

Carol pénétra dans le séjour et posa son imperméable et son sac sur le canapé.

— Tu as passé une bonne soirée, Lindsay ? demanda-t-elle avec sa sollicitude habituelle.

— Oui, oui. Très agréable... Nous avons dîné sur la côte, chez Maynard's. C'était excellent, comme d'habitude.

Comme le sang lui montait de nouveau aux joues, Lindsay renoua son lacet pour se donner une contenance. Carol réprima un sourire.

— De quel genre d'homme s'agit-il ?

Lindsay releva la tête.

— Je ne sais pas encore très bien, au juste. Mais c'est quelqu'un d'intéressant, en tout cas. Une personnalité forte. Il est sûr de lui, avec une certaine réserve. Conventionnel, par moments… Mais je pense qu'il doit être capable de faire preuve d'une grande sensibilité.

Face à l'émotion évidente de Lindsay, Carol ressentit un léger pincement au cœur. Elle avait beau savoir depuis des années que Lindsay n'était pas faite pour son Andy, elle avait toujours conservé un petit fond d'espoir.

— Il a l'air de te plaire, cet homme ?

— Oui…, admit Lindsay, avec un long soupir pensif. Ou du moins, il me semble. Saviez-vous qu'il s'agissait de S.N. Bannion, le célèbre architecte ?

Carol ouvrit de grands yeux.

— Pour une nouvelle, c'est une nouvelle, ça aussi. S.N. Bannion, ici, à Cliffside… Qui l'aurait cru ? Il n'était pas censé se marier cet été avec une pilote de course suédoise qu'il aurait rencontrée à Monaco ?

— D'après ce que j'ai compris, il s'agit plutôt d'un célibataire qui a l'intention de le rester.

Les yeux de Carol scintillèrent.

— C'est très excitant, tout ça ! Ta mère est au courant ?

— Non. Pas encore… je…

Lindsay s'interrompit pour tourner un regard hésitant vers la porte close de Mae.

— J'ai eu une conversation un peu tendue avec elle hier soir, confia-t-elle à mi-voix. Et nous ne nous sommes plus adressé la parole depuis.

La voyant consternée, Carol lui effleura la joue.

— Il ne faut pas que tu te mettes dans tous tes états pour si peu, Lindsay. Vous avez vécu trois années difficiles, toutes les deux. C'est normal qu'il y ait des frottements entre vous de temps en temps.

— J'ai l'impression de tout faire de travers avec elle, avoua Lindsay dans un murmure. Je lui suis redevable de…

— Stop.

Carol la prit par les épaules et la secoua gentiment.

— Les enfants n'ont pas de dette envers leurs parents, tu m'entends ? Tout ce que tu « dois » à Mae, c'est un minimum de respect et d'amour. Mais si renonces à tes désirs dans la vie pour essayer de t'adapter à ceux de quelqu'un d'autre, tu ne réussiras qu'à faire deux malheureuses au lieu d'une. Voilà, c'était mon conseil du jour.

Avec un sourire empreint de tendresse, Carol lui caressa les cheveux.

— Et maintenant, je te laisse partir à ton rendez-vous. J'ai l'intention de convaincre Mae de venir faire une grande balade en voiture avec moi. Nous allons nous offrir une petite journée de détente, toutes les deux.

Avec un sanglot étouffé, Lindsay jeta les bras autour du cou de Carol.

— Vous êtes tellement merveilleuse, Carol. Je me demande ce que nous serions devenues sans vous.

La mère d'Andy la serra avec affection sur son cœur.

— C'est gentil de me donner l'illusion d'être indispensable. Qu'allez-vous faire cet après-midi, ton ami Bannion et toi ? Une promenade sur la plage ?

— Seth m'a promis de me faire visiter sa maison.

— Ah, tes chers Hauts de la Falaise... Tu vas enfin avoir l'occasion de l'explorer en plein jour.

Rassérénée par sa conversation avec Carol, Lindsay sourit.

— Vous croyez que ma fascination va retomber d'un coup et que je trouverais le manoir de mes rêves soudain dépourvu de charme ?

Les yeux scintillants d'humour, Carol se dirigea vers les appartements de Mae.

— Cela m'étonnerait beaucoup... Amuse-toi bien, Lindsay. Et ne t'inquiète pas si tu n'es pas de retour à l'heure pour préparer le repas du soir. Ta mère et moi, nous dînerons au restaurant.

On sonna à la porte avant que Lindsay puisse répondre. Le cœur battant, elle se prépara à affronter Seth avec calme et maîtrise. A force de raisonnements, elle avait réussi à ramener les événements de la veille à leurs justes proportions. D'accord, elle avait un peu perdu la tête dans ses bras. Mais il s'agissait d'un phénomène ponctuel dû aux effets conjugués du vin, de la nuit et de la solitude sexuelle. Lesquels effets avaient encore été renforcés par l'expertise de Seth — grand don Juan devant l'éternel, à en juger par le nombre incalculable de conquêtes féminines qu'on lui prêtait.

Il convenait à présent de redescendre sur terre et de reléguer ce baiser aux oubliettes. En aucun cas, elle ne devrait oublier qui était Seth Bannion et quel type de rapport il entretenait avec les femmes. S'il les attirait avec facilité, il les quittait plus aisément encore.

D'où la nécessité d'orienter leur relation vers une amitié

prudemment balisée. Ne serait-ce que pour Ruth dont elle ne voulait en aucun cas perdre les intérêts de vue. En temps que ballerine et en tant que femme, elle se sentait une responsabilité envers la jeune fille.

Lindsay plaça une main sur son estomac et prit une respiration profonde pour calmer sa nervosité. Bien décidée à rester la plus impersonnelle possible, elle ouvrit la porte.

Seth portait un jean et un pull en cachemire ajusté qui dessinait un torse superbe et étonnamment musclé. L'impact de sa présence physique déstabilisa Lindsay d'emblée. Elle n'avait connu que deux hommes dans sa vie qui dégageaient ce même rayonnement animal, cette même sensualité brute. Il y avait eu Nick Davidov, pour commencer. Et puis un chorégraphe avec qui elle avait eu l'occasion de travailler sur une nouvelle version de *Coppelia*. Or dans la vie de ces deux hommes, il y avait eu *des* femmes. Jamais *une* femme.

Un voyant d'alerte clignota dans le cerveau de Lindsay. « Prudence », décida-t-elle, serait le maître mot de sa relation avec Seth.

— Salut, Seth.

Avec un sourire un peu trop étincelant, elle tira la porte derrière elle. Seth lui prit la main et la retint par les épaules alors qu'elle atteignait la dernière marche du perron. Le cœur battant, Lindsay s'aperçut qu'ils se trouvaient à la place exacte qu'ils avaient occupée la veille.

Sourcils froncés, il scruta ses traits.

— Ça va, Lindsay ?
— Oui, très bien.
— Sûr ?

L'éveil d'une passion

Elle sentit ses joues s'empourprer.

— Tout à fait. Pourquoi cela n'irait-il pas ?

Avec un léger haussement d'épaules, il entrelaça ses doigts aux siens et l'entraîna vers la voiture. Quel homme étrange, songea Lindsay, plus intriguée que jamais par le personnage. Elle avait rarement connu quelqu'un d'aussi déroutant, d'aussi impénétrable.

Dans l'espace clos — dangereusement intime — du véhicule, elle tenta de dissiper la tension sensuelle presque palpable en optant pour une approche enjouée.

— Avez-vous idée au moins, du nombre de regards qui sont fixés sur nous en ce moment, Seth ?

Il parut sincèrement surpris par sa question.

— Non, pourquoi ? Vous pensez qu'on nous observe ?

— Et comment. Tout le quartier est à son poste. Si vous regardez bien, vous verrez frissonner un rideau à chaque fenêtre. Des douzaines de spectateurs nous guettent.

— Intéressant, commenta-t-il. Cela vous gêne ?

Lindsay lui jeta un regard malicieux.

— J'ai l'habitude de me produire sur scène, ne l'oubliez pas. Je peux contenir ma nervosité… Mais pour vous, c'est peut-être plus ennuyeux ?

— Bien au contraire.

Avec une rapidité déconcertante, Seth la plaqua contre le dossier de son siège et s'empara de ses lèvres. Le baiser fut rapide mais efficace. Lorsque Seth releva la tête pour plonger son regard dans le sien, Lindsay avait la respiration irrégulière, l'esprit en déroute et les sens tourneboulés.

Personne, jamais — elle en était certaine — n'avait déjà ressenti ce qu'elle éprouvait en cet instant.

— Si spectateurs il y a, j'estime que nous devons leur offrir une prestation un tant soit peu mémorable, déclara Seth d'une voix basse et vibrante. Pas vous ?

— Mmm...

Incapable d'émettre autre chose qu'une vague onomatopée, Lindsay s'écarta pour se placer à distance prudente de son compagnon. Et se contenta pendant le trajet de commenter la vue et de disserter sur les caprices du temps.

Quelques kilomètres seulement, séparaient sa maison des Hauts de la Falaise. Et pourtant Lindsay eut le sentiment d'entrer dans un autre monde. Perchée au-dessus de la petite ville, la vaste demeure dominait le détroit, fièrement dressée au sommet de la paroi rocheuse. Aux yeux de Lindsay, l'austère manoir était une émanation même de la falaise, comme si une main géante l'avait sculptée dans le granit.

Les Hauts de la Falaise n'avaient rien de précieux ni de raffiné. C'était un lieu plus féroce qu'aimable, comme arc-bouté contre la fureur des éléments. Mais pour la première fois en douze ans, Lindsay vit les vitres étinceler au soleil et la fumée monter des quatre cheminées : le manoir était sorti de son orgueilleuse torpeur pour revenir à la vie.

Aucun rosier grimpant, aucune glycine n'égayait encore le granit de la façade. Mais les parterres étaient désherbés, les pelouses tondues. Ils suivirent l'allée tortueuse qui montait de la route pour conduire à la demeure.

— Elle est extraordinaire, non ? murmura Lindsay, plus charmée que jamais. Avec quelle arrogance elle tourne le dos à l'océan, comme pour montrer qu'elle n'a rien à craindre de ses assauts !

Seth se gara juste devant le monumental escalier en pierre qui menait à la porte d'entrée du manoir.

— Voilà une vision des choses qui me paraît pour le moins fantaisiste, observa-t-il avec l'ombre d'un sourire.

— Je *suis* fantaisiste, Seth.

— Oui, je sais.

Il se pencha au-dessus d'elle pour lui ouvrir sa portière. L'espace d'un instant, il s'immobilisa, si près qu'elle n'aurait eu qu'à tourner la tête pour que leurs bouches se joignent et se perdent l'une en l'autre.

— Etrangement, chez vous, cela ne me dérange pas. En règle générale, pourtant, je préfère les femmes dotées d'un solide esprit pratique.

Lindsay cligna des paupières. Elle dut faire un louable effort pour dissiper le brouillard sensuel qui lui paralysait le cerveau dès que Seth l'approchait d'un peu près.

— Ah vraiment ? Je n'ai jamais été douée pour la vie pratique. Rêver me réussit assez bien, en revanche.

Il prit une mèche de ses cheveux qu'il enroula autour d'un doigt.

— Et quel genre de rêve faites-vous, Lindsay ?

— Des rêves stupides pour la plupart. Ce sont les meilleurs.

S'arrachant tant bien que mal à la langueur qui menaçait de l'envahir, elle poussa sa portière et descendit de voiture. « Surtout, rester amicale, décontractée et impersonnelle », se dit-elle.

— La dernière fois que je suis venue ici, j'avais seize

ans et il faisait nuit noire, confia-t-elle à Seth. Il ne devait pas être loin de minuit et le pauvre Andy n'en menait pas large. Il voulait revenir sur ses pas mais je n'ai rien voulu entendre. Nous nous sommes glissés à l'intérieur par une fenêtre du premier étage.

— Andy ? releva Seth en sortant un trousseau de clés de sa poche. J'imagine qu'il s'agit de l'armoire à glace que vous embrassiez devant votre studio hier matin lorsque je suis arrivé avec Ruth ?

Lindsay hocha la tête, se contentant de saluer sa description d'Andy d'un léger froncement de sourcils.

— C'est votre petit ami ? s'enquit Seth d'un ton indifférent en faisant tinter ses clés dans ses paumes.

Elle soutint son regard sans ciller.

— Je n'ai plus seize ans, Seth. Les « petits » amis ne sont plus de mon âge. Mais les grands, oui. Andy est mon meilleur ami depuis toujours.

— Vous êtes démonstrative dans vos amitiés.

— Je le suis, oui. J'ai toujours pensé que l'affection s'exprimait aussi bien par les gestes que par les mots.

— C'est un point de vue qui ne manque pas d'attrait.

Seth introduisit la clé dans la serrure, poussa le lourd battant et s'inclina avec un léger sourire.

— Voilà. Vous pouvez entrer par la grande porte, cette fois-ci.

Le cœur battant, Lindsay franchit le seuil. Et fut tout aussi impressionnée que la première fois qu'elle avait pénétré dans l'enceinte mystérieuse des Hauts de la Falaise. La hauteur de plafond dans le vestibule donnait le vertige. Un escalier incurvé partait sur la gauche puis se divisait en deux pour rejoindre une galerie qui courait à mi-étage. Le papier peint fané et déchiré qui était resté inscrit dans ses souvenirs avait été remplacé par un très beau tissu mural uni sur lequel se détachaient trois magnifiques tapisseries anciennes. Quelques tapis de Perse rompaient la monotonie du parquet en chêne. Un rayon de soleil qui pénétrait par les vitraux au-dessus de la porte jouait sur les verres de couleur d'un grand lustre.

Sans un mot, Lindsay longea le hall central et poussa la porte d'un petit salon entièrement restauré. Comme dans un rêve, elle entra dans la pièce, effleura le bois ciré des meubles au passage, admira la parfaite harmonie née des contrastes de style et de matériaux.

— C'est magnifique, chuchota-t-elle en laissant glisser un doigt caressant sur le brocart rayé d'une petite causeuse. Vous avez su trouver exactement ce qu'il fallait pour rendre à ces lieux leur beauté passée tout en les ancrant résolument dans le monde d'aujourd'hui.

Seth l'observa sans répondre. Intemporelle et fragile, la beauté de Lindsay tissait avec l'esprit des lieux un accord subtil. Il fit un pas en avant et les effluves de son parfum l'enveloppèrent.

— Ruth est ici ? demanda-t-elle.

— Pas pour le moment, non. Elle passe la journée chez Monica.

Avec une douceur qui lui était inhabituelle, il lui effleura la joue.

— Je ne vous avais encore jamais vue avec les cheveux détachés, murmura-t-il. Vous êtes très belle ainsi.

Lindsay fit un pas en arrière.

— J'avais les cheveux défaits la première fois que nous nous sommes rencontrés, Seth, rectifia-t-elle en le regardant droit dans les yeux. Il pleuvait, souvenez-vous.

Un sourire énigmatique joua sur ses lèvres.

— Je me souviens.

Couvrant de nouveau la distance entre eux, il lui caressa le cou. Un frisson involontaire la parcourut.

— Vous êtes très sensuelle, Lindsay. Vous réagissez toujours au quart de tour lorsqu'un homme vous touche ?

Elle avait trop chaud soudain. Sa peau était comme en feu là où il avait posé les doigts.

— Ce n'est pas très fair-play comme question, Seth.

— Je ne suis pas quelqu'un de fair-play.

— Je ne pense pas, non, en effet. Pas dans vos relations avec les femmes, en tout cas. Je suis venue voir votre maison, Seth. Poursuivons la visite, voulez-vous ?

Sur le point de répondre, il fut interrompu par l'arrivée d'un homme mince et de petite taille. Chauve avec une petite barbe poivre et sel, il portait un costume trois-pièces sombre, de coupe stricte, une chemise d'un blanc immaculé et une cravate noire.

Le nouveau venu demeura figé à l'entrée de la pièce dans une attitude quasi militaire, les bras le long des flancs, le menton légèrement relevé. Lindsay eut une impression immédiate d'efficacité et de compétence.

— Si je puis me permettre d'interrompre Monsieur un instant ?

Seth porta son attention sur le majordome.

— Lindsay, voici Worth. Worth... Mademoiselle Dunne.

Worth inclina le buste en un salut impeccable.

— Enchanté, mademoiselle.

A en juger par l'accent et l'attitude, le dénommé Worth était un pur produit de la vieille Europe. Complètement captivée par le personnage, Lindsay lui offrit sa main à serrer.

— Je suis ravie de faire votre connaissance, monsieur Worth.

Worth hésita, interrogea Seth du regard puis lui effleura brièvement les doigts — comme s'il touchait une matière hautement explosive.

— Vous avez un appel de New York, Monsieur. Un certain M. Johnston. Une affaire importante, m'a-t-il dit.

Seth hocha la tête.

— Johnston ? Demandez-lui de patienter un instant. Je prendrai l'appel dans mon bureau... Lindsay, je vais être obligé de vous abandonner un petit moment. Souhaitez-vous boire quelque chose en attendant ?

— Non, ça ira. Je vous remercie.

Il était infiniment plus facile de tenir ses résolutions et de rester impersonnelle avec Seth lorsqu'il retrouvait son attitude froide et compassée que lorsqu'il déployait ses talents de séducteur. Avec un léger sourire, elle alla se placer près d'une fenêtre.

— Prenez votre temps, Seth. Je vous attends ici.

Il acquiesça d'un signe de tête et quitta la pièce.

Au bout de quelques minutes, Lindsay n'y tint plus. Elle avait visité le manoir de la cave au grenier au beau milieu de la nuit, alors qu'il n'était encore décoré que de poussière et de toiles d'araignée. A présent que le soleil éclairait doucement les parquets cirés à la perfection, comment résister à la curiosité ?

Se promettant, par souci de discrétion, de limiter son champ d'exploration au hall principal, elle se hasarda hors du petit salon. Plusieurs toiles de peintres contemporains retinrent son attention et elle demeura longuement en arrêt devant l'une des tapisseries. Sur un petit guéridon, elle vit un service à thé japonais d'une telle finesse qu'il lui sembla qu'un seul regard suffirait à le briser. Emportée par la curiosité malgré elle, Lindsay franchit une porte ouverte et eut l'heureuse surprise de se retrouver dans l'immense cuisine du manoir.

Si le charme restait d'époque, les équipements étaient résolument modernes. Les plans de travail étaient de bois, les cuivres astiqués étincelaient et un feu pétillait gaiement dans la grande cheminée en pierre. Le soleil généreux d'octobre entrait à flots par les fenêtres donnant sur l'ancien verger.

Sous le charme, Lindsay laissa échapper une exclamation de plaisir. Worth qui était occupé à couper des légumes en julienne releva la tête en sursaut. Une expression de profonde stupéfaction se peignit sur des traits que l'on devinait pourtant accoutumés à demeurer impassibles. Il s'essuya les mains sur son grand tablier blanc.

— Puis-je faire quelque chose pour vous, mademoiselle ?

— Oh, non. Rien du tout. Cette cuisine est une merveille, vous ne trouvez pas ? commenta-t-elle avec enthousiasme. Seth a fait un travail extraordinaire. Je n'ai encore jamais vu l'ancien et le moderne se fondre aussi harmonieusement.

Worth s'éclaircit la voix.

— En effet, mademoiselle, acquiesça-t-il d'un ton crispé. Vous vous êtes égarée, peut-être ?

— Non, non... Je déambulais dans le hall en attendant que Seth ait fini de téléphoner. Et quand j'ai vu la porte entrouverte, je n'ai pas pu résister à la tentation de pousser mes explorations plus avant.

Elle fit le tour de la cuisine pendant que Worth, figé sur place dans une attitude impeccable, la suivait des yeux avec consternation.

— J'ai toujours été fascinée par les cuisines, en fait, poursuivit Lindsay. Elles forment le noyau central autour duquel une maisonnée s'organise. Je rêve de trouver un jour le temps d'apprendre à cuisiner correctement.

Elle se remémora les éternelles salades suivies de yaourts qui constituaient l'ordinaire des danseurs à New York. Pour autant qu'elle se souvienne, son réfrigérateur avait presque toujours été vide, à l'époque. Occasionnellement, prise d'une immense fringale, elle se laissait aller avec quelques amis du corps de ballet à faire des orgies de pâtes dans un restaurant italien. Mais la plupart du temps, les repas étaient bâclés, escamotés, voire oubliés complètement.

— Je me débrouille à peu près pour préparer des repas simples, poursuivit-elle. Mais il ne faut pas me demander de faire quoi que ce soit d'un peu élaboré. J'imagine que vous devez être un excellent cuisinier ?

— Je fais de mon mieux... Mademoiselle aimerait que je lui serve un café dans le salon ?

Réprimant un soupir, Lindsay secoua la tête.

— Non, merci, monsieur Worth. Je pense que je ferais mieux de retourner voir si Seth a terminé sa conversation.

La porte s'ouvrit au même moment pour livrer passage au maître des lieux. Seth s'immobilisa net en voyant Lindsay. Elle se tenait près de la fenêtre et le soleil qui baignait son visage en soulignait encore la fragile beauté.

— Vous avez perdu patience, Lindsay ? Je suis désolé de vous avoir abandonnée aussi longtemps.

Lindsay jeta un bref regard d'excuse à Worth puis se dirigea vers Seth.

— Je crains d'avoir déboulé dans votre cuisine par mégarde. Que de changements depuis la dernière fois que je suis entrée dans cette vieille demeure !

Un message silencieux passa entre Seth et Worth. Puis Seth lui prit le bras et l'entraîna dans le couloir.

— Et quelle version des Hauts de la Falaise préférez-vous ? L'ancienne ou la nouvelle ?

Rejetant ses cheveux dans son dos, Lindsay leva les yeux pour sourire à Seth.

— Je devrais attendre la fin de la visite avant de me prononcer, mais je crois que je suis déjà conquise... Pour ce qui est de mon intrusion dans le domaine de Worth, en revanche, je suis *vraiment* désolée. Je crains de lui avoir infligé le choc de sa vie en m'imposant sur son territoire comme je l'ai fait.

— Worth est un homme de principe. Et il a une politique ferme en ce qui concerne les femmes et *sa* cuisine.

— Interdiction formelle d'y mettre les pieds, c'est ça ?

— Je vois que vous avez capté le message.

Ensemble, ils parcoururent les pièces du rez-de-chaussée.

La bibliothèque, tout d'abord, où les lambris d'origine avaient été restaurés, puis un autre petit salon, encore en chantier, où les anciens papiers peints avaient déjà été arrachés.

— Les travaux du rez-de-chaussée devraient être terminés d'ici la fin de l'hiver, commenta Seth alors qu'ils grimpaient à l'étage. Par chance, la construction est saine et il n'y a pas de gros œuvre à refaire.

Lindsay laissa glisser la main sur la rampe et s'étonna que le bois patiné puisse être si doux au toucher. Des mains innombrables — et sans doute quelques fonds de culotte — avaient dû le polir pour créer ce résultat incomparable. Elle sourit toute seule en songeant au passé de la vaste maison.

— Vous l'aimez vraiment, cette vieille demeure, commenta Seth en s'immobilisant sur le palier... Qu'est-ce qui vous fascine donc tant ici ?

Lindsay leva les yeux vers lui. Consciente qu'il attendait une vraie réponse, elle prit le temps de méditer sa question.

— Je crois que c'est sa solidité, son côté inaltérable. La plupart de nos maisons ici, aux Etats-Unis sont de bois et leur durée de vie est limitée. Alors que ce manoir semble avoir été construit pour braver l'éternité. Des générations pourraient s'y succéder. Et je suis très sensible à cette notion de durée.

Lindsay se détourna et suivit la galerie qui dominait le hall principal.

— Vous pensez que Ruth s'habituera à vivre ici ? Qu'elle finira par s'acclimater dans notre petite ville loin du monde ?

— Pourquoi cette question ?

Avec un léger haussement d'épaules, Lindsay répondit :

— Ruth m'intéresse.

— Sur le plan professionnel.

Surprise par la froideur catégorique de son ton, elle sonda ses traits.

— Sur le plan personnel tout autant. Avez-vous des objections contre le fait que votre nièce pratique la danse ?

Seth la gratifia d'un de ses longs regards scrutateurs.

— Je ne suis pas certain que votre définition du terme « pratiquer la danse » coïncide avec la mienne, Lindsay.

— C'est fort possible. Mais en l'occurrence, il me semble que seule la définition de Ruth devrait nous intéresser.

— Ma nièce n'est pas encore majeure… Et elle est sous *ma* responsabilité, ajouta-t-il d'un ton sans réplique avant que Lindsay puisse protester.

Poussant une porte, il s'effaça pour la laisser entrer.

L'aspect féminin de la chambre frappait le regard d'emblée. Le bleu lavande des lambris se retrouvait dans les rideaux alors que la cheminée en brique avait été peinte en blanc. Un grand lierre bicolore dégoulinait d'un pot en cuivre placé sur une petite table. Des portraits encadrés des grands noms du ballet classique couvraient les murs. Lindsay vit le poster dont lui avait parlé Seth. Sa Juliette face au Roméo incarné par Davidov. L'afflux des souvenirs la fit sourire.

— Inutile de demander qui occupe cette chambre, murmura-t-elle en effleurant une paire de rubans de satin rose abandonnés sur le bureau.

Du coin de l'œil, elle observa le mystérieux visage de

Seth. C'était un homme cosmopolite, brillant, habitué à voyager de par le monde. Et un homme libre, surtout, qui n'avait jamais eu à composer avec d'autres besoins que les siens.

La plupart des oncles célibataires à sa place auraient fourré leur nièce orpheline dans un pensionnat et se seraient contentés d'envoyer un chèque tous les mois. Seth, lui, n'avait pas seulement pris Ruth chez lui. Il avait été jusqu'à déménager pour lui procurer le type d'existence qu'il estimait devoir lui convenir.

— Votre générosité est-elle générale ou sélective, Seth ? s'enquit-elle avec curiosité.

Il haussa les sourcils.

— Vous avez la manie des questions insolites, observa-t-il en lui prenant la main pour l'entraîner plus loin dans le couloir.

— Et vous, vous avez la manie de les éluder.

— Voici la chambre qui doit rappeler de pénibles souvenirs à votre amie fantôme, déclara Seth sans répondre à sa petite pique.

Il actionna la poignée et poussa la porte. Ravie, Lindsay avança jusqu'au centre de la pièce et pirouetta sur elle-même en riant de plaisir.

— C'est absolument *parfait* Seth.

Son regard glissa de la banquette de fenêtre avec ses coussins en velours aubergine, aux tapis d'Orient sur les parquets. Se détachant sur le très beau vert sauge des murs, le mobilier victorien luisait doucement. Lindsay s'enthousiasma pour les bougeoirs en étain placés de chaque côté du grand lit ancien.

— C'est sans doute votre métier qui veut ça, mais vous avez su trouver exactement ce qu'il fallait pour redonner au manoir son caractère d'origine.

La cheminée en pierre était haute et massive. En scrutant l'âtre obscur, Lindsay vit en pensée des flammes hautes et claires jouant sur le grand lit... un lit où elle dormait, comblée d'amour et étroitement enlacée à Seth. Déconcertée par le caractère intensément réaliste de la vision, elle se détourna en sursaut pour déambuler dans la pièce.

C'était trop tôt. Trop rapide, surtout, se dit-elle. « Souviens-toi à qui tu as affaire, Lindsay. » Effrayée par la force de l'attirance qui la poussait vers Seth, elle se dirigea vers les portes-fenêtres d'une démarche d'automate et les ouvrit pour passer sur le balcon.

Une bouffée de vent lui souleva les cheveux. Elle fut assaillie par le fracas des vagues contre la roche, la morsure saline des embruns, la fraîcheur de l'après-midi finissante. Lindsay observa un instant la folle cavalcade des nuages dans le ciel, coursés par le vent violent. Puis elle alla s'accouder à la rampe et regarda en bas de la falaise.

La pente était abrupte, vertigineuse. Et les vagues puissantes s'acharnaient sur le pied de la paroi avec une inaltérable obstination. Absorbée dans sa contemplation, Lindsay avait à peine conscience de la présence de Seth derrière elle. Mais lorsqu'il lui prit les épaules pour la faire pivoter lentement vers lui, sa réaction fut instinctive et immédiate — aussi élémentaire que les forces qui se déchaînaient en contrebas.

Elle glissa les bras autour de son cou lorsqu'il l'attira

contre lui. Leurs corps s'ajustèrent, leurs bouches se soudèrent l'une à l'autre. Sans hésiter, elle s'ouvrit à son baiser. Lorsque les mains de Seth se murent dans son dos, elle se mit à trembler, non pas par peur ou par résistance, mais purement de désir.

Il la caressa sous son T-shirt, s'attarda sur ses côtes avant de prendre un de ses seins au creux de ses paumes. Elle était menue et les mains de Seth étaient grandes. Lentement, tout en approfondissant le baiser, il suivit l'aréole, en décrivant de petits cercles avec le pouce. Le désir la submergea. Ce fut comme un torrent qui l'entraîna au fil de son courant débridé jusque dans des profondeurs tumultueuses. Déjà, les doigts de Seth se réchauffaient au contact de sa peau, propageant des vagues concentriques de délice.

Lorsqu'il arracha ses lèvres des siennes pour lui dévorer le cou et les épaules, l'afflux de chaleur se fit brûlure. La froide caresse du vent sur ses joues formait un contraste qui ne faisait qu'exacerber son excitation. Seth planta les dents dans la peau délicate à la jonction de son cou. La douleur vint se mêler au plaisir et le rehaussa d'un cran supplémentaire.

Le bruit du ressac enflait démesurément, formant comme un écho lancinant à travers lequel Lindsay entendit Seth murmurer son nom. De nouveau, il chercha ses lèvres, l'embrassa avec passion, puis rejeta la tête en arrière pour plonger son regard dans le sien.

Dans ses yeux, Lindsay lut un mélange détonant de désir et de colère. Un violent frisson la parcourut. Elle se serait abandonnée de nouveau en aveugle dans ses bras s'il ne l'avait pas retenue par les épaules.

— J'ai envie de toi, déclara-t-il d'une voix rauque. Maintenant.

Elle scruta ses traits avec une avidité presque douloureuse. Le vent ramenait ses cheveux noirs sur son visage ; son expression était intense et plus que jamais ténébreuse. Le cœur de Lindsay battait si fort à présent que le rugissement dans ses oreilles couvrait jusqu'au fracas des vagues.

Autrement dit : elle flirtait de si près avec le danger qu'elle était à deux doigts du gouffre. Malgré le désir qui la tenaillait, elle secoua la tête.

— Non.

Elle sentit le sol tanguer sous ses pieds et dut se raccrocher à la rampe pour garder son équilibre. Se tournant vers le large, elle inspira à pleins poumons l'air froid et humide de l'océan.

D'un geste brusque, Seth lui prit le bras et la fit pivoter vers lui.

— Comment ça, « non » ?

La violence contenue de sa voix la fit frissonner. De nouveau, elle secoua la tête. Le vent ramena ses cheveux devant ses yeux et elle les repoussa avec impatience. Il devenait impératif de voir distinctement le visage de l'homme qui se tenait dressé devant elle, tel un Jupiter furieux, prêt à brandir son bâton de foudre.

On devinait chez Seth un fond sauvage, aussi primitif et indiscipliné que l'océan en contrebas. Et ce côté volcanique en lui la fascinait jusqu'au vertige.

— Non, Seth... Ce qui vient de se passer était sans

L'éveil d'une passion

doute inévitable. Mais je ne souhaite pas que ça aille plus loin.

Il se rapprocha pour lui saisir la nuque. Ses doigts étaient brûlants, persuasifs, irrésistibles.

— Tu ne penses pas ce que tu viens de dire.

De nouveau, ses lèvres vinrent chercher les siennes. Tendres, savantes, insistantes, elles jouèrent le jeu de la séduction jusqu'au moment où, avec un léger soupir de défaite, elle céda à leur emprise. Il l'embrassa avec une telle force qu'elle dut se cramponner à lui pour ne pas perdre l'équilibre. Le souffle coupé, elle avait la sensation de tomber en chute libre dans l'abîme.

— Je te veux dans mon lit, Lindsay. Laisse-moi te faire l'amour.

La caresse des mots brûlants sur ses lèvres envoya comme une coulée de lave dans ses veines. Se dégageant non sans mal, elle soutint son regard.

— Essaye de comprendre qui je suis, Seth. Les liaisons brèves, les rapports éphémères ou les histoires à ellipses, ce n'est pas pour moi.

Avec une sourde exclamation d'impatience, elle repoussa les cheveux que le vent ramenait sur son visage.

— J'aspire à autre chose qu'à une relation où l'on se retrouve au gré des humeurs de chacun, pour le plaisir de faire un petit tour ensemble au lit. Je ne suis pas aussi émancipée que toi, Seth. Je n'ai pas envie de te partager avec d'autres. Ni de tenter de rivaliser avec les nombreuses femmes qui ont croisé ton chemin.

Elle se détourna pour regagner la chambre mais il la retint par le bras, la forçant de nouveau à lui faire face.

— Parce que tu crois vraiment que nous pouvons faire abstraction de ce qui est déjà là, entre nous ?

Envahie par le doute, Lindsay sentit monter un début de panique.

— Oui, répondit-elle d'une voix presque suraiguë. Il le faut.

— Je veux te revoir ce soir.

— Non, Seth. C'est hors de question, chuchota-t-elle, effarée.

Comme il tentait de nouveau de la prendre dans ses bras, elle recula d'un pas, sans le quitter des yeux.

— N'insiste pas, murmura-t-elle. S'il te plaît.

— Je n'ai pas l'intention de passer à côté de cette histoire, Lindsay. Il y a quelque chose de fort entre nous.

— La seule chose qu'il y a entre nous, c'est Ruth. Et nous ferions bien de nous en souvenir si nous ne voulons pas compliquer inutilement la situation.

L'ombre d'un sourire joua sur les lèvres de Seth. Il prit une mèche de ses cheveux et l'enroula autour de son index.

— Compliquer la situation ? Je ne crois pas que tu sois femme à t'accommoder d'un excès de simplicité, Lindsay Dunne. Tu es beaucoup trop complexe pour cela.

— Tu ne sais rien de moi, rétorqua-t-elle, pantelante, les jambes coupées par un mélange de crainte, d'exaspération et de désir.

Il sourit franchement cette fois et lui prit le bras pour la conduire hors de la chambre.

— Il est vrai que je ne te connais pas encore, Lindsay. Mais j'ai la ferme intention de remédier à ce problème.

Chapitre 7

Presque un mois s'était écoulé depuis que Ruth était venue s'inscrire à l'école de danse. Le froid était tombé vite, cette année et dans les brumes de fin octobre on sentait déjà la neige proche. Lindsay avait poussé au maximum l'antique chauffage du studio. Un cache-cœur noué sur son justaucorps, elle donnait son dernier cours de la journée.

— Glissé... développé... arabesque...

Tout en indiquant les pas, elle tournait dans le studio, pour examiner ses élèves avec attention, contrôlant la posture, le port de tête, la position des mains. Elle était satisfaite de son cours avancé du samedi. Les filles travaillaient bien, dans l'ensemble. Gracieuses, sensibles au rythme et à la musique, elles avaient toutes une certaine facilité. Mais plus le temps passait, plus Ruth se démarquait du reste du groupe.

Ses aptitudes étaient si loin au-dessus de la moyenne que Lindsay trouvait de plus en plus insupportable de la voir gaspiller ses talents dans un endroit comme Cliffside. Il n'y avait qu'à la voir exécuter ses sauts et ses fouettés pour se rendre compte qu'elle avait besoin de se former de façon professionnelle, bon sang ! Ruth n'avait pas seulement du talent, elle était *habitée* par l'amour de la danse. La passion était là, visible, à fleur de peau, luisant dans ses yeux sombres.

Comment convaincre Seth que certaines vocations étaient trop impérieuses pour que l'on ait le droit de se mettre en travers de leur chemin ?

Dès le moment où ses pensées dérivèrent sur Seth, l'attention de Lindsay flancha, se détacha de ses élèves. Elle se revit enlacée à lui sur le balcon de la chambre de Seth, et un irrépressible frisson de plaisir courut le long de sa colonne vertébrale. Autant l'admettre : il ne se passait pas une journée sans que les baisers échangés avec Seth ne reviennent lui chatouiller la mémoire. Elle avait espéré au début que le détachement et l'oubli viendraient rapidement. Mais l'impact avait été si fort, l'attirance si fulgurante que ni le temps ni l'absence ne faisaient leur œuvre. Et il lui fallait se rendre à l'évidence : le « quelque chose » qui existait entre Seth et elle ne se laisserait pas éradiquer facilement.

— Grand jeté ! ordonna Lindsay en croisant les bras sur la poitrine.

Même après un mois, les souvenirs liés à Seth restaient d'une acuité étonnante. Au point de prendre parfois une qualité hallucinatoire. Non seulement, il lui semblait voir Seth partout, mais à plusieurs reprises, elle avait cru reconnaître son odeur dans les endroits les plus variés : sur un trottoir, dans un café, au cinéma.

Le matin, en buvant son café, elle se laissait aller à des rêveries dans lesquelles elle replongeait en fin d'après-midi lorsqu'elle se retrouvait seule dans le studio de danse. Et lorsqu'elle se réveillait sans raison au milieu de la nuit, la mécanique des souvenirs se remettait en marche en accéléré. Elle devait même se faire violence pour ne pas questionner Ruth au sujet de son oncle.

— Détends tes épaules, Brenda, lança Lindsay, honteuse de sa distraction, en s'approchant de son élève pour lui montrer comment placer ses bras.

La sonnerie du téléphone dans son bureau la fit tressaillir. Personne ne l'appelait jamais au studio pendant ses heures de cours. « Serait-il arrivé quelque chose à ma mère ? » se demanda-t-elle, le ventre instantanément noué par l'angoisse.

— Brenda, prends la relève, d'accord ?

Gagnant son bureau au pas de course, Lindsay se hâta de décrocher.

— Ici, l'école de danse de Cliffside.

— Lindsay ? C'est toi, ma *ptichka* ?

Lindsay poussa une exclamation de joie et de surprise. Cet accent-là, elle l'aurait reconnu entre mille.

— *Nick ?* Nick, je rêve ou c'est vraiment toi ?

Pour couvrir le son du piano de Monica, elle se boucha une oreille en se laissant tomber dans son fauteuil.

— D'où appelles-tu, Nick ?

— D'où veux-tu que je t'appelle ? De New York, bien sûr.

La joyeuse énergie qui transpirait dans la voix de Nick avait toujours réchauffé le cœur de Lindsay, même dans les moments les plus difficiles.

— Naturellement, oui. Quelle question ! Tu as toujours été un new-yorkais indécrottable.

— Comment va ton école de danse, ma *ptichka* ?

— Bien. Très bien. J'ai quelques élèves ici qui ne se débrouillent pas mal du tout. Mais il y en a une, surtout, qui a le talent et l'envergure pour devenir danseuse professionnelle. Je veux absolument que tu la rencontres, Nick. Ruth a dix-sept ans et elle a besoin de…

— Tu me parleras de ta Ruth plus tard, la coupa Nick avec sa désinvolture habituelle. C'est de toi que je viens prendre des nouvelles. Comment se porte ta mère, pour commencer ?

Lindsay hésita une fraction de seconde.

— Beaucoup mieux, heureusement. Elle se déplace toute seule, retrouve peu à peu son autonomie.

— Bien. Très bien, même. Alors quand reviens-tu à New York ?

— Nick…

Lindsay tourna la tête et scruta la photo encadrée où elle dansait avec l'homme qui lui parlait au téléphone à l'instant même. Trois années s'étaient écoulées depuis qu'elle avait mis les pieds à New York pour la dernière fois. Mais il aurait pu tout aussi bien en passer trente.

— Je me suis arrêtée trop longtemps, Nick. Une interruption de trois ans, ça ne pardonne pas dans notre métier.

— N'importe quoi. Tu es irremplaçable, mon oiseau des îles. On a besoin de toi, par ici.

Lindsay secoua la tête. Nick avait toujours été autoritaire et impérieux. Serait-ce son destin d'avoir systématiquement affaire à des hommes dominateurs ?

— Je n'ai plus la condition physique, Nick. Pas suffisamment pour revenir sur scène, en tout cas. Il arrive un moment où il faut savoir laisser la place à d'autres. Des jeunes et nouveaux talents s'affirment tous les jours, précisa-t-elle en songeant à Ruth. C'est de sang frais que l'on a besoin, aujourd'hui.

— Arrête de parler comme une grand-mère ! A vingt-cinq ans, les jeux ne sont pas encore faits, même dans le milieu de la danse ! Depuis quand le travail acharné et la compétition te font-ils peur, Lindsay ?

Le défi et la provocation avaient toujours été les instruments de manipulation préférés de Nick. Lindsay ne put s'empêcher de sourire.

— Nikolai Davidov, arrête d'essayer de me manœuvrer et regarde la réalité en face : enseigner la danse n'est pas aussi exigeant que de danser comme soliste dans une compagnie de ballet professionnelle. On n'arrête pas le passage du temps. Que nous le voulions ou non, nous sommes soumis au processus de vieillissement.

— Et cela te fait peur ?

— Un peu, oui, admit-elle.

Sa confidence fit rire Nick.

— C'est très bien. La peur te donnera des ailes. Et tu danseras mieux que jamais.

— Nick…

— Tu n'as pas le droit de me laisser tomber, mon oiseau. J'ai bientôt fini de composer mon premier ballet.

Lindsay poussa une exclamation de surprise.

— Ton premier ballet ? Mais Nick, c'est merveilleux ! Tu te lances comme chorégraphe, finalement ?

— Il ne me reste plus que quelques années à danser. Et j'ai cet univers dans la peau. On m'a proposé le poste de directeur de la compagnie, il y a quinze jours. Et j'ai décidé de dire oui.

Lindsay sourit.

— J'étais sûre que cela finirait par arriver ! Et je suis ravie pour toi comme pour tes danseurs, Nick. Ils vont souffrir de ton despotisme, c'est vrai, le taquina-t-elle. Mais il y aura des compensations.

— Toi aussi, je veux te faire souffrir à la barre du matin au soir, Lindsay. Alors reviens danser avec nous. Je peux m'arranger pour te faire réintégrer.

— Non, Nick. New York et la scène ne sont plus mon univers. Je ne...

— Lorsque j'écris ma chorégraphie, c'est toi que je vois danser devant mes yeux, *ptichka*. Elle s'appelle Ariel, et Ariel, c'est toi. Ce ballet, je ne l'interpréterai avec personne d'autre que Lindsay Dunne, ma partenaire attitrée.

— Oh, Nick, s'il te plaît...

Au comble de l'indécision, Lindsay se pinça la racine du nez entre le pouce et l'index. Dans la pièce voisine, elle entendait les voix joyeuses des filles qui ôtaient leurs chaussons pour enfiler leurs chaussures de ville. Ses élèves étaient toute sa vie, désormais. Et l'univers que Nick lui proposait de réintégrer lui paraissait à des années-lumière de l'existence qu'elle s'était construite.

— Ecoute, Lindsay, nous n'allons pas poursuivre le débat par téléphone. Je préfère en parler de vive voix. Tu sais quoi ? Dès que j'aurai terminé le ballet, je viendrai te voir à Cliffdrop.

Lindsay ne put s'empêcher de sourire.

— Cliffside, Nick.

— Cliffside, Cliffdrop... C'est tout du pareil au même, non ? Il ne faut pas demander à un danseur russe de New York de maîtriser la géographie du Connecticut ! Début janvier au plus tard, je serai chez toi, dans ton Cliff quelque chose et je te montrerai le ballet. Puis tu reviendras danser pour moi.

Lindsay poussa un soupir découragé.

— A t'entendre, ce serait aussi simple que de prendre rendez-vous chez le dentiste !

— Bien sûr que c'est simple ! Les décisions les plus importantes, dans la vie, ne sont pas forcément les plus compliquées à prendre. Tu verras. On se revoit en janvier, *ptichka*.

Lindsay lâcha le combiné et secoua la tête, encore abasourdie par la proposition qui venait de lui tomber du ciel. Une chose était certaine : Nick n'avait pas changé et il ne changerait sans doute jamais. Son engagement dans la danse était total. Il était brillant, impulsif, généreux. Et tellement passionné, songea-t-elle en raccrochant. Jamais il ne parviendrait à comprendre que l'on choisisse de renoncer volontairement à la scène. Comment lui expliquer qu'on pouvait être profondément attaché à une phase révolue de sa vie sans avoir pour autant envie d'y retourner ?

Nick Davidov était trop entier, trop investi pour prendre en compte ce genre de nuances. Il était né avec la danse dans le sang et il y consacrerait sans doute jusqu'à son dernier souffle.

Profondément absorbée dans ses réflexions, Lindsay se leva pour examiner les photos qui résumaient sa carrière à New York. Pour Nick, il n'y avait jamais eu qu'un seul facteur déterminant : la danse. Alors que pour elle, tant d'autres éléments entraient aussi en ligne de compte ! Lesquels exactement, elle aurait été incapable de le formuler. Mais en quittant sans le vouloir le monde de la scène, elle avait senti peu à peu les fils qui la reliaient à cet univers se distendre.

Peut-être était-il temps de prendre une décision claire une fois pour toutes ? Tourmentée par l'indécision, Lindsay croisa frileusement les bras sur la poitrine et regagna le studio où quelques élèves s'attardaient encore. Il faisait tellement froid dehors que les filles hésitaient à affronter la nuit glaciale. Au fond de la salle, Ruth s'exerçait seule à la barre.

Monica leva les yeux de son piano et lui sourit dans le miroir.

— Ruth et moi, nous nous sommes organisé une petite soirée pizza ciné. On compte sur toi pour te joindre à nous, Lindsay.

— Je ne demanderais pas mieux, les filles, mais je dois m'occuper de notre prochain spectacle. Si je ne me remue pas un peu, Noël va arriver et rien ne sera prêt.

Monica lui posa affectueusement la main sur le bras.

— Tu ne t'accordes pas assez de loisirs, Line. Fais attention de ne pas t'enfermer dans une vie d'ermite, à force de te démener pour ton école aux dépens de tout le reste.

Lindsay serra les doigts de son amie entre les siens. Les beaux yeux bruns rivés sur elle étaient empreints d'une réelle sollicitude.

— Tu as raison de me mettre en garde, Monica. Je vais essayer de prendre un peu plus de temps pour moi, en effet.

Les deux jeunes femmes relevèrent la tête d'un même mouvement lorsque la porte du studio s'ouvrit, livrant passage à Andy. Une bouffée d'air glacial s'engouffra dans la pièce.

— Hé, Andy! Salut!

Lindsay se porta à la rencontre de son ami d'enfance et serra ses deux mains dans les siennes.

— Je ne pensais pas te voir ici, ce soir.

— En tout cas, j'arrive au bon moment, on dirait.

Andy jeta un regard indifférent aux quelques jeunes danseuses qui se préparaient à sortir. Puis il salua distraitement Monica. La pianiste, elle, ne l'avait pas quitté des yeux depuis qu'il était entré dans le studio.

— Bonsoir Andy, murmura-t-elle avec un sourire timide.

Ruth, qui continuait à travailler à la barre, observait la scène en s'interrogeant sur les interactions entre les trois adultes en présence. Les intéressés eux-mêmes ne semblaient se rendre compte de rien. Mais pour un regard extérieur, les attirances croisées sautaient aux yeux. Lui, Andy, était éperdument amoureux de Lindsay. Alors que Monica, elle, aimait Andy. Ruth avait vu la pianiste rougir jusqu'aux oreilles lorsqu'il était entré dans le studio. Mais Andy n'avait d'yeux que pour Lindsay et ne s'était même pas aperçu de l'engouement dont il faisait l'objet.

Ruth en conclut que l'amour était un sentiment pour

le moins étrange. Et qu'il menait des gens parfaitement sensés à se comporter comme des aveugles tâtonnant dans le noir.

Quant à Lindsay, elle semblait flotter à cent lieues au-dessus de toutes ces humaines passions. Ruth soupira. Lindsay résumait à elle seule tout ce qu'elle espérait devenir un jour : une vraie ballerine, confiante en elle-même, gracieuse et belle comme un ange. Aux yeux de Ruth, Lindsay se mouvait, non pas comme un papillon ou un oiseau, mais à la manière d'un nuage. Chaque pas qu'elle faisait était une œuvre d'art en soi, tant la danse avait imprégné chacun de ses gestes pour devenir partie intégrante de son être.

Ce n'était pas de l'envie que ressentait Ruth en la regardant, mais le besoin de ressembler, de s'identifier, de se construire sur un modèle identique. Si bien que Lindsay était pour elle l'objet d'une constante observation. Ruth aurait tellement aimé partager la nature ouverte et chaleureuse de son professeur de danse ! Lindsay Dunne ne refoulait pas ses élans ; elle riait, pleurait, prenait les gens dans ses bras aussi facilement qu'elle respirait. Sa grande spontanéité créait une impression de simplicité, de transparence. Mais sous la gaieté enjouée de surface, Ruth pressentait un univers intérieur beaucoup plus complexe qu'il n'y paraissait au premier abord.

Il y avait un monde de passions cachées chez Lindsay. Mais elles restaient contenues, maîtrisées. La danse les libérait, sans doute. Mais peut-être existait-il d'autres clés susceptibles de les faire remonter à la surface ?

Ruth en était là de ses réflexions lorsque la porte s'ouvrit

L'éveil d'une passion

de nouveau. A sa grande surprise, ce fut son oncle, cette fois, qui s'engouffra dans le studio en même temps qu'une bourrasque de vent froid. Elle réprima l'exclamation de bienvenue qui lui montait aux lèvres et se contenta de sourire.

Et d'observer, une fois de plus.

L'échange de regards entre Lindsay et Seth fut bref mais volcanique. Si elle n'avait pas été aussi attentive, Ruth n'aurait sans doute rien remarqué, car la rencontre visuelle n'avait duré qu'une fraction de seconde. Mais elle était certaine de ne pas avoir rêvé : il y avait eu entre eux comme un éclair, un dialogue sans voix aux accents électriques.

Sous le choc, Ruth examina son oncle d'un regard neuf. Ce qu'elle venait de percevoir entre Lindsay et lui la prenait au dépourvu. Et pourtant, dans le chassé-croisé amoureux entre les trois personnages, Seth arrivait comme le quatrième élément indispensable. L'attirance entre Lindsay et lui était aussi évidente que celle de Monica pour Andy. Celle d'Andy pour Lindsay.

Tous ces adultes, pourtant, se comportaient plus ou moins comme si de rien n'était. *Stupéfiant*. Ne percevaient-ils donc rien des affects qui faisaient rage entre eux ? Ou s'appliquaient-ils à les ignorer par une sorte d'accord tacite ?

Ruth se remémora les sentiments qui avaient uni ses parents ; la façon dont leur amour s'était reflété dans chacun de leurs gestes, chacun de leurs regards. Le souvenir de ces deux êtres tendrement aimés l'emplit d'un mélange de nostalgie et de profonde tristesse.

Elle ne s'était pas sentie exclue par l'amour qui unissait ses parents. Il avait été suffisamment vaste, toujours, pour qu'elle y trouve sa place.

Avec un léger sourire, Ruth se baissa pour ôter ses pointes. Et songea qu'il ne lui déplairait pas, au fond, de se sentir de nouveau incluse dans une vraie famille...

Lindsay sentit l'impact du regard de Seth se répercuter dans tout son être. L'onde électrique la traversa de part en part, puis se retira si vite qu'elle demeura, les jambes coupées, comme vidée de ses dernières forces. Non, son attirance pour Seth ne s'était pas atténuée. Elle avait doublé d'intensité, au contraire.

En un millième de seconde, son cerveau avait enregistré les détails de sa tenue, son expression, son allure. Elle vit ses cheveux que le vent avait fouettés et ébouriffés, sa veste en mouton retourné qu'il portait ouverte malgré le froid, la façon dont son regard semblait vouloir l'absorber tout entière.

Elle, si attentive à ce qui se passait autour d'elle d'ordinaire, avait oublié le lieu, les circonstances, les êtres chers qui l'entouraient. Si Seth et elle avaient été dressés face à face au sommet d'une montagne solitaire, elle aurait eu exactement la même impression d'absorption totale.

« Je suis heureuse de le voir », comprit-elle brusquement. Vingt-six jours exactement s'étaient écoulés depuis sa visite dominicale au manoir. Dire qu'un mois plus tôt, elle ignorait jusqu'à son existence ! Et à présent, elle pensait à lui aux moments les plus inattendus. De lui-même, un sourire se dessina sur ses lèvres. Même si Seth s'abstint de le lui rendre, elle fit un pas vers lui, les mains tendues.

— Tu sais que tu m'as manqué ? lui confia-t-elle spontanément.

Elle prit les mains de Seth dans les siennes tandis qu'il scrutait ses traits avec son habituel regard perçant.

— Ah vraiment ?

Sous le ton courtois, Lindsay discerna une incontestable nuance de défi. Elle comprit avec consternation qu'elle avait manqué de prudence une fois de plus.

— Je ne te présente pas Andy et Monica. Vous vous êtes déjà rencontrés, je crois, observa-t-elle d'un ton léger en se détournant d'un mouvement brusque.

Debout à côté du piano, Monica rangeait ses partitions. Lindsay les lui prit des mains d'autorité.

— Laisse. Je m'en occupe. Vous devez être mortes de faim, Ruth et toi. Vous allez finir par rater votre séance si vous continuez à traîner dans ce studio, les filles.

Le feu aux joues, Lindsay avait toutes les peines du monde à se donner une contenance. Comment avait-elle pu être assez naïve pour confier à Seth qu'il lui avait manqué ? Et quand apprendrait-elle enfin à réfléchir avant d'ouvrir la bouche ?

D'un geste amical de la main, elle prit congé des deux dernières retardataires qui s'apprêtaient à quitter le studio, engoncées dans leurs doudounes et leurs écharpes. Puis elle se tourna vers son ami d'enfance.

— Tu as déjà mangé ?

Andy jeta un regard en coin à Seth.

— Pas encore, non. C'est un peu pour ça que je suis

passé, en fait. Je voulais te proposer d'avaler un hamburger en vitesse et d'aller se faire une toile.

Elle posa ses partitions pour lui nouer les bras autour du cou.

— Oh, Andy, tu es adorable. Mais je dois adapter la chorégraphie de *Casse-Noisette* pour notre spectacle de Noël et je me suis juré de m'y mettre ce soir, quoi qu'il arrive. Je viens d'ailleurs de décliner l'offre de Ruth et de Monica. Tiens, et si tu renonçais au hamburger pour opter pour un « plan pizza » ? Tu pourrais te joindre aux filles.

— C'est une excellente idée ! s'exclama spontanément Monica.

Les joues écarlates, la jeune pianiste s'interrompit.

— Qu'en penses-tu, Ruth ? Ce serait sympa d'y aller à trois, non ? conclut-elle d'une toute petite voix.

Ruth sourit et hocha la tête.

— Très sympa, oui... Ce n'est pas moi que tu venais voir, oncle Seth ? s'enquit-elle en se baissant pour enfiler son jean sur ses collants de danse.

Seth se tourna vers sa nièce alors qu'elle passait les bras dans les manches d'un gros chandail en laine écrue.

— Non. Je suis venu discuter avec Lindsay quelques instants.

— Alors nous ferions mieux d'y aller, dit Monica en se levant. Prête, Ruth ?

Lindsay suivit des yeux la jeune pianiste qui se dirigeait vers le portemanteau et songea que Monica se mouvait avec une grâce étonnante pour une fille aussi grande. Il y avait en elle un côté athlétique que tempéraient harmonieusement les années passées à travailler à la barre.

Monica enfila son manteau et tourna vers Andy un sourire hésitant.

— Alors ? Tu as pris ta décision ?

Andy jeta un regard chargé de regrets à Lindsay avant d'acquiescer avec une visible absence d'enthousiasme.

— O.K., j'arrive. A demain, Lindsay.

Elle se dressa sur la pointe des pieds pour lui effleurer la joue d'un baiser.

— Passe une bonne soirée, Andy.

Andy et Monica se dirigèrent vers la porte. Ruth leur emboîta le pas avec un sourire un peu trop angélique au coin des lèvres.

— Passez une bonne soirée, oncle Seth et mademoiselle Dunne, lança-t-elle d'un ton étonnamment guilleret.

— Amuse-toi, bien, Ruth.

Lindsay suivit la jeune fille des yeux, intriguée par la lueur malicieuse qu'elle avait surprise dans son regard. Elle était ravie de voir Ruth aussi gaie mais se demandait ce qui avait pu causer cet amusement inattendu.

Avec un léger haussement d'épaules, elle reporta son attention sur Seth.

— Bon, j'imagine que tu es venu me parler de Ruth. Je pense que...

— Non.

Coupée net dans son élan, elle demeura un instant interdite. C'est seulement lorsque Seth fit un pas dans sa direction qu'elle comprit où il voulait en venir.

— S'il te plaît, Seth... Il faut absolument que nous ayons une conversation sérieuse à son sujet.

Eprouvant le besoin de prendre un peu de recul, elle

se détourna pour se placer au centre de la pièce. Dans les miroirs au fond de la salle, leurs deux reflets se détachaient au cœur du studio désert.

— Le niveau de Ruth est sans comparaison avec celui de mes autres élèves. Elle est la seule à pratiquer trois à quatre heures par jour. La seule à danser avec son cœur et pas seulement avec ses muscles. Il y a des gens qui sont nés pour ce métier, tout simplement. On peut s'en réjouir ou on peut le déplorer. Mais cela ne change rien à ce qui est.

— C'est possible.

Seth retira sa veste en mouton et la posa sur le piano. Lindsay se surprit à jouer nerveusement avec le nœud de son cache-cœur. Quelque chose dans le regard, dans l'attitude de Seth lui disait qu'il ne serait pas facile de le maintenir à distance.

— J'ai dit que nous referions le point sur l'avenir de Ruth dans six mois. Il sera toujours temps de prendre de nouvelles dispositions cet été si une réorientation s'impose. En attendant, elle reste ici, point final.

Se sentant face à un mur, Lindsay serra les poings.

— Mais tu ne vois pas à quel point c'est absurde de lui imposer ce retard dans son apprentissage ? protesta-t-elle en arpentant la salle. Je comprendrais si la danse était pour elle une tocade, une distraction passagère. Mais il faut être réaliste, Seth. Ruth est une danseuse. Et dans cinq mois, elle le sera encore.

— Si c'est le cas, où est le problème ?

Irritée par sa calme logique, Lindsay ferma les yeux pour contenir son exaspération. Si elle voulait servir la cause de Ruth, elle n'avait pas le droit de céder à un mouvement d'humeur.

— Ta nièce perd son temps, ici, Seth. Et c'est un gâchis qui peut avoir de graves conséquences sur son avenir. Elle a besoin d'avancer, d'étudier la chorégraphie, d'apprendre.

— Ruth a un besoin qui passe avant tous les autres, en l'occurrence : il lui faut un environnement stable.

Seth n'avait pas haussé le ton mais la contrariété dans sa voix était presque palpable. Elle reflétait celle de Lindsay aussi fidèlement que le miroir renvoyait leurs deux images.

Elle leva les bras en signe de frustration.

— Ruth se doit à son talent, Seth, pourquoi ne veux-tu pas le comprendre ? Aujourd'hui, elle est comme une pierre précieuse à l'état brut. Elle a besoin d'être accompagnée, aidée, soutenue pour que le simple caillou devienne diamant. Et plus on laissera passer de temps, plus le travail d'affinage sera long et douloureux.

La voix de Seth se fit tranchante.

— Je crois t'avoir déjà fait remarquer que Ruth relevait de *ma* responsabilité, Lindsay Dans l'état de fragilité psychologique où elle est depuis le décès de ses parents, il est hors de question que je la parachute sans défense dans un univers aussi exigeant, aussi férocement compétitif que celui de la danse professionnelle. Je suis prêt à reconsidérer mes positions dans cinq mois. Mais pour le moment, c'est un non ferme et définitif. Et je te rappelle que ce n'est pas pour Ruth que je suis là aujourd'hui.

Avec un léger soupir, Lindsay réprima le plaidoyer ardent qui lui montait aux lèvres. Il était clair que Seth ne céderait pas un pouce de terrain maintenant. Si elle avait le malheur d'insister, elle ne parviendrait qu'à le braquer davantage. Il lui fallait s'armer de patience une fois de plus, si elle voulait gagner la partie pour Ruth.

Elle respira profondément et recouvra son calme.

— Très bien. Pourquoi es-tu venu ce soir, Seth ?

Il vint se placer derrière elle et lui saisit les épaules avant qu'elle ait pu se soustraire à son toucher.

— Tu disais que je t'avais manqué, je crois ?

Les yeux rivés sur leurs reflets dans le miroir, Lindsay vit son regard rivé au sien. Elle tenta d'éluder sa question.

— Dans une petite ville comme Cliffside, il est rare de passer un mois entier sans se croiser au moins une fois ou deux.

Elle voulut s'écarter de lui mais Seth resserra la pression de ses doigts sur ses épaules.

— J'ai été très occupé par le projet sur lequel je travaille en ce moment. Il s'agit d'un centre médical en Nouvelle-Zélande. J'ai pratiquement fini d'en dresser les plans.

Fascinée de l'entendre parler de son métier, Lindsay en oublia qu'elle avait eu le projet de le tenir à distance.

— Je trouve que tu exerces une profession extraordinaire, s'enthousiasma-t-elle. Concevoir dans sa tête, à partir de rien, un lieu où des milliers de gens vivront, se déplaceront, travailleront. Ce doit être terriblement grisant de voir ainsi le fruit de son imagination sortir de terre, non ? Qu'est-ce qui a fait que tu es devenu architecte, Seth ?

— La passion, tout simplement.

Il commença à lui masser doucement les épaules. L'attention de Lindsay était tellement focalisée sur ses paroles qu'elle s'abandonna sans même y penser aux mouvements de ses doigts.

— J'ai toujours été attentif à l'aspect architectural des villes que je traversais. Je réfléchissais au style, à la fonctionnalité, à la façon dont une construction peut prendre sa juste place dans un contexte, un paysage donné, poursuivit-il en faisant remonter et redescendre ses pouces le long de sa nuque.

— Et j'ai toujours eu un faible marqué pour la beauté, précisa-t-il d'une voix rauque.

En toute lenteur, alors qu'elle gardait les yeux arrimés aux siens dans le miroir, Seth se pencha pour poser les lèvres à la jonction de son cou. Elle sentit un tremblement la gagner.

— Seth…

— Et toi ? Qu'est-ce qui t'a fait choisir la danse ?

Distraite par sa question, elle se détendit de nouveau. Seth recommença à pétrir la douce rondeur de ses épaules. Et il eut la satisfaction de voir le désir voiler ses yeux clairs.

Lindsay dut faire un effort pour rassembler ses pensées.

— Pourquoi la danse ? En vérité, la question ne s'est jamais posée. Pour ma mère, il n'existait pas d'autre métier au monde. Je la soupçonne d'avoir acheté mon premier tutu alors que j'étais encore au berceau.

— Tu es devenue ballerine pour faire plaisir à ta « maman » ?

Un sourire effleura les lèvres de Lindsay.

— C'est ce qu'on pourrait être tenté de croire, en effet. Mais je ne serais pas allée aussi loin si je m'étais contentée de réaliser passivement le rêve de quelqu'un d'autre. J'étais faite pour la danse. Et la danse était faite pour moi. Ce fut une vraie rencontre, ajouta-t-elle en regardant les mains de Seth jouer dans ses cheveux.

Il retira une première épingle, puis une seconde.

— Qu'est-ce que tu fais ? protesta-t-elle.

— J'aime bien te voir avec les cheveux défaits... Les sentir couler entre mes doigts.

— Seth, non. Je ne veux pas que tu...

— Tu les portes toujours relevés en chignon lorsque tu danses, n'est-ce pas ?

— Oui, c'est la tradition dans le ballet classique. Je...

Les dernières épingles tombèrent à terre et sa chevelure libérée se déroula sur ses épaules et dans son dos.

— La classe est terminée, murmura Seth en enfouissant le visage dans la pâle blondeur déployée.

Le miroir renvoya à Lindsay une image faite de saisissants contrastes. Cheveux clairs et cheveux noirs. Peau masculine et brune. La clarté presque opalescente d'un teint de danseuse. Fascinée, elle vit les doigts hâlés de Seth se détacher sur la blancheur de son cou. Puis il pencha la tête et elle sentit la brûlure de ses lèvres. Comme en état de transe, Lindsay observait le couple dans la glace.

Mais lorsque Seth la fit pivoter vers lui et que la chair et le sang se trouvèrent face à face, la magie ne retomba pas pour autant. Captive et captivée, elle leva le visage vers lui. Attendit.

Il inclina la tête mais ignora sa bouche offerte pour laisser ses lèvres glisser lentement le long de sa mâchoire. Ses mains se perdirent dans ses cheveux pendant qu'il couvrait son front, ses joues, son nez de baisers à peine esquissés qui étaient comme autant de promesses.

Lindsay gémit doucement dans l'attente de sa bouche sur la sienne. Mais lorsqu'elle tourna la tête pour l'embrasser, il l'écarta de lui. Le regard arrimé au sien, Seth détacha lentement le nœud qui retenait son cache-cœur. En la touchant à peine, il remonta les mains sur ses épaules, se contentant de frôler ses seins sans s'y attarder. Puis il écarta le gilet, millimètre après millimètre, jusqu'à ce qu'il tombe au sol sans un bruit.

Le geste était à la fois possessif et insolemment sexuel. Lindsay se sentit nue devant lui, comme si, d'un seul mouvement, il avait aboli toutes ses défenses, détruit toutes ses barricades. Elle fit un pas vers lui, se dressa sur la pointe des pieds et prit sa bouche.

Le baiser débuta sans précipitation. Ils s'embrassaient avec l'exquise patience de deux amants certains de s'acheminer vers un long crescendo de plaisir. Leurs bouches se cherchaient, se dégustaient sans hâte comme s'ils voulaient différer au maximum le moment où leur désir s'emballerait pour se précipiter vers sa conclusion inéluctable.

Lindsay détacha ses lèvres des siennes et explora l'arc de sa mâchoire. Un début de barbe ombrait des joues qui picotaient à peine. L'os des pommettes était long et saillait juste sous la peau. Derrière l'oreille, ses lèvres trouvèrent un creux de douceur où elle s'attarda avec délice.

Seth avait posé les mains sur ses hanches et ses doigts effleuraient le haut de ses cuisses. Lindsay rejeta le buste en arrière pour qu'il puisse la toucher plus librement. Etape par étape, il remonta jusqu'à sa poitrine. Son justaucorps formait une barrière à peine perceptible entre paume et chair.

Leurs bouches se retrouvèrent. Avec plus d'impatience, cette fois. Seth l'attira contre lui, la serrant avec tant de force qu'il la souleva presque du sol. Leur baiser avait cessé d'être lent, indolent, confortable. Leurs bouches se faisaient voraces, leurs souffles haletants.

Lindsay perçut la première sonnerie de très loin, comme du fond d'un long tunnel. Avec un léger soupir, elle s'enfouit plus étroitement encore dans l'étreinte de Seth. Mais le signal se reproduisit, répétitif, insistant. Jusqu'au moment où son cerveau embrumé décrypta enfin la nature du son.

— Le téléphone !

Seth resserra la pression de ses bras.

— Laisse-le sonner, intima-t-il en reprenant ses lèvres. Si c'est urgent, ils rappelleront.

Elle se débattit faiblement.

— Seth, non, je ne peux pas... S'il est arrivé quelque chose à ma mère...

Jurant avec force, Seth la libéra à contrecœur. Lindsay courut décrocher dans son bureau.

— Allô, oui ?

Repoussant fébrilement les cheveux qui lui tombaient sur les yeux, elle tenta de se rappeler qui elle était et où elle se trouvait.

— Mademoiselle Dunne ? dit une voix masculine.

Les jambes coupées, Lindsay se laissa choir sur son bureau.

— C'est elle-même, oui.

— Ici, Worth. Je suis confus de vous déranger, mais je cherche à joindre M. Bannion pour une affaire urgente et je me demandais s'il était encore au studio.

— *Worth* ? murmura Lindsay dans un état second. Ah oui, monsieur Worth, bien sûr. Une seconde, je l'appelle.

Avec des gestes d'automate, elle posa le combiné à côté du téléphone et se dirigea vers la pièce voisine. L'espace d'un instant, elle s'immobilisa dans l'encadrement de la porte. Seth n'avait pas bougé. Le regard rivé sur elle, il semblait l'attendre.

— C'est M. Worth, pour toi, annonça-t-elle faiblement.

Seth hocha la tête. Mais ses yeux verts luisaient de détermination lorsqu'il lui saisit brièvement les épaules au passage.

— Attends-moi. Je n'en ai pas pour longtemps.

Lindsay demeura immobile sur place jusqu'au moment où elle entendit la voix de Seth s'élever dans le bureau voisin. Puis elle ferma les yeux et se concentra sur sa respiration. Pour contrer le trac, juste avant la première d'un ballet, elle avait appris des techniques de maîtrise du souffle.

Luttant pour garder la tête froide, Lindsay s'appliqua consciencieusement à les mettre en pratique. Jusqu'au moment où son sang bouillonnant ralentit sa course, où son cœur cessa de battre à tout rompre, où les picotements sous sa peau s'atténuèrent. Et une fois son corps apaisé, son esprit suivit le mouvement.

Elle pesta intérieurement à l'idée de ce qui serait arrivé si le téléphone n'avait pas sonné au bon moment. Avoir un petit penchant pour le risque n'était pas forcément une mauvaise chose.

— Mais ce n'est pas une raison pour aller droit dans le mur, Lindsay Dunne, murmura-t-elle à part soi.

Or, avec un homme comme Seth Bannion, elle avait quasiment toutes les chances contre elle. Et la force de son attirance pour lui contribuait à jouer en sa défaveur. Face à lui, elle était trop faible, trop séduite, trop vulnérable.

Lentement, Lindsay alla ramasser son cache-cœur qui gisait toujours au milieu de la salle. Lorsqu'elle se releva, un mouvement dans le miroir capta son attention. De nouveau, leurs regards aimantés s'arrimèrent l'un à l'autre.

Comme s'il était le seul homme et qu'elle était la seule femme. Comme s'il y avait de l'inéluctable dans leur rencontre.

Fuyant cette illusion trompeuse, Lindsay se détourna du miroir et s'arracha à la fascination.

— J'ai un problème sur un chantier, précisa Seth brièvement. Il faut que je passe à la maison pour vérifier certains calculs.

Comme elle hochait la tête, il fit un pas dans sa direction.

— Viens avec moi, Lindsay.

La proposition était claire et sans ambiguïté. Tentée jusqu'au vertige, elle renoua lentement son cache-cœur.

— Non, je ne peux pas. J'ai encore une heure ou deux de travail ici. Et ensuite je ne...

Il l'arrêta d'une lente caresse sur la joue.

— J'ai envie de faire l'amour avec toi. De me réveiller demain matin en te tenant dans mes bras.

Elle laissa échapper un soupir. Passa une main tremblante dans ses cheveux défaits. Et finit par soutenir son regard.

— Désolée mais je me sens dépassée par ce qui m'arrive, Seth. Ce que je ressens pour toi est un peu plus intense que tout ce que j'ai pu éprouver jusqu'ici en des occasions similaires. Et je ne suis pas forcément très à l'aise lorsque je ne maîtrise pas les tenants et les aboutissants d'une situation.

Abandonnant sa joue, il lui saisit la nuque.

— Tu crois vraiment que je vais rentrer seul chez moi maintenant que tu m'as confié ça ?

Lindsay secoua la tête. Avec fermeté, cette fois.

— Ma franchise a plus à voir avec de la naïveté qu'avec un excès d'assurance, Seth. S'il y a un art que je ne maîtrise pas, c'est celui de la « drague », de la séduction. Je n'ai pas envie de jouer au chat et à la souris avec toi. Ni à aucun autre jeu, d'ailleurs… Et comme je ne suis pas sûre du tout ce que je veux, en l'occurrence, je ne coucherai pas avec toi.

Seth planta son regard vert dans le sien.

— Tu crois que tu conserves la liberté de dire non, mais c'est un leurre. Le oui l'emportera. Tu partageras mon lit, Lindsay. Si ce n'est pas ce soir, ce sera demain. Si ce n'est pas demain, ce sera dans une semaine ou dans un mois.

Elle frissonna, comme si les mâchoires d'un piège, inexorablement, se resserraient sur elle.

— Si j'étais toi, je me montrerais un peu moins sûr de moi, protesta-t-elle en se dégageant. Je déteste qu'on s'imagine pouvoir penser à ma place. Je n'ai besoin de personne pour décider de mes actes.

Les yeux de Seth étincelèrent.

— Ta décision, tu l'as déjà prise. Le jour où je t'ai embrassée pour la première fois. L'hypocrisie ne te va pas, Lindsay. Je laisserais tomber, à ta place.

— Hypocrite ? *Moi* ? Voilà vraiment une réaction masculine typique ! Il suffit de refuser vos avances pour se faire taxer de tous les défauts de la création.

— « Tous les défauts de la création » me paraît exagéré.

— Je ne suis pas d'humeur à faire dans la nuance, Seth. Et au cas où tu l'aurais oublié, j'ai du travail.

Sa réaction fut rapide. Il lui saisit le poignet et l'attira contre lui avant qu'elle ait eu le temps d'esquiver.

— Ne me pousse pas à bout, Lindsay.

— J'aimerais savoir qui pousse qui, en l'occurrence ?

— Apparemment, nous avons un problème.

Elle tenta — en vain — de récupérer son bras prisonnier.

— *Toi*, tu as un problème, Seth. Et je n'ai pas l'intention de tomber dans tes bras rien que pour que t'offrir le plaisir d'enrichir ton tableau de chasse. Si je décide de coucher avec toi, je te le ferai savoir. En attendant, Ruth reste notre principal sujet de conversation. C'est clair ?

Fasciné, Seth la regardait s'emporter. Elle avait les joues en feu, le souffle court, les yeux étincelants. Il sentit sa propre colère retomber d'un coup.

— Telle que je te vois maintenant, tu me fais penser à ton personnage de Kitri, plein de furie et de passion. Nous reparlerons lorsque tu seras calmée.

Etouffant dans l'œuf la riposte virulente qui se préparait, il l'embrassa à pleine bouche. Le baiser s'étira en longueur, prit des proportions presque tendres.

— A bientôt, murmura-t-il tout contre ses lèvres avant de la libérer.

Seth avait déjà atteint le piano lorsque Lindsay reprit enfin ses esprits.

— Au sujet de Ruth…

Les yeux toujours rivés sur son visage, il enfila sa veste en peau de mouton.

— Bientôt, répéta-t-il.

Puis il se dirigea vers la porte et disparut dans la nuit froide sans un regard en arrière.

Chapitre 8

Le dimanche, Lindsay ne respectait pas de grille horaire particulière. Pendant toute la semaine — samedi compris — ses journées étaient réglées à la seconde près, entre ses cours, les tâches administratives et le temps qu'elle consacrait à sa mère. Mais les dimanches, elle refusait de s'infliger la moindre obligation.

La matinée était déjà bien avancée lorsqu'elle descendit dans la cuisine. Dès le couloir, une agréable odeur de café lui caressa les narines. Elle entendit sa mère aller et venir de sa démarche encore claudicante.

Avec une légère appréhension, Lindsay poussa la porte et alla embrasser Mae.

— Bonjour, maman.

Elle recula d'un pas pour admirer le tailleur trois-pièces de Mae.

— Déjà sur ton trente et un, à 11 heures du matin, un dimanche ! s'exclama-t-elle, agréablement surprise. Tu sais que tu es très belle ?

Avec un sourire presque timide, Mae retoucha du bout des doigts ses cheveux permanentés.

— Tu trouves ? Carol m'a proposé de déjeuner à son

club, aujourd'hui. J'espère que ma coiffure tient à peu près la route.

— Elle la tient largement, lui assura Lindsay, ravie de voir sa mère de nouveau coquette. Mais tu sais bien que les gens n'ont d'yeux que pour tes jambes. Elles sont magnifiques.

Pour la première fois depuis des années, Mae laissa éclater un vrai rire.

— Ton père me disait toujours que j'avais des jambes de reine, se remémora-t-elle rêveusement.

Notant qu'une nouvelle de vague de mélancolie l'envahissait à cette évocation, Lindsay l'entoura de ses bras.

— Oh, maman, non, ne sois pas triste, s'il te plaît. C'est tellement bon de te voir sourire de nouveau. Tu crois que papa aurait voulu que tu pleures ? Il n'aimait rien tant que te voir gaie !

Lorsqu'elle sentit Mae soupirer, Lindsay resserra la pression de ses bras autour de ses épaules frêles. Si seulement, elle pouvait lui transmettre un peu de ses propres forces !

Mae lui tapota le dos puis se dégagea.

— Asseyons-nous pour boire notre café, Lindsay. Mes jambes sont peut-être encore présentables, mais elles sont attachées à cette fichue hanche. Et elles fatiguent vite.

Pendant que sa mère s'asseyait avec précaution, Lindsay versa le café et sortit le lait du réfrigérateur. Décidée à distraire Mae de ses pensées noires, elle devisa gaiement.

— Hier soir, j'ai travaillé tard avec l'élève dont je t'ai déjà parlé à plusieurs reprises. Plus je vois danser Ruth, plus je suis impressionnée. Elle a vraiment un talent exceptionnel, cette fille.

Elle posa les tasses sur la table et s'assit en face de Mae.

— C'est elle qui sera ma Carla dans *Casse-Noisette*. Ruth est une fille introvertie, peu expansive, mais lorsqu'elle danse, le masque de timidité tombe et on sent en elle une maturité étonnante.

Perdue dans ses pensées, Lindsay contempla les légères volutes de vapeur qui montaient de son café.

— La place de Ruth est à New York et j'ai la ferme intention de la confier à Nick. Mais son oncle ne veut même pas en entendre parler.

Pas avant quatre mois et demi au plus tôt, en tout cas. Lindsay rongeait son frein comme chaque fois qu'elle songeait à l'insupportable obstination de Seth.

— Il n'y a même pas moyen d'aborder calmement le sujet ! Tu crois que les hommes sont butés comme des mules, maman ?

La question lui avait échappé malgré elle. Embarrassée, Lindsay but une gorgée de café brûlant et poussa une exclamation sourde en se brûlant la langue.

Mae eut un sourire en coin.

— La plupart le sont, oui. Mais bizarrement, plus ils sont têtus, plus les femmes les aiment. Il te plaît, ce Seth Bannion, n'est-ce pas ?

Les joues en feu, Lindsay plongea le nez dans son café.

— Eh bien… Assez, oui. Il est très différent des autres hommes que j'ai connus. Jusqu'à présent, tous ceux qui avaient croisé mon chemin ne vivaient que pour la danse. Seth, lui, appartient à un tout autre univers. C'est un homme qui a une dimension planétaire. Il est cultivé, cosmopolite, sûr de lui et promène un air de calme arrogance qui lui va comme un gant. Cette formidable confiance en soi, je ne l'avais encore jamais rencontrée chez personne d'autre que chez Nick.

— Nick Davidov ?

Lindsay sourit au souvenir de ses altercations avec le danseur le plus caractériel de son ex-compagnie de ballet.

— Nick Davidov, oui. Et son fichu caractère russe. Avec lui, le moindre incident tourne forcément au drame. Il jette des partitions par terre, envoie des chaussons au fond de la salle, hurle, vocifère, gémit et finit par éclater de rire alors même qu'on le croit sur le point de se jeter par la fenêtre ou de tuer tout le monde. Alors que chez un homme comme Seth, les colères les plus violentes restent rentrées. Mais il serait capable de vous briser en deux, sans même élever la voix.

— Et cet aspect de lui te fascine.

Surprise par la pertinence de la remarque maternelle, Lindsay leva les yeux de son café. Elle ne se souvenait pas d'avoir jamais pu parler d'autre chose avec Mae que de la danse, encore de la danse, et toujours de la danse. C'était leur première conversation de femme à femme.

— Oui, c'est vrai, qu'il me fascine. Pourquoi exactement, je n'en sais rien. Mais c'est le genre d'homme qui inspire du respect, alors même qu'il ne fait rien de spécial pour en imposer. Tu vois ce que je veux dire ?

Mae sourit.

— Je crois que je vois, oui.

Lindsay porta son café à ses lèvres.

— Ruth l'adore. Ça se voit sur son visage chaque fois qu'elle le regarde. Elle qui a toujours un petit air perdu, solitaire, se met soudain à rayonner. Il sait lui apporter la sécurité qui lui manque... Je pense que c'est un homme très fin, très sensible sous ses dehors hermétiques, précisa-t-elle rêveusement. S'il devait tomber amoureux un jour, il se montrerait sans doute d'une exigence démesurée. Mais je suis sûre qu'en contrepartie, il se donnerait entièrement.

— C'est un cœur à conquérir de haute lutte, en somme ?

Se sentant rougir de nouveau, Lindsay jugea prudent de changer de sujet.

— Mmm... Un cœur inabordable, je crois. Et il reste qu'il est trop têtu pour accepter d'envoyer sa nièce à New York ! Si je confiais Ruth à Nick, je suis certaine qu'en moins d'un an, elle intégrerait le corps de ballet. J'ai commencé à parler d'elle à Nick, mais...

— A Nick ? l'interrompit Mae, sourcils froncés. Parce que tu as eu de ses nouvelles récemment ?

Lindsay pesta à part soi. Soucieuse d'éviter les conflits inutiles, elle s'était abstenue à dessein de mentionner sa conversation avec Nick à sa mère.

Elle haussa les épaules avec une feinte nonchalance.

— Ah, je ne te l'avais pas dit ? Il a appelé au studio il y a quelques jours.

— Et il a repris contact pour une raison précise ?

— Pour prendre de tes nouvelles, entre autres. Nick t'aime beaucoup, tu sais.

S'avisant que les fleurs apportées par Carol la semaine précédente pendaient tristement dans leur vase, Lindsay se leva pour les jeter à la poubelle.

— Il t'a demandé de revenir, n'est-ce pas ? s'enquit Mae sans la quitter des yeux.

Se préparant mentalement à une conversation pénible, Lindsay posa le vase dans l'évier.

— Nick a écrit sa première chorégraphie. Et il est débordant d'enthousiasme, comme tout pouvait le laisser prévoir, répondit-elle évasivement.

— Il veut que tu danses pour lui.

Lindsay ouvrit le robinet sans répondre.

— Que lui as-tu répondu, Lindsay ?

Elle secoua la tête, redoutant une énième discussion tendue avec sa mère.

— Maman, s'il te plaît… Faut-il absolument que cette conversation tourne à l'interrogatoire ?

Dans le long silence qui suivit, on n'entendit plus que la musique de l'eau tintant contre les parois du vase. Puis Mae annonça :

— Je pense partir en Californie avec Carol, Lindsay.

Stupéfaite par la nouvelle comme par le calme de la voix, Lindsay se retourna.

— C'est une merveilleuse idée, maman. Cela te fera un bien fou d'échapper à l'hiver pour quelque temps.

— Je ne te parle pas d'un voyage de quelques semaines. Je compte m'installer là-bas.

— *T'installer* ?

Son regard incrédule rivé sur sa mère, Lindsay tendit la main derrière elle pour arrêter le fracas de l'eau qui continuait à gicler dans l'évier.

— Je ne comprends pas, murmura-t-elle.

Mae se leva pesamment pour aller chercher la cafetière.

— Carol a de la famille, en Californie. L'un d'eux, un cousin, a trouvé un fleuriste désireux de céder son fonds de commerce. Le magasin est bien situé. Et Carol s'est portée acquéreur.

— Carol a acheté un magasin de fleurs en Californie ? se récria Lindsay. Mais elle ne m'en a strictement rien dit ! Même Andy n'a pas pipé mot à ce sujet. Et je l'ai vu pas plus tard qu'avant-hier !

— Carol ne voulait en parler à personne avant que tout soit réglé, l'interrompit Mae calmement. Elle me propose de m'associer avec elle.

Lindsay porta les doigts à ses tempes.

— De t'associer avec elle ! Comme fleuriste ? Et en Californie ? Mais maman…

— Nous ne pouvons pas continuer comme ça, toutes les deux, Lindsay.

La cafetière à la main, Mae retourna à la table en claudiquant.

— Physiquement, je suis stabilisée et je peux me débrouiller dans la vie courante. Et tu n'as plus aucune raison de t'inquiéter pour moi.

— Mais je ne…

— Si, Lindsay. Tu t'inquiètes en permanence à mon sujet, comme si j'étais une figure de verre susceptible de se briser à tout moment. Mais j'ai fait du chemin, depuis ma sortie de l'hôpital.

— Bien sûr que tu as fait du chemin ! Mais la *Californie*… C'est un peu loin, non ?

Avec un sourire philosophe, Mae lui tapota la main.

— La distance nous fera du bien. Nous en avons besoin

l'une et l'autre. Carol m'a fait remarquer que j'exerçais une pression constante sur toi. Et elle a raison.

— Mais maman…

— Et je sais que je ne pourrais pas m'empêcher de te harceler tant que nous nous obstinerons à vivre l'une sur l'autre, comme c'est le cas depuis trois ans.

Mae prit une profonde inspiration, comme pour rassembler son courage.

— Il est temps pour toi comme pour moi de nous donner un peu d'air, Lindsay. Je n'ai jamais eu qu'un seul dessein pour toi. Et je ne parviens pas à renoncer à l'espoir que tu retourneras sur scène un jour. C'est plus fort que moi.

Les yeux humides de larmes, Mae prit ses deux mains dans les siennes.

— Tu es si belle, Lindsay. Ça a été un tel bonheur pour moi de te voir prendre ton essor dans la danse. Les grands rêves d'une vie sont tenaces — trop tenaces, sans doute. Et moi je n'en ai jamais eu qu'un seul. Pour moi, d'abord. Ensuite pour toi. J'ai peut-être eu tort. Et je me demande parfois si tu ne te sers pas de moi comme d'une excuse pour rester ici, à Cliffside.

Lindsay secoua la tête mais Mae poursuivait déjà :

— Tu as pris de soin de moi alors que j'étais seule et sans recours et je t'en suis reconnaissante. Je ne t'ai sans doute pas témoigné ma gratitude assez souvent car j'étais horrifiée par le sacrifice auquel tu avais consenti pour moi. A présent, je vais te demander de faire une dernière chose pour moi, ma chérie.

Hochant la tête, Lindsay attendit en silence.

— Prends le temps de réfléchir *vraiment* à qui tu es, à ce que tu veux, à ce que tu attends de la vie. Et envisage un retour à New York.

Lindsay ne put qu'acquiescer.

— Je te promets d'y penser sérieusement.

Ce temps de réflexion profonde — et douloureuse — elle l'avait déjà pris deux ans plus tôt. Mais elle ne voulait pas refermer la porte qui venait de s'entrouvrir entre Mae et elle.

— Tu penses partir quand, en Californie ?

— Dans trois semaines.

Trois semaines. La gorge soudain nouée, Lindsay se leva en laissant son café à peine entamé devant elle.

— Je pense que vous formerez une bonne équipe, Carol et toi.

Elle se sentait soudain perdue, seule et abandonnée. Craignant de laisser transparaître son désarroi, elle se détourna d'un mouvement brusque.

— Je sors faire un petit tour à pied, O.K. ? Le temps de laisser tout ça décanter un peu.

Lindsay adorait la plage lorsque les premiers froids de l'hiver avaient chassé les flâneurs. Emmitouflée dans son vieux caban, les mains dans les poches, elle marchait dans le sable en longeant la falaise. Le ciel était serein et d'un bleu sans nuage mais l'océan agité déversait à ses pieds de hautes vagues hérissées d'écume. L'air avait non seulement l'odeur mais également le goût de la mer.

Lindsay prit une longue inspiration et offrit son visage

à la caresse du soleil et du vent. Elle comptait sur le froid piquant et l'air marin pour se ressaisir. Car l'annonce de Mae lui était tombée dessus comme la foudre. En fait, l'idée que sa mère puisse finir ses jours ailleurs qu'à Cliffside ne lui avait même jamais traversé l'esprit !

Une mouette passa haut dans le ciel, et Lindsay s'immobilisa pour la suivre des yeux, jusqu'à ce qu'elle disparaisse, happée par l'ombre de la roche. Puis elle reprit sa marche solitaire en ruminant ses doutes et ses interrogations. Depuis trois ans qu'elle était de retour à Cliffside, sa vie avait toujours tourné autour des soins à apporter à Mae. Elle avait pris ses habitudes, instauré une routine. Et la liberté qui se dessinait soudain devant elle avait comme un arrière-goût de vide et d'abandon.

Lindsay se baissa et ramassa un petit caillou plat. De couleur sable, avec des incrustations noires, il était rond et lisse comme une médaille. Elle le garda au creux de la paume et fourra de nouveau les mains dans ses poches.

Tout en marchant, elle fit un rapide bilan de l'existence qu'elle menait à Cliffside depuis trois ans. Puis, retournant plus loin en arrière, elle se remémora ses années new-yorkaises.

Deux vies radicalement différentes.

Deux vies pareillement heureuses.

« Et si j'avais une double personnalité ? » se demanda-t-elle en rentrant légèrement la tête dans les épaules. Levant les yeux, elle vit alors les Hauts de la Falaise. L'orgueilleux manoir perché lui réchauffa le cœur.

Parce que la vaste demeure en granit serait toujours là. Parce qu'on pouvait compter sur elle. Même quand tout partait à vau-l'eau, la maison restait imperturbablement fidèle à elle-même.

Les vitres neuves étincelaient au soleil ; les cheminées fumaient. Avec un soupir de contentement, Lindsay se blottit dans son vieux manteau et poursuivit d'un pas plus léger.

A l'autre extrémité de la plage, une silhouette solitaire attira son attention. Seth marchait à sa rencontre. Il avait dû descendre par l'escalier creusé dans le granit qui reliait les Hauts de la Falaise à la plage. La main en visière sur les yeux, elle le regarda approcher. Et sentit monter un sourire involontaire.

Pourquoi avait-il cet effet si particulier sur elle ? Déconcertée, Lindsay secoua la tête. La bouffée de joie qu'elle ressentait en le voyant la submergeait chaque fois, chassant au loin la contrariété et la colère.

Il marchait avec une telle assurance. Une telle économie de gestes aussi. Il n'y avait rien d'ostentatoire, chez lui. Rien de superflu, non plus. « J'ai envie de danser avec lui, comprit-elle. De me blottir au creux de ses bras sur une piste de danse, de fermer les yeux et de laisser la musique couler sur nous. »

Déjà, son cœur battait trop vite. Consciente que la sagesse aurait voulu qu'elle parte en courant, Lindsay se mit à courir... vers lui.

Seth la regarda approcher. Ses cheveux défaits se soulevaient au rythme de sa course et le vent avait rosi ses joues. Elle était si fine, si légère qu'elle semblait voler sur le sable. Il se rendit compte qu'il avait cessé de marcher et qu'il ne la quittait pas des yeux, comme suspendu dans l'attente.

Lorsqu'elle s'immobilisa devant lui, son visage rayonnait. Lindsay lui prit les mains et se souleva sur la pointe des pieds pour effleurer ses lèvres d'un baiser rapide.

— Je me sentais seule, Seth. C'est une heureuse surprise de te trouver sur mon chemin.

Il entrelaça ses doigts aux siens.

— J'étais dans mon atelier et je t'ai vue arriver de loin.

— Tu m'as repérée de là-haut ? s'exclama-t-elle. Et comment as-tu su que c'était moi, à une pareille distance ?

Il laissa courir sur ses traits son habituel regard scrutateur.

— Je t'ai reconnue à ta façon de marcher.

— A ma « gaucherie », autrement dit ? releva-t-elle en riant. A ma démarche empotée ?

L'allusion à leur première rencontre le fit sourire.

— A la grâce de ton pas, plutôt.

Lindsay sourit. C'était bon de le revoir. De sentir la chaleur de ses mains. De retrouver l'impact de ses yeux verts fouillant les siens.

— Merci. C'est le plus beau compliment que puisse recevoir une danseuse... C'est pour moi que tu es descendu sur la plage ?

Il haussa légèrement les sourcils.

— Oui.

— Ça me fait plaisir... J'aurais besoin d'une oreille attentive, Seth. Tu accepterais de m'écouter quelques instants ?

— Sans problème.

L'éveil d'une passion

Ils se mirent à marcher côte à côte, ajustant mutuellement leur pas. Puis Lindsay déroula son récit :

— Danser a toujours été toute ma vie. Je ne me souviens pas d'une seule journée sans cours, sans barre, sans exercices de ballet. Ma mère n'avait pas toutes les caractéristiques physiques nécessaires pour dépasser un certain stade dans un parcours de ballerine. Il était donc vital pour elle que je me hisse jusqu'au sommet. Par chance pour elle et pour moi, je partageais son rêve. Et ce but commun constituait un lien entre nous.

Seth écoutait avec attention. La voix de Lindsay se détachait, claire et limpide, au-dessus du rugissement de l'océan.

— J'étais à peine plus âgée que Ruth lorsque je suis entrée dans le corps de ballet de la compagnie où j'avais été admise comme élève. Ce ne furent pas des années faciles. La journée d'un danseur commence tôt et finit tard. Et la pression est constante. Elle ne vous laisse aucun répit. Jamais. C'est sept jours sur sept à ne vivre que par et pour la danse, en étant soumis à un stress permanent. A aucun moment on ne peut se relâcher. Même une fois qu'on est devenu étoile, il est hors de question de se reposer sur ses lauriers car il y a toujours une horde de jeunes talents qui vous talonnent de près. Dès qu'on manque un cours, le corps s'en ressent et vous torture. Et puis il y a la douleur. Les muscles, les tendons, les articulations martyrisées. C'est le prix à payer lorsqu'on doit se tordre dans des positions contre-nature.

Lindsay soupira, le visage au vent.

— Je l'adorais, cette vie, pourtant. Pour rien au monde,

je n'aurais voulu manquer le moment où je me tenais dans les coulisses, plus morte que vive, à deux mesures de mon premier solo… Il faut être danseur soi-même pour comprendre ce qu'une telle consécration représente. Et au moment où on s'élance sur scène, il n'y a plus de douleur, plus de souffrance, mais une sensation de liberté absolue, comme si le corps entier rayonnait soudain de grâce !

Elle glissa le bras sous celui de Seth et poursuivit d'un ton plus sobre.

— Pendant ces années-là, à New York, Cliffside avait plus ou moins cessé d'exister pour moi. Nous étions pris jusqu'au cou dans les dernières répétitions de *l'Oiseau de Feu* lorsque la nouvelle de l'accident est tombée, avec la brutalité de l'imprévisible. Mon univers s'est effondré… J'avais un immense amour pour mon père, murmura-t-elle en se mordillant la lèvre. C'était quelqu'un de simple, de généreux, et le meilleur homme de la terre. Et pourtant, pendant l'année qui a précédé sa mort, j'ai peut-être dû penser à lui une demi-douzaine de fois tout au plus. Tu connais cette sensation, Seth ? Se haïr pour quelque chose d'irréparable que l'on aurait dû faire et que l'on n'a jamais fait ?

Seth lui entoura les épaules.

— Une sensation qui te réveille à 3 heures du matin avec l'impression de suffoquer sous les remords ? Oui, ça m'est arrivé une fois ou deux.

Tournant la tête, Lindsay enfouit un instant son visage dans la manche de Seth. Parler du drame survenu trois ans plus tôt était moins facile qu'elle ne l'avait pensé.

— Ma mère est restée très longtemps à l'hôpital. Il y a

eu le coma, tout d'abord, puis les opérations successives et la rééducation. Ç'a été un processus long et douloureux pour elle. De mon côté, il a fallu que je me charge de toutes les démarches. Et que je me penche sur la situation financière de la famille, par conséquent. C'est comme ça que j'ai découvert que mes parents avaient dû hypothéquer leur maison pour financer ma deuxième année d'études à New York.

Lindsay prit une profonde inspiration pour contenir ses larmes.

— Tout ce temps, je n'avais pensé qu'à moi, à mes rôles, à mes ambitions. Et eux se saignaient aux quatre veines. Sans rien dire.

— Ils l'ont fait parce que ta vocation leur tenait à cœur. Et ils n'ont pas dépensé leur argent pour rien puisque tu as réussi. Ils étaient fiers de toi, à l'évidence.

Lindsay se surprit à sourire.

— Pour être fiers, ils étaient fiers, oui. Mais j'ai accepté leur sacrifice sans jamais y penser, sans exprimer la moindre gratitude.

— Comment aurais-tu pu leur être reconnaissante d'avoir hypothéqué leur maison pour toi alors que tu ignorais qu'ils avaient dû s'y résoudre ?

Une mouette passa avec un cri strident au-dessus de leur tête. Lindsay se mordit pensivement la lèvre.

— C'est logique ce que tu dis là, reconnut-elle. Et je dois admettre que la logique n'est pas toujours mon fort… Quoi qu'il en soit, pendant que ma mère était encore en maison de repos, j'ai ouvert mon école de danse ici. Pour ne pas tourner en rond et devenir folle, dans un premier temps. Et aussi pour assurer un revenu supplémentaire en attendant que ma mère ait récupéré et que je puisse repartir à New York. A l'époque, l'idée que je puisse rester ici ne me traversait même pas l'esprit.

— Mais tu as modifié tes projets par la suite ?

Lindsay ralentit l'allure et Seth ajusta son pas au sien.

— Le temps a passé, surtout, commenta-t-elle en repoussant distraitement les cheveux qui lui tombaient dans les yeux. Lorsque ma mère est revenue à la maison, elle n'était toujours pas autonome. Carol — la mère d'Andy — a été merveilleuse avec nous. Elle a partagé son temps entre sa boutique de fleuriste et ses fonctions improvisées de garde-malade. Ce qui m'a permis de continuer à diriger mon école. Au bout d'un an, j'ai fini par regarder la réalité en face : il était trop tard pour prétendre revenir à la scène.

— Au bout d'un an seulement ?

Lindsay foula le sable en silence avant de répondre.

— Insidieusement, New York s'était éloigné de moi. Alors que mon existence ici passait tout naturellement au premier plan. Cliffside m'avait ouvert les bras et je m'apercevais que je m'y trouvais bien. La vie des danseurs professionnels est une ascèse. Et je m'étais relâchée tant sur le plan alimentaire qu'au niveau de l'entraînement proprement dit.

— Mais pour ta mère, il était hors de question que tu baisses les bras. Elle a dû se maudire mille fois d'être un poids pour toi. Et te harceler sans relâche pour que tu repartes au plus vite.

Surprise, Lindsay s'immobilisa pour lever les yeux vers lui.

— Comment as-tu deviné ?

Il repoussa une mèche de cheveux qui avait glissé sur sa joue.

— Ce n'était pas très difficile, compte tenu de tout ce que tu viens de me dire à son sujet.

— Les espoirs de ma mère sont devenus tellement irréalistes, Seth. Je vais sur mes vingt-six ans, désormais. Il est utopique de penser que je pourrais continuer à faire le poids face à des danseuses plus jeunes et plus entraînées. Et même si c'était possible, aurais-je encore le courage de recommencer à me martyriser comme je l'ai fait ?

Oppressée par l'indécision, elle se tourna vers l'océan pour regarder les vagues se jeter de tout leur poids contre la roche avant de s'effondrer dans un tumulte de rage et d'écume.

— Cet après-midi, ma mère m'a annoncé qu'elle partait d'ici. Définitivement. Pour commencer une nouvelle vie et me forcer, accessoirement, à faire un choix de mon côté.

Elle sentit la présence de Seth dans son dos ; ses mains sur ses épaules — réconfortantes et légères.

— Tu lui en veux de s'éloigner de toi ? En se soustrayant ainsi à tes soins, elle te prive de la possibilité de te « racheter une conscience » en te sacrifiant pour elle, c'est ça ?

Avec un léger soupir, Lindsay s'offrit le luxe de s'abandonner contre lui.

— Tu es très perspicace, Seth… Je sais que je ne suis pas responsable de ce qui est arrivé à ma mère, mais ça me fait mal de la voir déçue et amère. Je l'aime beaucoup, même si ma relation avec elle est infiniment plus tendue et compliquée que celle que j'avais avec mon père. Mais je ne sais pas si je suis capable d'être celle qu'elle voudrait que je sois.

— Si tu penses lui rendre le bonheur en te conformant bravement à ses attentes, tu es partie pour te ramasser une claque monumentale, Lindsay. Si on pouvait se débarrasser de ses dettes morales aussi simplement, ça se saurait.

Lindsay soupira, le regard rivé sur l'écume bouillonnante.

— Ce serait tellement commode, pourtant.

— Commode, peut-être. Mais tu ne crois pas que la vie serait d'un ennui mortel ?

La voix calme, parfaitement maîtrisée de Seth couvrait le fracas des vagues et le cri déchirant des mouettes. Lindsay sourit. Elle était heureuse d'avoir couru *vers* lui plutôt que d'avoir pris ses jambes à son cou.

— Ta mère a déjà fixé son départ ?

— Apparemment, elle compte partir dans trois semaines.

— Bientôt, donc. Alors pourquoi prendre une décision à la minute ? Donne-toi le temps de voir comment les choses évoluent pour toi une fois que ta mère sera partie, puisque tu as du mal à voir clair pour l'instant.

Lindsay sourit de plus belle.

— Encore une fois : la voix de la logique, commenta-t-elle en se retournant vers lui. Généralement, je déteste les conseils rationnels, mais en l'occurrence, c'est un vrai soulagement.

Glissant les bras autour de la taille de Seth, elle posa la joue contre son torse.

L'éveil d'une passion

— Tu veux bien me serrer contre toi juste une minute ? C'est tellement bon de pouvoir s'appuyer sur quelqu'un, même si c'est juste pour un instant.

Lorsqu'il enveloppa Lindsay dans ses bras, Seth fut frappé par sa fragilité, sa finesse. Ressentant le besoin absurde de la protéger contre la terre entière, il enfouit le visage dans la blondeur de sa chevelure.

— Tu sens le savon et le cuir, murmura Lindsay. Dans mille ans, je me souviendrai de ce moment, du bruit du ressac, de l'écume sur les vagues et de ton odeur dans mes narines.

Levant les yeux, Lindsay scruta son visage. « Je pourrais tomber amoureuse de cet homme, comprit-elle. Réellement et profondément amoureuse. »

Plongeant les yeux dans les siens, elle dit à voix haute.

— Je sais que je suis folle mais accepterais-tu de m'embrasser, juste une fois ?

Leurs bouches se joignirent sans hâte. S'écartèrent une première fois pour se souder de nouveau l'une à l'autre. Avec une conviction accrue. La saveur des lèvres de Seth lui était désormais familière. Et pourtant, elle éveillait une faim toujours croissante. Lindsay se raccrocha à lui de toutes ses forces. La source de son désir était plus puissante qu'elle ne l'avait pensé. Les eaux plus troubles, plus agitées qu'elle ne l'avait cru. L'espace d'un baiser, elle se donna entièrement. En laissant son corps tremblant murmurer mille promesses.

Puis, sur une exclamation sourde, elle se dégagea et secoua la tête. Rejetant ses cheveux en arrière, elle s'efforça de reprendre son souffle.

— Tu es dangereux pour moi, Seth. Beaucoup trop dangereux.

Il prit son visage entre ses paumes.

— Tu ne crois pas qu'il est un peu tard pour t'en rendre compte, maintenant ?

Le regard de Lindsay brûlait de désir. Sans grand effort, il la ramena à lui.

— Je ne sais pas, chuchota-t-elle. Mais je reconnais que j'ai cherché ce qui m'arrive.

— Si nous étions en été, nous pique-niquerions le soir sur la plage, à l'heure où la nuit tombe, lui chuchota-t-il à l'oreille. Puis nous ferions l'amour dans le sable et nous dormirions enlacés jusqu'à l'aube.

Légère comme un elfe, Lindsay s'échappa en riant du cercle de ses bras et escalada un amas de rochers.

— Tu sais pourquoi j'aime tant la plage en hiver ? lança-t-elle, le visage offert au vent. Parce que l'océan est comme une bête féroce. J'adore me promener dehors juste avant la tempête.

— Tu flirtes avec le danger, Lindsay.

— Toi aussi, d'ailleurs. J'ai lu quelque part que tu étais un fervent parachutiste.

Elle s'appuya sur la main qu'il lui tendait et se laissa tomber de son perchoir pour atterrir d'un bond léger dans le sable.

— Sauter d'un avion ne me tenterait pas du tout, commenta-t-elle en fronçant les narines. Sauf à l'extrême rigueur s'il était posé au sol.

— Je croyais que tu aimais le danger.

— Oui, mais j'aime bien respirer aussi.

— Si tu veux, je peux t'initier, proposa Seth en l'attirant dans ses bras.

— Commence par apprendre à faire un grand jeté et je me mettrais au parachutisme.

Lindsay se débattit soudain dans son étreinte.

— D'ailleurs, j'y pense... N'ai-je pas vu une photo de toi l'année dernière en train de sensibiliser une comtesse italienne aux joies du saut à l'élastique ?

La rattrapant par le poignet, il la ramena à lui en riant.

— Je commence à penser que tu lis beaucoup trop.

— Et moi je suis étonnée que tu trouves encore le temps de construire quoi que ce soit, avec une existence aussi orientée vers le loisir que la tienne.

Une lueur amusée pétilla dans les yeux de Seth.

— Je crois beaucoup aux vertus de la détente créative.

Lindsay allait répondre lorsqu'elle repéra une mince silhouette vêtue de rouge, à quelque distance d'eux, sur la plage.

— Voilà Ruth, annonça-t-elle en faisant un signe de la main à son élève.

Ruth répondit à son salut et s'avança timidement dans leur direction. Le noir profond de sa chevelure défaite se détachait avec netteté sur son manteau écarlate.

Voyant Seth froncer les sourcils à l'approche de sa nièce, Lindsay lui posa la main sur le bras.

— Qu'y a-t-il, Seth ? Pourquoi cet air sombre ?

— Je vais peut-être être obligé de partir quelques semaines. Et je la trouve encore très fragile. Ça m'inquiète de la laisser seule.

Quelques semaines ? Lindsay s'efforça de faire abstraction du sentiment d'abandon qui l'assaillait. Où comptait-il partir tout ce temps ? Comment et avec qui ?

— Sincèrement, je crois que tu as tort de te faire du souci. Vous avez déjà construit un lien fort, Ruth et toi. Il ne s'altérera pas en si peu de temps.

Ruth les rejoignit avant que Seth puisse répondre.

— Bonjour, mademoiselle Dunne !

Le sourire de la jeune fille était déjà beaucoup moins crispé que dans les premiers temps de son arrivée à Cliffside. Et jamais encore Lindsay ne lui avait vu ce regard brillant d'excitation.

— Je reviens de chez Monica, oncle Seth. Et sa chatte a eu des petits.

Lindsay secoua la tête en riant.

— Je soupçonne Honoria d'être responsable à elle seule de l'explosion de la population féline de Cliffside.

— Oui, enfin... Pas tout à fait seule quand même, rectifia Seth.

Ce qui les fit éclater de rire tous les trois.

— Honoria en a eu quatre, le mois dernier, poursuivit Ruth avec animation. Et il y en a un qui... enfin... le voilà.

Ouvrant son manteau, elle dévoila la minuscule boule de poils roux nichée sur sa poitrine. Avec une exclamation ravie, Lindsay prit le chaton des mains de Ruth.

— Comme il est doux ! Comment s'appelle-t-il ?

— Nijinski.

Ruth tourna un regard suppliant vers son oncle.

— Je le garderai avec moi dans ma chambre. Comme ça, Worth ne l'aura pas dans les jambes. Petit comme il est, il ne dérangera personne.

Lindsay approcha le chaton de son visage et sentit la douceur de la toison rousse contre sa joue. Spontanément, elle abonda dans le sens de Ruth :

— Bien sûr que non, il ne dérangera personne. Il n'y a qu'à regarder ce petit museau d'ange ! Il sera sage comme une image, ça se voit.

Elle posa Nijinski entre les mains de Seth qui souleva du bout du doigt la minuscule tête du félin. Le chaton leva ses yeux verts, bâilla, puis se roula en boule dans sa paume et se rendormit comme si de rien n'était.

— Si vous vous mettez à trois contre un, je n'ai plus vraiment voix au chapitre, si ?

Avec un léger sourire, Seth rendit le chaton à sa nièce et lui effleura les cheveux.

— Ne dis rien à Worth pour le moment, O.K. ? Il vaut mieux que je m'en charge.

— Alors, c'est bon ? Je peux le garder ? Oh, oncle Seth… !

Serrant le chaton contre son cœur, Ruth passa son bras autour du cou de son oncle.

— Merci ! Mille fois, merci ! Il est adorable, mademoiselle Dunne, non ?

Les yeux rieurs de Lindsay allèrent se perdre dans ceux de Seth.

— Qui est adorable ? Le chaton ou ton oncle ?

Ruth pouffa de rire. C'était la première fois que Lindsay lui voyait cette réaction typique d'adolescente.

— Les deux, bien sûr. Je vais aller installer Nijinski dans ma chambre.

Dissimulant de nouveau le chaton sous son manteau,

Ruth partit au pas de course sur la plage, ses longs cheveux noirs volant dans son dos.

— J'irai chiper du lait dans la cuisine pendant que Worth sera occupé au ménage, lança-t-elle par-dessus l'épaule.

Lindsay suivit la jeune fille des yeux quelques instants avant de tourner un regard approbateur vers Seth.

— Tu as été très bien. Elle est persuadée d'avoir réussi à te faire céder.

Il haussa un sourcil amusé.

— Insinuerais-tu que j'étais acquis d'avance à la cause de Nijinski ?

Ils échangèrent un sourire et Lindsay ne put résister à la tentation de poser la main sur sa joue.

— Cela ne me déplaît pas que tu aies ce fond d'indulgence... Il faut que je parte, enchaîna-t-elle avec un léger soupir en s'écartant de lui.

— Lindsay...

Il la retint par les épaules alors qu'elle se détournait déjà.

— Non, chuchota-t-elle.

— Viens dîner chez moi ce soir. Juste pour un repas, c'est tout. J'ai envie de passer du temps avec toi.

— Seth, si nous dînions ensemble chez toi, ce soir, nous finirions dans ton lit.

— Si c'est notre désir commun où est le problème ?

Lindsay secoua la tête lorsqu'il la prit dans ses bras. Avec un léger soupir, elle appuya le front contre sa poitrine.

— J'ai besoin de temps pour réfléchir, Seth. Et je suis incapable de penser clairement lorsque tu me tiens contre toi.

Il lui souleva le menton.

— Combien de temps te faut-il ?

— Je ne sais pas.

Les larmes qui emplirent soudain ses yeux la surprirent autant que Seth. Elle voulut les essuyer mais il retint sa main pour en cueillir une sur ses doigts.

— Lindsay...

— Non, pas de douceur, surtout, balbutia-t-elle. Fâche-toi, plutôt. Je me ressaisirai plus facilement.

Enfouissant le visage dans les mains, elle s'appliqua à respirer lentement. Et comprit brutalement ce qui avait provoqué cette bouffée d'émotion aussi violente qu'inattendue.

— J'ai besoin d'être seule, Seth, chuchota-t-elle prise de panique. Laisse-moi, s'il te plaît.

Pendant une fraction de seconde, il resserra la pression de ses doigts. Puis il la lâcha presque brutalement.

— D'accord. Je te laisse. Pour l'instant, du moins. Mais je te préviens : la patience n'est pas mon fort, Lindsay.

Se gardant bien de répondre, elle évita son regard et prit la fuite sur le sable en emportant avec elle sa terrifiante découverte : Seth Bannion n'était pas seulement un homme dont elle *pourrait* tomber amoureuse. Il était l'homme qu'elle aimait déjà.

Chapitre 9

Ils partirent pour l'aéroport en début d'après-midi, avec le coffre plein à craquer de bagages. Andy conduisait et Lindsay occupait le siège avant. Tous deux observaient un silence pensif pendant que leurs deux mères bavardaient avec animation à l'arrière. Même après trois semaines de préparatifs intensifs, Lindsay avait toujours un peu de mal à croire à la réalité du départ maternel.

Et pourtant, les faits étaient là : plusieurs malles avaient déjà été envoyées en Californie et leur maison était mise en vente. Dans quelques mois au plus tard, il lui faudrait quitter la demeure familiale et couper ainsi les derniers liens avec son enfance.

Lindsay se répéta — comme elle se le répétait depuis trois semaines — que c'était sans doute ce qui pouvait leur arriver de mieux, à l'une comme à l'autre. Ses quelques affaires tiendraient facilement dans le studio de danse où elle comptait s'installer pour le moment.

Mae, de son côté, aurait une vie infiniment plus riche et épanouissante en Californie, que seule à la maison, à s'étioler en pleurant la gloire perdue de sa fille. Quant à elle... Lindsay étouffa un soupir. Elle ne savait plus très bien où elle en était depuis sa brève promenade sur la plage avec Seth. Pour se donner du temps, elle avait jugé bon de mettre de côté ses sentiments jusqu'au départ de sa mère. Mais sa résolution n'avait pas été suivie d'effet. Seth la hantait de façon obsessive, lancinante. Et elle partait dans des rêveries incontrôlées aux moments les plus inopportuns.

Après le choc initial, Lindsay était entrée dans une phase d'observation où elle s'était amusée à relever un à un les symptômes de sa « maladie amoureuse ». La tête ne lui tournait pas, comme dans les chansons, mais elle se surprenait à être beaucoup moins attentive aux détails de la vie quotidienne. Elle n'avait pas perdu l'appétit mais se heurtait à de gros problèmes d'endormissement. L'expression consacrée « vivre sur un petit nuage » était impropre à décrire son état. Elle avait plutôt l'impression de retenir son souffle à l'approche d'une tempête sans précédent — d'un ouragan émotionnel qui pouvait la laisser brisée et le cœur en morceaux.

« C'est sans doute parce que je n'ai pas choisi de tomber amoureuse de la bonne personne », songeait Lindsay pendant qu'Andy conduisait en silence, se frayant un chemin dans la circulation dense aux abords de l'aéroport.

Mais « *choisir* » était-il le bon terme ? Si elle avait eu son mot à dire dans l'histoire, elle aurait sélectionné un homme éperdument amoureux d'elle. Un homme qui l'aurait considérée comme la perfection incarnée. Un homme qui aurait consacré sa vie à faire de la sienne un paradis sur terre.

Quoique…

Un sourire involontaire joua sur les lèvres de Lindsay. Inutile de rêver. Cet « homme idéal » l'aurait ennuyée à mourir au bout d'une semaine à peine. Seth ne lui convenait hélas que trop bien. Elle était fascinée par le contrôle qu'il exerçait sur lui-même. Et son mélange de sensibilité et de rudesse lui allait comme un gant. Il y avait juste un petit problème, au fond : il fuyait toute forme d'engagement amoureux comme la peste.

Avec un léger soupir, Lindsay effleura son propre reflet dans la vitre. Ils avaient aussi des avis totalement opposés sur l'avenir de Ruth. Comment pourraient-ils être proches alors qu'ils n'étaient pas engagés sur le même « front » ?

Ce fut la voix amusée d'Andy qui la ramena au présent. Perdue dans ses pensées, elle ne s'était même pas rendu compte que la voiture était déjà à l'arrêt. Ramenée à la réalité en sursaut, Lindsay poussa sa portière et se hâta de rejoindre Andy qui avait déjà entrepris d'extraire les bagages du coffre.

— Il faudra bien penser à compter vos bagages à l'arrivée, recommanda-t-il, sourcils froncés, en contemplant la montagne de sacs à leurs pieds. Il ne s'agit pas d'en laisser la moitié sur le tapis roulant.

Carol sourit de la mine préoccupée de son fils.

— Je te promets que nous recompterons au moins deux fois, Andy. Ce ne sera pas sorcier d'entasser tout ça sur un chariot. Et une voiture nous attend à l'aéroport de Los Angeles. En principe, nous devrions survivre à ce redoutable périple.

— Mmm..., marmonna Andy qui ne semblait pas rassuré le moins du monde.

Se chargeant à lui seul de tous les bagages, il ne laissa à Lindsay que le soin de porter un vanity-case.

— Referme le coffre, veux-tu ?

Pendant qu'elle s'acquittait de cette tâche, Mae et Carol échangèrent un clin d'œil réjoui. Un vent glacial leur fouettait le visage, se glissait en traître sous leurs manteaux d'hiver. Mae leva les yeux vers le ciel noir.

— Je suis sûre qu'il va neiger avant la tombée de la nuit.

— Et vous, vous serez à Los Angeles, en train d'essayer vos nouveaux maillots ! grommela Lindsay en les poussant en direction du terminal.

Une fois les bagages enregistrés, Andy s'éclaircit la voix et se lança dans une longue série de recommandations de dernière minute.

— Gardez bien vos cartes d'embarquement à portée de main, surtout.

Lindsay vit une lueur amusée pétiller dans le regard de Carol.

— Oui, Andy, répondit-elle docilement.

— Et n'oublie pas d'appeler dès que vous serez arrivée à Los Angeles.

— Non, Andy.

— Il faudra penser à reculer vos montres de trois heures.

— Je n'y manquerai pas, Andy.

— Et ne parle pas aux inconnus.

— Euh… pardon ? se récria Carol, les poings sur les hanches.

Andy éclata de rire et la serra à l'étouffer dans ses bras. Lindsay se tourna alors vers Mae. Déterminée à ne pas gâcher leurs adieux, elle avait préparé mentalement quelques phrases légères. Mais lorsqu'elle se trouva face à sa mère, son petit discours bien léché se perdit dans l'oubli. Elle se sentait de nouveau comme une enfant — submergée par tant d'émotions indéfinissables, qu'elle renonça à dire un mot et se contenta de jeter les bras autour du cou de sa mère.

— Je t'aime, chuchota-t-elle en fermant les paupières pour contenir les larmes qui se pressaient à ses yeux. Sois heureuse, maman. Je t'en supplie, sois heureuse.

— Lindsay...

Mae s'écarta doucement pour l'envelopper d'un long regard empreint de tendresse. Ce n'était pas la danseuse que sa mère regardait aujourd'hui mais la femme. Une femme prête à voler de ses propres ailes ; prête à faire ses propres choix.

— Je t'aime aussi, Lindsay. De tout mon cœur. J'ai sans doute commis bien des erreurs mais sache que j'ai toujours fait ce que j'estimais être bon pour toi. Et que je suis fière de ce que tu es.

« Fière de moi, quelle que puisse être ma décision ? » voulut demander Lindsay. Mais sa gorge nouée ne laissa passer aucun son. Mae l'embrassa tendrement sur les deux joues puis se tourna vers Andy.

Carol la serra énergiquement dans ses bras.

— Tu vas me manquer, ma petite Lindsay... Si tu es amoureuse de cet homme, fonce ! ajouta-t-elle dans un murmure. La vie est trop courte pour qu'on la gaspille.

Là encore, Lindsay demeura sans voix. Comme dans un rêve, elle vit les deux femmes passer le contrôle et disparaître dans les profondeurs de l'aéroport. Lorsqu'elle se tourna vers Andy, elle avait les yeux humides.

— Tu crois que c'est normal que je me sente un peu orpheline, tout à coup ?

— Je ne sais pas si c'est normal, mais je ressens un truc de ce genre-là, moi aussi, admit-il avec un large sourire en lui passant le bras autour de la taille. Je te paie un café, Lindsay ?

Fourrant son mouchoir dans sa poche, elle secoua résolument la tête.

— Pas un café, non. Une glace. Une énorme glace au chocolat avec des tonnes de chantilly. Nos mères méritent que nous fêtions le début de leur nouvelle vie... Allez, viens. Je te l'offre !

Glissant son bras sous celui d'Andy, elle l'entraîna en riant vers la sortie.

Les prédictions de Mae se révélèrent rigoureusement exactes : la neige commença à tomber le soir même. Avec ses élèves de la classe du soir, Lindsay demeura un long moment devant la porte ouverte du studio à contempler la danse légère des flocons.

Les premières neiges de l'hiver avaient toujours quelque chose de magique et d'excitant. Comme si on entrait soudain dans un autre univers. Plus rêveuse encore qu'à l'ordinaire, Lindsay frappa dans ses mains pour rassembler ses élèves et reprit son cours. Mais ce fut d'un œil absent qu'elle regarda ses jeunes danseuses évoluer dans la salle. Son esprit vagabond s'évadait sans relâche. Elle pensa à sa mère et au soleil de Californie. Aux enfants surexcités de Cliffside qui devaient commencer à préparer leurs luges. A la plage qui prendrait des allures de banquise.

Et à Seth.

Pendant l'intervalle entre ses deux classes, Lindsay retourna à la porte. Et constata que dix bons centimètres déjà recouvraient le sol du parking. Le vent avait forci et la neige formait un rideau opaque. Consciente que ce serait de la folie de poursuivre les cours dans ces conditions, elle retourna vers ses élèves en se frottant les bras pour rétablir sa circulation.

— Désolée, les filles, mais le cours de pointes est annulé. Vous allez pouvoir vous débrouiller pour rentrer ?

Par chance, plusieurs des élèves de Lindsay conduisaient et des arrangements purent être trouvés pour les plus jeunes. Moins d'un quart heure plus tard, le studio de danse était vide, à l'exception d'elle-même, de Ruth et de Monica.

— Ouf ! Merci, Monica, de m'avoir aidée à organiser cet exode ! s'exclama Lindsay en passant un gros chandail. Vu ce qui tombe, je crois que nous n'avons pas intérêt à traîner de notre côté. Tu as appelé ton oncle, Ruth ?

— J'ai donné un petit coup de fil pour le rassurer sur mon sort, oui. Mais j'avais déjà prévu de dormir chez Monica, de toute façon.

Lindsay se laissa tomber sur une chaise et enfila un pantalon sur ses collants.

— Parfait. J'ai l'impression que ça va tourner au blizzard dans moins d'une heure. Et j'aimerais autant être chez moi à boire un chocolat chaud avant que les routes ne deviennent impraticables.

— Même chose en ce qui me concerne, acquiesça Monica en remontant la fermeture Eclair de sa doudoune... Prête, Ruth ?

La jeune fille hissa son sac de danse sur une épaule.

— Prête... Vous croyez que les cours de demain pourront être assurés normalement, mademoiselle Dunne ?

Lindsay et Monica sourirent l'une et l'autre de tant d'assiduité.

— C'est le temps qui décidera, Ruth.

Lindsay ouvrit la porte et le vent leur souffla son haleine glaciale à la figure. Monica mit sa capuche et, tête basse pour se protéger de l'assaut humide des flocons, les trois jeunes femmes se risquèrent sur le parking enneigé. A l'aide du balai que Lindsay avait pris dans le studio, elles dégagèrent la voiture de Monica. Elles s'apprêtaient à faire subir le même traitement à celle de Lindsay lorsque la jeune pianiste poussa un grognement de détresse.

— Oh, non regardez ! Mon pneu avant droit est à plat... Et c'est ma faute, en plus. Andy m'avait prévenue que j'avais une petite fuite et que je devrais veiller à le faire regonfler de temps en temps.

— Bon, eh bien, nous te punirons plus tard pour ta coupable négligence, commenta Lindsay en repoussant les cheveux trempés de neige qui lui tombaient sur les yeux. En attendant, je vais vous reconduire.

Monica poussa une exclamation désolée.

— Mais c'est un détour énorme pour toi ! Je ne peux pas t'infliger ça.

Lindsay hocha la tête.

— C'est vrai, rétorqua-t-elle gravement. Bon, allez… Je vous laisse vous débrouiller pour changer la roue. A demain, les filles.

Pivotant sur ses talons, elle partit avec son balai sur l'épaule.

— Hé, Lindsay !

Attrapant la main de Ruth, Monica s'élança à sa suite. En chemin, elle se baissa pour confectionner une boule de neige et visa en riant la casquette de ski dont Lindsay venait de s'affubler.

Lindsay se retourna en ouvrant de grands yeux innocents.

— Qu'est-ce qui vous arrive ? Ce n'est pas comme ça que vous allez réussir à changer votre roue, les filles.

Elle éclata de rire en voyant l'expression déconfite de Ruth.

— Oh, les pauvres ! Tu as vraiment cru que je vous laisserais en plan, n'est-ce pas ? Allez, venez m'aider à déblayer mon carrosse. Plus tôt nous serons parties d'ici, mieux cela vaudra.

Elle tendit généreusement le balai à Monica et elles joignirent leurs efforts pour déblayer l'épais manteau blanc qui s'accumulait à une vitesse déconcertante. En moins de cinq minutes, Ruth se retrouva sur le siège avant, prise en sandwich entre Lindsay et Monica. Le vent hurlait et la neige tombait de plus en plus dru.

— Et voilà, c'est parti, annonça Lindsay en passant la première. C'est impressionnant, non ?

— Mmm…

La main cramponnée à la poignée, Monica n'en menait

visiblement pas large. Ruth, elle, paraissait se trouver bien, coincée entre son professeur de danse et son amie la pianiste.

— Avec mes parents, nous avons été pris dans une tempête de neige dans les Alpes autrichiennes, raconta la jeune fille. Nous sommes restés coincés trois jours dans une espèce de bergerie. Il n'y avait même pas de lit. Nous dormions par terre au coin du feu.

Monica frissonna.

— Quelle horreur. Tu en as d'autres, des histoires sinistres comme celle-là ?

— Nous avons failli passer sous une avalanche aussi, ajouta Ruth, pince-sans-rire.

— Génial… C'est très réconfortant ! Tu sais que sous ses airs innocents, cette petite peut être redoutablement caustique, par moments ? commenta Monica à l'adresse de Lindsay. Tenez, regardez, on voit les lumières des Hauts de la Falaise.

Lindsay ne put résister à la tentation de lever les yeux vers le point lumineux que l'on entrevoyait à travers l'épais rideau de neige. Elle ressentit une attirance si forte qu'elle eut l'impression d'être aspirée. La voiture fit une embardée sur la neige et Monica poussa un léger cri. Mais Ruth continua à papoter sans montrer la moindre inquiétude.

— Oncle Seth travaille sur un énorme projet qu'on lui a confié en Nouvelle-Zélande. J'ai vu ses dessins, ça va être magnifique.

Veillant à maintenir son attention sur la route, cette fois, Lindsay commenta d'un ton détaché :

— J'imagine que Seth doit être très pris, en ce moment.

Ruth hocha la tête.

— Il s'enferme dans son atelier pendant des heures, oui.

Monica tenta de mettre le chauffage mais n'obtint qu'un souffle à peine tiède.

— L'hiver est une saison merveilleuse, non ? commenta la jeune fille.

Monica gémit et Lindsay éclata de rire.

— C'est vrai qu'elle est caustique, notre Ruth. Je ne m'en serais peut-être pas rendu compte si tu ne me l'avais pas fait remarquer.

— J'ai mis un moment à le détecter, moi aussi.

La pianiste poussa un soupir de soulagement lorsque la voiture s'immobilisa en douceur dans l'allée devant chez elle.

— Dieu merci, tu nous as ramenées à bon port... Mais je ne veux pas que tu continues la route toute seule, Lindsay. Ce ne serait pas raisonnable, par une tempête de neige pareille. Reste dormir à la maison et tu rentreras tranquillement chez toi demain matin lorsqu'ils auront passé le chasse-neige.

Lindsay secoua la tête.

— Ça ne roule pas si mal que ça, pour le moment. Dans un quart d'heure, je serai au chaud chez moi.

Une agréable tiédeur commençait à se répandre dans le véhicule et elle se sentait d'humeur à affronter les éléments.

— Lindsay je vais me faire un sang d'encre pour toi. Je risque de recommencer à me ronger les ongles alors que j'ai mis des années à me débarrasser de cette sale manie.

— Oh, mon Dieu. Je ne voudrais surtout pas avoir

une pareille rechute sur la conscience. Je te *jure* que je t'appelle dès que je rentre.

— Lindsay...

— Avant même de me confectionner mon chocolat chaud, c'est promis.

Monica lui jeta un regard résigné.

— Bon, je vois, que ce n'est même pas la peine d'essayer de te faire changer d'avis. Mais dès que tu as mis un pied chez toi, tu te jettes sur le téléphone, tu m'entends ?

— Je t'entends. Je ne prendrai même pas le temps d'essuyer mes semelles enneigées sur le paillasson.

Monica descendit de voiture et s'immobilisa sur fond de flocons tourbillonnants.

— Sois prudente, surtout ! recommanda-t-elle.

— Promis. Passez une bonne soirée. A demain, Ruth.

— A demain, Lindsay.

Ruth se mordit la lèvre. « Mademoiselle Dunne » était le terme consacré qu'elle était censée utiliser pour s'adresser à son professeur de danse. Mais personne ne releva son léger écart de conduite.

Avec un discret sourire, la jeune fille referma sa portière et rejoignit Monica.

Lindsay passa la marche arrière et recula pour sortir de l'allée. Elle mit la radio pour remplir le silence presque sépulcral tombé dans la voiture et prit prudemment de la vitesse. Ses essuie-glaces avaient beau aller et venir frénétiquement sur le pare-brise, la visibilité restait quasi nulle. Elle était bonne conductrice et connaissait l'itinéraire comme sa poche, mais la neige fraîche était traîtreusement glissante et la conduite exigeait une concentration maximale. Un nœud de tension se formait peu à peu à la base de sa nuque.

Plissant les yeux pour tenter de percer le rideau de blancheur tourbillonnante, Lindsay se demanda pourquoi elle s'infligeait cette épreuve. Elle avait décliné l'invitation de Monica par automatisme, en fait. Parce que rentrer chez elle était devenu un réflexe ces trois dernières années. Mais à présent que Mae était partie, pourquoi regagner coûte que coûte sa maison solitaire ? Rien de très gai ne l'attendait à l'arrivée. Et elle en avait assez de passer ses soirées à méditer sur ses amours impossibles.

Lindsay était à deux doigts de faire demi-tour lorsqu'une ombre noire se profila soudain dans la lumière des phares. Avant même de réaliser qu'il s'agissait d'un chien, elle donna un brusque coup de volant pour l'éviter.

Une fois que la voiture commença à glisser, il n'y eut plus de reprise en main possible. Le véhicule se mit à tourner sur lui-même, soulevant une gerbe de neige dans son sillage. Très vite, Lindsay perdit ses repères dans la blancheur uniforme d'un monde qui avait perdu ses formes et ses couleurs. Luttant contre la panique, elle résista à la tentation de freiner. La peur qui montait dans sa gorge n'eut pas le temps de sortir sous forme d'un cri. La lente glissade fut stoppée net par un obstacle invisible. Le choc fut rapide et brutal. Elle ressentit l'impact, une douleur fulgurante au front. Dans un état second, elle entendit la musique à la radio se muer en grésillement.

Puis il n'y eut plus que le silence et l'obscurité.

Lindsay gémit et changea de position. Un orchestre avec cymbales semblait se déchaîner en fortissimo dans les profondeurs de son crâne. Non sans mal, elle souleva les paupières.

Des formes floues apparurent, s'atténuèrent, puis se précisèrent peu à peu, prenant l'aspect du visage de Seth. Penché sur elle, il fronçait les sourcils d'un air particulièrement sévère. Elle sentit la pression légère de ses doigts sur son crâne, là où la douleur pulsait sans relâche.

Lindsay déglutit pour humidifier sa gorge sèche.

— Seth ? murmura-t-elle d'une voix si faible et cassée qu'elle lui parut méconnaissable. Qu'est-ce que tu fais ici ?

Il haussa un sourcil sans répondre. Puis il lui souleva les paupières et examina ses pupilles l'une après l'autre.

— J'étais loin de me douter que tu étais une idiote finie, Lindsay Dunne.

Il prononça cette accusation d'une voix si calme que dans son état de semi-hébétude, elle ne perçut même pas la colère sous-jacente.

Elle voulut s'asseoir, mais Seth la retint d'une légère pression sur l'épaule. Trop faible pour protester, elle se rallongea avec un soupir de soulagement. Et découvrit, non sans étonnement, qu'elle se trouvait dans le petit salon des Hauts de la Falaise.

Un bon feu brûlait dans la cheminée. Elle se concentra sur le crépitement joyeux du bois, sur la légère odeur de fumée qui flottait dans la pièce. Les flammes jetaient leurs ombres mouvantes dans la pièce à peine éclairée par deux petites lampes en porcelaine. Elle avait toujours son manteau sur elle, constata Lindsay.

Se remémorant soudain l'incident, elle se mordit la lèvre.

— Et le chien ? Il n'a rien ?

— Le chien ? Quel chien ? riposta Seth avec impatience.

— Celui qui s'est jeté devant ma voiture. Il me semble que je ne l'ai pas touché mais je ne suis pas complètement sûre.

— Tu veux dire que tu t'es précipitée délibérément contre un arbre pour épargner la vie d'un *chien* ?

Si Lindsay avait eu toute sa tête, elle aurait perçu la menace contenue dans la voix parfaitement maîtrisée de Seth. Mais elle se toucha le front en toute innocence.

— Ah, c'est un arbre que j'ai heurté ? Le choc a été tellement brutal que j'ai l'impression d'avoir percuté une forêt entière.

Les yeux de Seth étincelèrent mais il ne fit pas de commentaires.

— Reste allongée, surtout, ordonna-t-il en se levant. Je reviens tout de suite.

Prudemment, en évitant les mouvements brusques, Lindsay réussit à se mettre en position assise. Par chance, sa vision resta claire. Mais les élancements dans sa tête augmentèrent notablement. Fermant les yeux, elle se renversa contre le dossier du canapé et attendit que la douleur se calme. En tant que danseuse, elle avait acquis une bonne accoutumance à la souffrance. Des questions commencèrent à affluer à son esprit. Comment Seth l'avait-il récupérée ? Et par quel étrange concours de circonstances se retrouvait-elle chez lui, sur les Hauts de la Falaise ?

— Je croyais que je t'avais dit de rester allongée ?

Lindsay ouvrit les yeux et sourit faiblement.

— Je pense que je serais mieux assise... C'est quoi, ça ? demanda-t-elle en acceptant le verre d'eau et les deux cachets qu'il lui tendait.

— De l'aspirine, rétorqua-t-il sèchement. Prends-les.

L'ordre proféré d'une voix sèche aurait ulcéré Lindsay en temps normal. Mais la douleur dans sa tête la persuada d'accepter sans se perdre en protestations inutiles. Seth attendit qu'elle ait avalé ses médicaments, puis il sortit une bouteille de cognac d'un meuble de bois laqué et lui en servit un petit verre.

— Tu peux m'expliquer pourquoi tu n'es pas restée tranquillement chez Monica ?

Lindsay haussa les épaules et se renversa de nouveau contre les coussins.

— C'était exactement la question que je me posais au moment où le chien m'a coupé la route.

— Et pour épargner le charmant toutou, tu as pilé sur vingt centimètres de neige glissante ?

Lindsay ouvrit un œil et vit le dos tourné de Seth. Elle ferma de nouveau les yeux.

— Je n'ai pas pilé mais j'ai tourné mon volant. Enfin... j'imagine que le résultat revient à peu près au même. J'ai agi à l'instinct. Quoi qu'il en soit, le chien est toujours vivant et je ne suis pas très abîmée non plus. Donc tout est bien qui finit bien.

— *Tout est bien qui finit bien* ?

Le ton de Seth était tellement cinglant qu'elle ouvrit de nouveau les yeux. Les deux en même temps, cette fois.

— As-tu songé à ce qui serait arrivé si Ruth ne m'avait pas appelé pour me dire qu'elle était saine et sauve chez Monica ? fulmina-t-il.

Elle soupira avec lassitude.

— Ecoute, Seth, tout ce que je sais, c'est que j'ai perdu le contrôle de mon véhicule et qu'il y a eu un grand choc, puis un trou noir. Après cela, je suis incapable de te dire ce qui s'est passé. Alors commence peut-être par m'expliquer comment j'ai atterri ici chez toi et tu continueras à vociférer ensuite.

Ce fut au tour de Seth de soupirer profondément.

— Tiens, bois ça, intima-t-il en lui fourrant le verre de cognac dans la main. Tu es encore un peu trop pâle à mon goût.

Il attendit qu'elle ait pris une gorgée avant d'aller se servir lui-même.

— Ruth a téléphoné pour m'avertir que vous étiez arrivées chez Monica sans encombre. Elle m'a expliqué que tu les avais raccompagnées là-bas mais que tu avais absolument tenu à repartir seule pour rentrer chez toi.

— Ce n'est pas que j'y tenais vraiment, mais...

Notant l'expression ombrageuse de Seth, Lindsay renonça à terminer sa phrase. Avec un léger haussement d'épaules, elle s'octroya une seconde gorgée de cognac. Ce n'était pas le chocolat chaud dont elle avait rêvé, mais l'alcool lui réchauffait agréablement le sang.

— Monica était inquiète — et non sans raison — de te savoir seule sur les routes. Elle m'a annoncé que tu passerais bientôt en dessous de chez moi. Et elle m'a demandé de jeter un œil, sachant que d'ici, j'avais une excellente vue sur cette portion de la côte. Vu le temps, nous savions qu'il y avait fort peu de chances pour qu'un autre véhicule circule dans les environs au même moment.

Il marqua une pause pour boire une gorgée de cognac. Non sans soulagement, il nota que les joues de Lindsay reprenaient un peu de couleur.

— Tout de suite après avoir raccroché, je me suis avancé vers la fenêtre. Juste au moment où tes phares se sont dessinés dans la nuit. Je les ai vus virer brusquement, décrire un cercle, puis s'immobiliser net.

Posant son verre sur une console, il se fourra les mains dans les poches.

— S'il n'y avait pas eu ce coup de fil, tu serais sans doute encore sans connaissance dans ta voiture. Et Dieu sait comment ça aurait pu se terminer. Encore une chance que tu aies eu ta ceinture, d'ailleurs. Sinon, je n'ose même pas imaginer à quoi tu ressemblerais maintenant.

Lindsay se hérissa sous le ton réprobateur.

— Tu n'es pas obligé de me parler comme à une gamine de dix ans qui a fait une bêtise ! Je ne me suis pas fracassée contre un arbre pour le plaisir.

— Il n'en reste pas moins que tu as pris des risques stupides.

— Ecoute, Seth, j'imagine que c'est toi qui es descendu en pleine tempête de neige pour te porter à mon secours. Et je t'en suis tout à fait reconnaissante, mais...

— Je me contrefiche de ta reconnaissance !

— Bon, très bien. Je faisais de louables efforts pour

essayer de te témoigner un minimum de gratitude. Mais si tu le prends ainsi…

Elle se leva d'un mouvement trop brusque et dut s'enfoncer les ongles dans la paume pour contenir son vertige.

— J'aimerais passer un coup de fil à Monica pour la rassurer.

Sourcils froncés, Seth la vit pâlir sensiblement de nouveau.

— C'est fait. Elle sait que tu es ici et que tu as eu des ennuis de voiture. Je n'ai pas jugé utile de préciser lesquels. Assieds-toi, Lindsay.

— Tu as bien fait de rester évasif. Maintenant, si tu veux bien me raccompagner chez Monica…

Plaçant les mains sur ses épaules, Seth la repoussa sur le canapé.

— Ressortir en plein blizzard ? Merci bien. Tu es coincée ici pour la nuit. Désolé pour toi, mais il faudra te faire une raison.

Lindsay leva le menton.

— Et si je refuse de rester ?

— Je crois que tu n'as pas vraiment le choix, vu les circonstances.

Les bras croisés sur la poitrine, Lindsay le toisa avec hauteur.

— Je suppose que tu vas demander à Worth de me faire un lit dans un des cachots du sous-sol ?

— J'aurais pu aller jusque-là, oui. Malheureusement Worth s'est absenté quelques jours… Nous sommes seuls, toi et moi, précisa-t-il avec l'ombre d'un sourire.

Lindsay voulut hausser les épaules avec désinvolture. Mais le mouvement heurté tenait plus du sursaut d'effroi.

— Aucune importance. Je rentrerai chez moi à pied demain matin. J'imagine que je pourrais dormir dans la chambre de Ruth.

— C'est une possibilité, oui.

Elle se leva de nouveau. Mais plus précautionneusement, cette fois.

— Bien. Je vais monter me coucher, alors.

— Il est à peine 9 heures. Tu es fatiguée ?

La main légère qu'il posa sur son épaule suffit à la retenir.

— Pas fatiguée, non. Mais...

— Enlève ton manteau.

Sans attendre sa réponse, Seth entreprit de le déboutonner lui-même.

— J'étais trop occupé à essayer de te faire revenir à toi pour y penser plus tôt.

Il la débarrassa de la lourde parka avant de lui effleurer la tempe avec douceur.

— Tu as mal ?

— Ça va mieux, maintenant.

Le pouls de Lindsay s'était accéléré. Et elle savait que le choc de l'accident n'était pas la cause directe du phénomène.

— Merci, murmura-t-elle.

Il lui caressa doucement les bras du coude au poignet. Lindsay se surprit à laisser échapper un faible gémissement de plaisir, lorsqu'il lui prit les mains pour lui embrasser les paumes.

— Tu as un pouls irrégulier, commenta-t-il.
— Mmm… je me demande bien pourquoi.

Il eut un de ses rares sourires — sensuels et désarmants, à la fois.

— Tu as mangé ?
— Mangé ?

Lindsay tenta de se concentrer sur sa question, mais ses sens avaient pris les commandes et ses neurones étaient en panne sèche.

— Je te parle de nourriture, précisa Seth. Comme dans le mot « dîner », par exemple.

— Dîner ? Ah non, je n'ai pas eu le temps. Je sors juste du studio.

— Rassieds-toi, alors. Je vais voir si Worth a laissé quelque chose de consommable dans le frigo.

— Je viens avec toi.

Le voyant froncer les sourcils de nouveau, elle glissa son bras sous le sien.

— Je tiens debout, je t'assure. Contrairement aux apparences, nous formons une race solide, nous les danseurs.

Seth scruta ses joues pâles quelques instants puis finit par hocher la tête.

— Bon d'accord. Mais on va procéder à ma façon.

Avant qu'elle puisse réagir, il la souleva pour l'emporter dans ses bras.

— Et inutile de protester, précisa-t-il en passant dans le hall principal.

Charmée par le geste, Lindsay laissa aller la tête contre sa poitrine et se laissa transporter avec la meilleure grâce du monde.

— Tu as dîné, toi, Seth ?
— Non, j'ai travaillé tout l'après-midi. Et j'y serais sans doute encore si je n'avais pas été détourné de mes occupations.
— Désolée de t'avoir distrait de tes plans, architecte ! Disons que c'était la faute du chien et on n'en parle plus, d'accord ?

Seth ouvrit la porte de la cuisine d'un coup d'épaule.

— La question du chien ne se serait pas posée si tu avais eu la sagesse de rester chez Monica.

Lindsay poussa un soupir lorsqu'il la déposa sur une chaise.

— Et voilà. Tu recommences à être logique. C'est une habitude désagréable chez toi mais j'imagine qu'elle est curable.

Elle leva les yeux pour lui sourire.

— D'ailleurs, si j'étais restée chez Monica, je n'aurais pas eu le plaisir de me trouver ici maintenant, à me faire servir comme une princesse. J'en conclus qu'être sage n'est pas toujours la meilleure solution. Qu'as-tu l'intention de mitonner pour moi ce soir ?

Seth lui saisit le menton entre le pouce et l'index et plongea les yeux dans les siens.

— Tu sais que je n'ai encore jamais connu quelqu'un comme toi ?
— C'est un reproche ou un compliment ?

Il scruta longuement ses traits avant de répondre.

— Je n'ai pas encore réussi à trancher dans un sens ou dans un autre.

Lindsay le regarda ouvrir le réfrigérateur. Elle avait du

mal à croire qu'elle l'aimait déjà à ce point, d'un amour si entier, si solide, si permanent.

Et qu'était-elle censée en faire, de cet amour qui la submergeait ? S'en ouvrir à Seth ? Lui parler de ce qu'elle ressentait ? Mais une telle confession le mettrait dans une position inconfortable. Et ne servirait qu'à gâcher les débuts d'une amitié qui paraissait prometteuse.

Peut-être lui suffirait-il de l'aimer en silence, sans l'encombrer du poids de ses sentiments ? Même s'il n'y avait rien de confortable à se sentir ballottée sur des montagnes russes — tantôt au fin fond du trou, tantôt au nirvana.

— Lindsay ?

Elle tourna la tête brusquement, soudain consciente que Seth venait de lui adresser la parole.

— Excuse-moi. Je rêvassais. Tu disais quelque chose ?

— Oui, je t'annonçais le menu. J'ai trouvé des tranches de rosbif, une salade d'épinards et un assortiment de fromages. Ça te va ?

Lindsay se leva.

— A la perfection. Et tu as de la chance. Je me sens même en état de mettre la table. A nous deux, nous devrions arriver à quelque chose.

— Et la vaisselle ? Tu en penses quoi ? demanda Lindsay pendant que Seth faisait couler le café après le repas.

Il lui jeta un rapide coup d'œil par-dessus l'épaule.

— Je n'en pense pas grand-chose, à vrai dire. Mais si tu as envie de la faire, ne te gêne surtout pas.

Lindsay se renversa contre son dossier avec une expression douloureuse.

— Je viens de subir un accident très traumatisant. Je crains de ne pas être en mesure de reprendre une activité manuelle dès ce soir.

— Mmm… Et tu penses pouvoir regagner le salon à pied ou tu veux que je revienne te chercher après avoir porté le café à côté ?

— Puisque c'est toi, je vais faire un effort.

Seth se chargea du plateau et elle se leva pour lui ouvrir la porte.

— Je dois reconnaître que tu as des capacités de récupération étonnantes, observa-t-il tandis qu'ils passaient sous un des grands lustres du hall. Vu la taille de ta bosse, tu as dû prendre un bon coup sur la tête. Et quand on voit l'état de ta voiture…

Lindsay l'arrêta d'un geste.

— Non, n'en dis pas plus. J'aime autant ne pas savoir. Il sera bien assez tôt pour m'inquiéter des questions matérielles demain matin.

Elle fit signe à Seth de poser le plateau devant elle sur la table basse.

— Je vais nous servir. Tu prends du sucre, je crois ?

— Oui, un.

Seth préleva une bûche dans un panier et la jeta sur le feu. Une pluie d'étincelles s'éleva dans l'âtre. Avec un soupir de contentement, Lindsay se renversa contre les coussins du canapé.

— Qu'est-ce que j'aime cette pièce ! C'est rare de réaliser ses rêves d'adolescente, mais là, j'ai l'impression de vivre l'un des miens. Je me suis souvent vue assise dans ce petit salon, aménagé à peu de chose près comme tu l'as fait, avec des fauteuils confortables, de grands tapis, un feu dans la cheminée et l'homme de ma vie à mon côté.

Elle avait parlé sans réfléchir, laissant ses fantaisies de jeune fille se déverser librement. Mais dès qu'elle eut refermé la bouche, Lindsay sentit un violent afflux de sang lui monter aux joues.

Seth porta la main à son visage brûlant.

— Je suis surpris de te voir rougir, observa-t-il avec une nuance de triomphe dans la voix.

Gênée, Lindsay détourna la tête.

— J'ai peut-être un peu de fièvre.

— Voyons voir...

Il dut employer la force pour ramener son visage vers lui. Mais ce fut avec une immense douceur qu'il posa les lèvres sur son front.

— Je ne crois pas que tu aies de la température, non.

Il porta les doigts à son cou et se concentra sur les pulsations de son sang.

— Ton pouls est rapide, observa-t-il.

— Seth...

Elle laissa son nom se perdre dans un murmure lorsqu'il passa la main sous son chandail pour lui caresser le dos.

— Mais tu as peut-être trop chaud, près du feu, avec ce gros pull.

— Non, non. Je...

Avant qu'elle puisse l'en empêcher, il la débarrassa d'une main experte du vêtement en question. Son justaucorps à fines brides laissait ses bras et ses épaules nus.

— Voilà. C'est beaucoup mieux comme ça, commenta Seth avec satisfaction.

Il lui pétrit doucement la nuque puis retourna à sa tasse de café. Tout le corps en éveil, Lindsay retenait son souffle.

— Tu sais ce qui me fascine le plus chez toi, Lindsay ?

Elle laissa son regard se perdre dans le sien.

— Mmm... Non ? Mon incomparable beauté, peut-être ?

— Tes pieds.

— Mes pieds !

Amusée, elle baissa les yeux sur les mules en tissu-éponge qu'il lui avait prêtées. Seth lui prit les deux jambes et les posa sur ses genoux.

— Ils sont si petits. Ils devraient appartenir à un enfant plutôt qu'à une ballerine célèbre.

— Petits, peut-être, mais pratiques. Je peux m'appuyer sur trois orteils lorsque je monte sur pointes. Alors que beaucoup de danseurs ne peuvent en utiliser qu'un ou deux seulement... Seth ! protesta-t-elle en riant lorsqu'il lui ôta les mules.

Le rire s'éteignit sur ses lèvres lorsqu'il lui caressa l'arc interne du pied. L'élan de désir qui l'envahit fut aussi violent qu'improbable. Il se propagea dans tout son être, comme un feu sauvage, volant de nerf en nerf, traversant chaque cellule comme une déflagration électrique. Elle laissa échapper un faible gémissement.

— Ils ont l'air incroyablement fragiles, poursuivit Seth en enserrant son cou de pied au creux de sa paume. Mais on sent une grande force... et une grande sensibilité aussi.

Lorsqu'il embrassa le creux de ses chevilles, Lindsay comprit qu'elle était perdue.

— Tu sais quel pouvoir tu as sur moi, n'est-ce pas ? chuchota-t-elle.

Le temps de l'acceptation était venu. Elle était lasse de lutter contre la force d'attraction qui les jetait l'un vers l'autre.

Une lueur victorieuse traversa le regard incandescent de Seth.

— Je sais que j'ai envie de toi. Et je sais que tu me désires aussi.

Si seulement c'était aussi simple. Si elle ne l'avait pas aimé aussi éperdument, ils auraient pu vivre leur attirance en toute liberté — sans remords et sans regrets. « Mais quelques nuits de plaisir ne me rassasieront pas de toi, Seth. Et tôt ou tard, il y aura un prix à payer. » Une légère palpitation d'angoisse lui comprima la poitrine à la perspective des déchirements à venir.

— Serre-moi fort, chuchota-t-elle en se glissant entre ses bras. Je t'en supplie, serre-moi fort.

Tant que la neige continuerait de tomber, le monde extérieur resterait à leur porte. Ils étaient seuls et la nuit leur appartenait. Il n'y avait plus ni hier ni demain — ni passé ni avenir. Juste un rideau de blancheur opaque entre eux et l'univers.

Renversant la tête en arrière, elle plongea son regard dans le sien. Du bout du doigt, elle caressa son visage pour en mémoriser chaque angle, chaque ligne, chaque contour.

— Fais-moi l'amour, Seth, murmura-t-elle, les yeux grands ouverts. Aime-moi.

A partir de cet instant, il n'y eut plus aucune place entre

eux pour la douceur à laquelle ni elle ni lui n'aspirait. Seth scella ses lèvres des siennes avant même qu'elle ait terminé sa phrase. Se sentir l'objet d'une faim aussi dévorante la fit osciller un instant entre le désir et la peur. Mais elle sut qu'il gardait le contrôle, qu'il restait maître de leur destinée.

Il n'y eut aucune fébrilité confuse, aucun moment de maladresse lorsqu'il lui retira ses vêtements. Ses mains couraient sur son corps qu'il dévoilait en triomphe, apportant chaleur et plaisir, accélérant les pulsations de son sang. Lorsqu'elle se débattit avec les boutons de sa chemise, il lui vint en aide d'une main sûre.

Ils allaient l'un à l'autre sans hésitation et sans timidité, comme s'ils suivaient un chemin tracé d'avance, comme si leurs gestes avaient été fixés de toute éternité. Et leur rencontre était un brasier traversé d'éclairs, une spirale incandescente, une élévation triomphante.

Au fur et à mesure qu'elle découvrait le corps de Seth, Lindsay expérimenta une émotion nouvelle : la possessivité. En cet instant, il lui appartenait tout comme elle était éperdument sienne. Ils étaient livrés l'un à l'autre, la chair enfiévrant la chair, leurs nudités mêlées. La bouche de Seth explorait voracement chaque ligne, chaque courbe. Et ses mains errantes la faisaient trembler de plaisir.

Elle commença à onduler sous lui, à s'ouvrir.

Le souffle court, elle chercha à attirer de nouveau son visage contre le sien, aspirant à retrouver ses baisers, à reprendre le duel enfiévré de leurs langues. Seth revint à elle sans se presser, prenant le temps d'embrasser son cou, de lui humidifier le creux de l'oreille jusqu'à la faire crier de désir.

Lorsque leurs bouches se mélangèrent enfin, Lindsay se sentit consumée par une passion neuve et intense comme jamais encore elle n'en avait éprouvée. Lorsqu'elle dansait, elle se sentait possédée aussi, mais elle demeurait séparée. Unie à Seth, elle devenait partie d'un tout, et chaque geste, chaque soupir, chaque élan procédait d'un partage.

Avec Seth, elle découvrait l'abandon. Et plus elle lâchait prise, plus elle se rapprochait de l'extase.

Entre leurs corps joints circulait une énergie sans limite. Fondus l'un en l'autre, flux de lave mêlés, ils se détachèrent d'eux-mêmes et se rejoignirent dans une ultime envolée.

Chapitre 10

Lindsay rêvait qu'elle était couchée dans un grand lit ancien sous un édredon douillet. Les bras de son compagnon l'enserraient, forts et rassurants. Le matelas sur lequel ils reposaient était confortable, un peu usé et s'incurvait sous eux à la place qui leur était familière. Les draps en lin irlandais avaient la douceur que confère un long usage. Tout dans cet environnement était plaisant et portait les marques d'un bonheur tranquille.

Lorsque le bébé se mit à pleurer, Lindsay s'étira, changea de position, s'offrit le luxe de rester couchée encore quelques instants. Il n'y avait pas de panique, pas d'urgence. Elle savait que rien ne pouvait altérer la calme harmonie de leur existence.

Se blottissant plus étroitement encore dans les bras de son mari, elle souleva les paupières et sourit, plongeant ses yeux dans les siens.

— C'est déjà le matin, murmura-t-elle.

Leurs lèvres se trouvèrent, s'effleurèrent, se quittèrent pour se chercher de nouveau. Lindsay sourit lorsque les cris de l'enfant se firent plus insistants.

— Mmm... Seth, non, il faut que je me lève.

— Il n'y a pas d'urgence.

Les mains de Seth étaient partout sur son corps : sa langue, déjà, réveillait ses sens assoupis, suscitait mille frissons.

— Seth, non, je ne peux pas. Tu n'entends pas qu'elle pleure ?

Avec un léger rire, il roula sur le côté et se pencha pour attraper quelque chose au sol. Puis, basculant de nouveau sur le dos, il déposa Nijinski le chat sur son estomac. Eberluée, Lindsay cligna des paupières en entendant le minuscule chaton gémir comme un nouveau-né.

Le rêve trop beau partit en lambeaux, laissant derrière lui, comme une pointe d'égarement. Déphasée, elle passa une main tremblante dans ses cheveux.

— Qu'est-ce qui se passe, Lindsay ?

Secouant la tête pour chasser la déception, elle caressa la douce fourrure rousse.

— Rien. J'étais encore dans mon rêve, en fait.

Seth pencha la tête pour poser les lèvres sur la nudité d'une épaule.

— Tu rêvais ? De moi ?

Lindsay tourna la tête pour lui sourire.

— Oui. De toi.

Modifiant sa position, Seth l'attira au creux de son épaule. Nijinski descendit jusqu'à leurs pieds, tourna deux fois sur lui-même, puis se roula en boule en ronronnant de plus belle.

— Et qu'est-ce qui se passait dans ce rêve ?

Elle enfouit le visage dans son cou.

— Ça, je le garde pour moi.

L'éveil d'une passion

« Je lui appartiens, songea-t-elle. Je lui appartiens entièrement et je ne peux pas le lui dire. » Par la fenêtre aux rideaux ouverts, elle vit la couche de neige qui recouvrait le balcon, les flocons qui continuaient à tourbillonner dans un ciel déjà plus clair.

Tant qu'il continuerait à neiger, ils seraient l'un à l'autre. « Je l'aime tellement, tellement fort. » Les yeux clos, elle lui pétrit les épaules, la poitrine, sentit sa chair apprivoisée sous ses doigts. Lindsay sourit en pressant les lèvres dans son cou. Même si la neige tombait déjà moins dru, ils étaient encore à l'abri du monde. Rien ne viendrait interférer dans leur huis clos ce matin. Cette journée serait la leur.

Cherchant la bouche de Seth, elle l'embrassa rêveusement. Ils laissèrent les baisers se succéder aux baisers, savourant l'absence de hâte. Le désir entre eux s'élaborait par petites touches successives. Comme une braise ardente sous la cendre, il brûlait sans faire de flammes.

Seth l'attira sur lui.

— Tu as des mains exquises, murmura-t-il en portant ses doigts à ses lèvres. Lorsque tu danses, on dirait qu'elles ondoient, comme si elles étaient dépourvues de toute ossature.

Il ne se rassasiait pas de la regarder. La cascade de ses cheveux épars tombait jusque sur lui, si pâle dans la claire lumière du matin qu'elle ressemblait à un rideau de soie à la texture presque irréelle. Sous l'ivoire de sa peau, apparaissaient ici et là de légères touches de rose. Elle avait un visage fin, d'aspect fragile et toute la force semblait concentrée dans le regard.

Lindsay pencha la tête pour l'embrasser et le désir entre eux monta d'un cran.

— J'aime beaucoup ton visage, commenta-t-elle en faisant pleuvoir des baisers sur ses joues, sur son nez, sur son front. Tu as des traits marqués, avec un fond de férocité lorsque tu es en colère. Tu m'as terrifiée la première fois que je t'ai vu.

— Avant ou après que tu te jettes sous mes roues ?

Les mains de Seth allaient et venaient dans son dos, attisant des ondes délicieuses. L'amour avec lui ce matin était détendu, confortable. Lindsay lui mordilla le menton.

— Je ne me suis pas jetée sous tes roues. Tu conduisais trop vite.

Sa bouche gourmande descendit plus bas, goûta le velours de son torse.

— Tu me paraissais immense vu d'en bas, lorsque j'étais allongée dans la flaque, murmura-t-elle en revenant à sa bouche.

Il rit doucement mais ne répondit pas. Leurs gestes se firent plus impérieux, leurs baisers plus exigeants. Converser n'était plus à l'ordre du jour. Le désir monta comme une vague tropicale, les submergea, puis reflua...

Vêtue d'un jean et d'une chemise en flanelle prélevés dans la garde-robe de Ruth, Lindsay dévala le grand escalier central. A en juger par la température, les feux n'avaient pas encore été allumés dans les cheminées. Seul celui dans la chambre de Seth brûlait encore. Elle décida de s'attaquer d'abord à celui de la cuisine et poussa la porte en chantonnant. A sa grande surprise, elle trouva Seth déjà sur place. Humant l'odeur de café avec délice, elle s'approcha de lui par-derrière et glissa les bras autour de sa taille pour poser la joue dans son dos.

— Je pensais que tu étais encore en haut.

— Je suis descendu pendant que tu faisais tes échauffements à la barre.

Seth se retourna pour la serrer dans ses bras.

— On se fait un vrai petit déjeuner ?

Elle crut que son cœur explosait de joie. Pour elle, ces gestes simples partagés étaient tout aussi intimes que l'union des corps dans l'amour.

— Mmm… ça peut se faire. Qui se charge de la cuisson ?

Il lui prit le menton.

— On pourrait s'y mettre ensemble ?

— Aïe, aïe, je ne suis pas très polyvalente. Peut-être qu'une tartine ou deux avec de la confiture…

Seth fit la grimace.

— Je mangerais bien un truc chaud. Tu ne sais rien faire avec des œufs ?

— A part les décorer le jour de Pâques…

— Bon. On les fera brouillés, trancha-t-il en lui déposant un baiser sur le front. Tu te sens capable de faire griller quelques tranches de pain ?

— Ça devrait être dans mes cordes.

La joue posée contre sa poitrine, elle contempla le jardin enneigé. Le grand manteau blanc au sol était resté vierge, à l'exception de quelques marques ténues, laissées par de frêles pattes d'oiseaux. Chaque arbre du parc, chaque pommier du verger avait la beauté d'une œuvre d'art.

— Allons dehors, proposa-t-elle sur une impulsion.

— Après le petit déjeuner. Il faudra sortir chercher du bois, de toute façon.

Lindsay fronça les narines.

— Encore ta logique, espèce d'architecte ! Tu n'oublies donc jamais ton fichu sens pratique ?

Elle poussa un cri lorsqu'il lui tira l'oreille en riant.

— Si les architectes perdaient le sens des réalités, chère danseuse, leurs constructions s'écrouleraient et ce serait le chaos.

Songeuse, Lindsay regarda Seth ouvrir le réfrigérateur. Qui était cet homme, au fond ? Elle l'aimait comme elle n'avait encore jamais aimé. Mais il gardait encore pour elle une part immense de mystère.

— Mais tes réalisations n'ont pas l'air pratiques du tout, Seth. C'est que j'apprécie chez toi, justement. Les bâtiments que tu dessines ont de la beauté, du caractère. Rien à voir avec les cages en acier dépourvues d'âme, comme on en voit dans toutes nos villes.

Il se retourna, une boîte d'œufs dans la main.

— Il n'y a pas d'incompatibilité entre la beauté et l'aspect pratique. C'est notre métier justement, d'allier l'une et l'autre.

— Ça ne doit pas être facile.

— Si c'était simple, où serait l'intérêt ?

Lindsay hocha la tête. Cette logique-là, elle était bien placée pour la comprendre.

— Tu me montreras ce que tu as dessiné pour ton projet de Nouvelle-Zélande ? Je n'ai encore jamais vu comment un bâtiment public était conçu à la base.

— O.K., je te ferai visiter mon atelier.

Ils préparèrent le petit déjeuner dans une atmosphère détendue en riant, se taquinant, se chamaillant comme deux enfants. La cuisine sentait le café, le toast chaud et les œufs — une odeur plaisante, heureuse, qui rappelait les dimanches matins en famille.

Une fois qu'ils eurent débarrassé et remis la cuisine en état, ils enfilèrent plusieurs couches de vêtements et sortirent dans le jardin. Dès le premier pas, Lindsay s'enfonça dans la neige jusqu'à mi-cuisse. Seth la poussa en riant et elle tomba en arrière, disparaissant presque jusqu'aux épaules.

Le son de son rire se réverbéra dans le silence féerique d'un monde sans contours où ils semblaient être les seules créatures vivantes.

Seth trônait au-dessus d'elle de toute sa hauteur.

— Alors, petite fille ? Je crois que je vais te mettre une cloche autour du cou, si je ne veux pas te perdre.

Se relevant tant bien que mal, Lindsay essuya la neige accrochée à ses vêtements et à ses cheveux et le foudroya du regard.

— Monstre !

Relevant le menton d'un air hautain, elle s'éloigna dans la neige.

— Par ici, lutin des neiges. Nous ne sommes pas là pour nous amuser. N'oublie pas que nous devons rapporter du bois.

Il l'attrapa par la main et l'entraîna vers les dépendances. Lindsay fit mine de résister mais elle l'aurait suivi sans hésiter jusqu'au fin fond de cet univers blanc qui ne connaissait d'autre pas que les leurs. Même le bruit de l'océan semblait atténué, différent.

Lindsay était aux anges. Le froid lui mordait les joues, la neige entrait dans les bottes de Ruth à chaque pas. Mais elle n'aurait pas donné sa place pour tout l'or du monde. Jamais le monde ne lui avait paru aussi beau. Sous la lumière indécise, le paysage était sans ombre et sans contraste, chargé d'un étrange mystère.

— C'est magnifique, Seth.

Elle s'immobilisa devant le tas de bois et regarda autour d'elle avec une intense concentration.

— Et pourtant, on ne pourrait ni peindre ni photographier cette beauté-là, observa-t-elle.

— Ce serait plat, oui. Sans relief.

Elle tendit les bras et Seth la chargea de bûches pendant qu'elle regardait par-dessus son épaule.

— Oui, c'est exactement cela : plat. Je préfère garder cette splendeur à la mémoire plutôt que de la fixer sur une pellicule pour me retrouver avec des photos décevantes... Mais pour toi, ça ne doit pas être difficile d'imaginer un projet en trois dimensions à partir d'un dessin où tout est à plat.

Seth secoua la tête tandis qu'ils se dirigeaient côte à côte vers la porte qui donnait à l'arrière de la maison.

— Je dessine à partir d'une réalité que je visualise et non l'inverse.

Lindsay sourit.

— Ça doit être extraordinaire de savoir traduire des visions sous formes de plans et de calculs... Tu sais que tu as de la neige sur tes cils ?

Une question informulée brûlait dans le regard qu'il tourna vers elle. Elle lui tendit les lèvres en réponse, attendit son baiser. La bouche de Seth vint chercher la sienne. Avec une exclamation sourde, il laissa tomber ses bûches, la débarrassa des siennes, puis la souleva dans ses bras pour l'emporter sur le seuil.

Il traversa l'office, puis la cuisine. Lindsay secoua la tête.

— Arrête, Seth. Nous sommes couverts de neige. Nous allons en mettre partout.

— Et alors ?

Il passa dans le hall, longea les grands miroirs aux dorures précieuses qui leur renvoyèrent au passage une image échevelée.

— Tu comptes aller jusqu'où comme ça ?

— Au premier étage.

— Tu es fou.

Sa tête roula doucement sur son épaule alors qu'il gravissait l'escalier.

— Nous laissons des traces partout. Worth va tomber en syncope.

— Il s'en remettra.

Poussant la porte de sa chambre d'un vigoureux coup d'épaule, Seth la déposa sur le lit. Dressée sur les coudes, elle écarquilla les yeux avec un mélange d'étonnement et d'incrédulité en voyant qu'il avait déjà retiré sa veste en mouton et qu'il s'attaquait à ses grosses bottes.

— Seth, est-ce que tu réalises que nous sommes couverts de neige l'un et l'autre ?

— Tout à fait. Cela me paraît être une excellente raison pour nous débarrasser de nos vêtements au plus vite.

Joignant le geste à la parole, il se pencha sur elle pour enlever son manteau.

— Tu as perdu la raison, Seth Bannion.

Elle rit lorsqu'il envoya sa parka rejoindre sa veste par terre.

— C'est bien possible, admit-il en retirant ses bottes et ses chaussettes.

Saisissant ses deux pieds glacés dans ses mains, il entreprit de les réchauffer. Et sourit lorsqu'il la sentit fondre sous ses caresses.

— Seth, sois raisonnable, protesta-t-elle sans grande conviction. Ton lit va être trempé.

Il lui embrassa les pieds un à un puis la prit dans ses bras.

— Le tapis est sec, lui.

Dès l'instant où ils touchèrent le sol, ils roulèrent dans les bras l'un de l'autre. Seth l'embrassa avec un grognement qui semblait monter du plus profond de lui-même. Il tira sur ses vêtements, les arracha avec impatience.

— Je te désire encore plus qu'avant, marmonna-t-il en lui mordillant le cou. Plus qu'hier. Plus que tout à l'heure.

Ses mains prenaient possession de son corps avec une fébrilité qui confinait à la violence.

— Alors prends-moi, chuchota-t-elle en l'attirant en elle. Prends-moi autant que tu veux.

Lindsay ouvrit les yeux en entendant la sonnerie du téléphone. Encore à demi endormie, elle vit Seth tendre la main vers le combiné. Il portait le peignoir vert qu'il avait enfilé un peu plus tôt pour aller attiser le feu. Quand exactement, elle n'aurait su le dire. Réveils, montres et pendules appartenaient à la vie ordinaire. Ils n'avaient aucune place dans cette journée suspendue dans le temps.

Elle s'étira lentement. Si l'éternité pouvait se résumer à un point précis dans le temps, elle choisirait celui-ci. Son corps indolent était rompu de plaisir. Elle aurait pu rester ainsi toujours, coupée du monde dans un univers enseveli sous la neige.

Seule avec Seth.

Elle le regarda parler au téléphone. Il se tenait très droit et ne faisait aucun geste. Les gestes trahissaient les états d'âmes, les émotions. Or c'était un homme qui ne laissait rien transparaître de ce qu'il ressentait.

Elle sentit un sourire empreint de connivence sensuelle s'épanouir sur ses lèvres. Une partie de la réserve de Seth avait fondu quelques heures plus tôt lorsqu'il l'avait emportée dans ses bras pour lui faire l'amour avec une fougue inespérée.

Peu à peu, des fragments de la conversation téléphonique de Seth accédaient à sa conscience, l'arrachant au no man's land de cette journée hors du monde. Lindsay se dressa sur son séant en serrant le drap autour de ses épaules et se risqua à regarder autour d'elle. Mais avant même de se tourner vers la fenêtre, elle sut que la neige avait cessé de tomber. Pendant qu'ils dormaient enlacés, le vent avait chassé les nuages et le soleil était de retour.

Elle réussit à esquisser un pâle sourire lorsqu'il reposa le combiné. Mais son esprit fébrile était entièrement occupé à stocker un maximum d'impressions : la façon dont les cheveux de Seth lui tombaient sur le front, le soleil qui éclairait ses traits, son attitude calme et attentive. Lindsay sentit son cœur se dilater dans sa poitrine, comme pour contenir un trop-plein d'amour.

« Ne gâche pas tout maintenant, se dit-elle fébrilement. Ne lui demande rien. »

Le regard de Seth avait une intensité inhabituelle lorsqu'il vint la rejoindre au milieu du tas de couvertures et de coussins où ils avaient dormi à même le sol.

Lentement, elle leva les yeux vers lui.

— Ruth est sur le point de rentrer, je suppose ?

— Monica et elle arrivent, oui. Elles sont à pied car Monica n'a pas encore récupéré sa voiture. Mais le chasse-neige est passé et les routes sont de nouveau praticables.

Repoussant les cheveux qui lui tombaient sur les yeux, Lindsay se leva, toujours enveloppée dans son drap.

— Il ne me reste plus qu'à me préparer alors. Je n'ai plus aucune raison de ne pas assurer mes cours du soir.

Luttant contre une envie irraisonnée de pleurer, elle rassembla ses vêtements. Seth était un homme rationnel, qui fonctionnait selon des critères éloignés de tout sentimentalisme. Il devait avoir les débordements émotionnels en horreur.

Tout en enfilant ses collants et son justaucorps, elle noya son cafard naissant sous un flot continu de paroles.

— Les équipes de déneigement ont été particulièrement efficaces, cette année. J'espère simplement qu'ils n'auront pas enseveli ma pauvre voiture. Il faudra que j'appelle le garagiste pour qu'il s'occupe du dépannage. Avec un peu de chance, les dégâts seront mineurs et je pourrais la récupérer rapidement.

Laissant tomber le drap, elle récupéra son chandail.

— Je crois que je vais être obligée d'emprunter la brosse à cheveux de Ruth, si je veux avoir l'air un tant soit peu présentable lorsque...

Elle se tut brusquement en se retrouvant nez à nez avec Seth.

— Pourquoi me regardes-tu ainsi ? Et pourquoi ce silence ?

Pas un muscle de son visage ne bougea.

— J'attendais que tu aies fini de parler pour ne rien dire.

Lindsay ferma les yeux. Elle se sentait démunie, sans défense. Seth avait vu clair sous sa décontraction apparente. C'était un homme d'expérience, habitué à boucler ses liaisons éphémères avec simplicité et élégance.

Elle-même n'avait réussi qu'à se couvrir de ridicule en voulant feindre l'indifférence.

— Désolée, mais je ne suis pas douée pour ce genre de gymnastique, Seth.

Lorsqu'il voulut la prendre dans ses bras, elle secoua la tête avec violence.

— Non, s'il te plaît, ne me touche pas. Ce n'est pas le moment.

— Lindsay...

L'irritation à peine contenue dans la voix de Seth, l'aida à réprimer ses larmes.

— Laisse-moi juste quelques minutes, le temps de finir de me préparer, d'accord ? Je déteste me comporter comme une idiote.

Sans attendre sa réponse, elle sortit de la chambre en courant et claqua la porte derrière elle.

Un quart d'heure plus tard, Lindsay était de retour dans la cuisine et nourrissait Nijinski qui réclamait sa pâtée à cors et à cris, dressé sur ses pattes minuscules, à côté de sa gamelle.

Les quelques instants passés seule dans la chambre de Ruth l'avaient aidée à se ressaisir. Ses mains ne tremblaient plus et ses nerfs étaient un peu moins à fleur de peau. Elle se sentait prête à affronter l'épreuve de la séparation la tête haute.

Laissant le chaton à son repas, Lindsay s'avança jusqu'à la fenêtre pour contempler le jardin d'un blanc lumineux. Dès l'instant où Seth pénétra dans la pièce, elle perçut sa présence, bien qu'il se déplaçât aussi silencieusement qu'un chat.

Elle s'accorda quelques secondes pour se donner une contenance avant de se tourner lentement vers lui. Il portait un pantalon en velours côtelé marron et un pull-over en cachemire beige. Lindsay lui trouva un air à la fois sérieux et intense.

— J'ai fait du café, annonça-t-elle d'un ton prudemment amical. Tu en veux ?

— Non.

Il s'avança vers elle, avec quelque chose de déterminé dans le regard, la démarche. Lindsay en était encore à se demander ce qu'il lui voulait lorsqu'il la saisit par les épaules pour s'emparer de ses lèvres. Le baiser fut long, échevelé et la laissa pantelante et les jambes sciées. Lorsque Seth y mit fin, il lui fallut un moment pour se rappeler où elle se trouvait et qui elle était.

— Je voulais voir si cela aussi avait changé entre nous, lança-t-il en plongeant son regard dans le sien. Mais je constate que non.

— Seth…

Sa bouche, de nouveau, réduisit la sienne au silence. La protestation qu'elle avait sur le bout de la langue se mua en ardeur amoureuse. La tête vide de toute pensée, elle mit dans son baiser tous ses sentiments, son désir, sa passion. Elle entendit Seth murmurer son nom. Puis il la serra à l'étouffer contre lui et ce fut de nouveau l'éblouissement d'un paradis entrevu — tantôt à portée de main, tantôt inaccessible.

« Une autre femme, à ma place, se contenterait de ce qu'il me donne, songea-t-elle confusément en levant les yeux vers lui. Une autre femme ne demanderait pas mieux que de poursuivre la relation sur ces bases. Une autre femme ne réclamerait pas l'impossible alors qu'elle reçoit déjà mille merveilles. »

Avec un effort de volonté non négligeable, Lindsay revint à elle-même. Et décida de se comporter comme si elle était cette autre femme.

— Je suis contente que nous ayons été coupés du monde ensemble, lui assura-t-elle d'un ton léger en se tournant vers la cafetière. J'ai passé des moments délicieux ici, avec toi.

Sa main tremblait lorsqu'elle se servit une tasse de café.

Seth enfonça les mains dans ses poches.

— Mais encore, Lindsay ?

Elle porta la tasse à ses lèvres et prit une gorgée brûlante.

— Mais encore, quoi ? répéta-t-elle, la gorge nouée.

Son cœur battait à grands coups douloureux dans sa poitrine et elle avait du mal à respirer. Dressé devant elle, le regard sévère, Seth lui paraissait presque aussi effrayant que le jour de leur première rencontre.

— C'est tout ce que tu as à me dire ?

Elle s'humecta les lèvres en serrant nerveusement sa tasse.

— Je ne suis pas certaine de comprendre ce que tu me demandes, murmura-t-elle, effarée.

Il fit un pas dans sa direction.

— Ton regard ne cesse de fuir. Pourquoi refuses-tu de me laisser voir ce que tu ressens ?

— Ce que je ressens m'appartient, protesta-t-elle d'une voix faible en scrutant le fond de sa tasse.

— Tu étais nettement moins réservée tout à l'heure.

Se sentant ridiculement transparente, elle se fit violence pour soutenir le regard qui fouillait imperturbablement le sien. Pourquoi s'acharnait-il sur elle ainsi en lui faisant subir cet interrogatoire qui tournait à la torture ?

— Nous sommes adultes l'un et l'autre, Seth. Ce qui vient de se passer entre nous ne porte pas forcément à conséquence.

— Et si je voulais que ça porte à conséquence, justement ?

Lindsay demeura un instant interdite. Si seulement, Seth laissait transparaître quelque chose de ce qu'il attendait ! Mais son expression était plus que jamais indéchiffrable.

En proie à un mélange détonant de peur et d'espoir, elle s'enquit lentement :

— Peux-tu préciser ta question ?

— Laisse tomber. Si tu ne comprends pas ce que je cherche à te signifier, c'est déjà une réponse en soi.

Irritée par son attitude évasive, elle reposa sa tasse d'un geste brusque.

— Pourquoi commencer à dire quelque chose si c'est pour revenir dessus ensuite ?

Il hésita, posa la main dans ses cheveux.

— Lindsay...

La porte de la cuisine s'ouvrit à la volée, livrant passage à Ruth et à Monica.

— Salut, oncle Seth, nous voilà !

Lindsay vit le regard de Ruth se poser alternativement sur elle puis sur son oncle. Une lueur de compréhension passa dans les yeux sombres de la jeune fille et elle fit un pas en arrière, comme pour ressortir et les laisser tranquilles.

Mais déjà, Monica se précipitait dans la pièce.

— Lindsay ! J'ai vu l'état de ta voiture ! Tout va bien ? Tu es sûre que tu n'as rien ?

Les traits tendus par l'inquiétude, la jeune pianiste la serra dans ses bras.

— Je savais que j'aurais dû t'obliger à rester avec nous.

Lindsay se força à sourire.

— Je m'en suis juste tirée avec une bosse. Il n'y a pas de quoi fouetter un chat... Je suis sûre que Nijinski partage mon avis, d'ailleurs ! ajouta-t-elle lorsque le chaton roux vint se frotter affectueusement contre les chevilles de Ruth.

— Bon, tu me rassures. Ruth s'inquiétait de savoir si les cours de danse de ce soir seraient annulés ou non.

Lindsay se tourna vers la jeune fille qui avait pris son chat dans ses bras et le caressait doucement.

— Puisque les routes sont dégagées, pas de problème. Les cours seront assurés comme à l'ordinaire.

— Vous êtes sûre d'être en état de travailler, au moins ? s'enquit Ruth gravement.

Consciente que la jeune fille avait perçu la tension entre son oncle et elle, Lindsay reprit sa tasse de café et la porta nerveusement à ses lèvres.

— Oui, oui, tout à fait… Il faudra juste que j'appelle une dépanneuse.

— Je m'en occupe, annonça Seth sèchement.

— Non, non, ne te dérange pas. Je peux…

— Je m'en occupe. Et je vous conduirai toutes les trois au studio dès que vous serez prêtes.

Le visage fermé, il quitta la pièce en laissant un drôle de silence derrière lui.

Chapitre 11

Pendant le trajet en voiture jusqu'à l'école de danse, ce fut Ruth, la timide, la réservée, qui s'employa à détendre l'atmosphère.

— Worth sera de retour ce soir ? demanda-t-elle.

Seth jeta un coup d'œil dans le rétroviseur à sa nièce assise à l'arrière.

— Pas encore, non. Il revient demain matin.

— Je m'occuperai du dîner en rentrant de la danse. Nous mangerons un peu tard, mais ce n'est pas grave.

— Tu as tes cours demain, Ruth.

La jeune fille sourit avec indulgence.

— Oncle Seth… je suis en terminale, pas en dernière année de maternelle ! Tiens, à propos de terminale, Lindsay, Monica m'a montré une photo de classe de son frère, l'année où vous avez passé le bac, lui, Andy et vous.

Lindsay qui occupait le siège passager se retourna avec une exclamation amusée.

— Monica a ressorti sa collection de vieux souvenirs ! Donc tu as vu notre Andy dans sa super tenue de footballeur ? Il était impressionnant, non ?

Ruth repoussa ses longs cheveux dans son dos. Elle

parlait avec animation et on ne sentait plus aucune retenue dans son attitude. Lindsay se réjouissait de la voir aussi détendue.

— Andy était pas mal. Mais celle que je préfère sur la photo, c'est vous, déclara la jeune fille, les yeux brillants. Il faudrait que tu voies ça, oncle Seth. Lindsay a été immortalisée en train d'exécuter une très jolie arabesque sur le haut des marches du lycée.

— Nous faisions tous un peu les idiots, ce jour-là. C'était la grande fête.

— C'est pour ça que vous tiriez la langue sur la photo ?

Lindsay éclata de rire.

— C'était juste histoire de dédramatiser un peu la pose !

— J'imagine que l'arabesque était parfaite, commenta Seth. Tu serais capable de continuer à danser au milieu d'un tremblement de terre.

Ne sachant s'il s'agissait d'un compliment ou d'une critique, Lindsay scruta le profil impassible à côté d'elle.

— C'est ce qu'on appelle de la concentration, je suppose.

Seth quitta un instant la route des yeux pour la regarder.

— Non. C'est ce qu'on appelle de l'amour. La danse est une passion pour toi. Il suffit de te voir esquisser une glissade ou deux pour le sentir.

Avec un léger soupir, Ruth se pencha pour poser les coudes sur le dossier du siège avant.

— Je ne crois pas qu'il existe de plus beau compliment, commenta-t-elle rêveusement. J'espère qu'un jour on dira la même chose de moi.

Mais l'attention de Lindsay était rivée sur Seth. Une dizaine de répliques possibles lui traversa l'esprit, mais elle n'en retint aucune et se contenta de poser la main sur la sienne.

— Merci, Seth.

Le cœur de Lindsay battit plus vite, lorsqu'il entrelaça ses doigts aux siens et porta leurs mains jointes à ses lèvres.

— De rien.

Ruth les observa un instant avec le sourire, puis s'adossa de nouveau. Le parking devant le studio avait été partiellement déblayé. Une élégante voiture de sport était garée devant le studio.

— Tiens, s'exclama Lindsay, je me demande qui peut bien...

Elle s'interrompit net et écarquilla les yeux. Persuadée qu'elle rêvait, elle descendit de voiture. L'homme au pardessus noir et à la toque de fourrure qui se tenait devant la porte du studio se porta à sa rencontre d'un pas vif et harmonieux de danseur.

Dès l'instant où elle le vit marcher, les doutes de Lindsay se muèrent en certitude.

— Nikolai !

Alors même qu'elle criait son nom, elle courait déjà dans la neige. Sa vision se brouilla au moment où elle se jetait dans ses bras. Un flux de souvenirs mêlés lui remonta à l'esprit.

Elle n'entendit pas le « *Davidov !* » murmuré révérencieusement par Ruth. Ne vit pas le regard scrutateur de Seth rivé sur eux.

Tant de fois déjà, Nick l'avait tenue ainsi contre lui ! Elle avait été sa Giselle, sa Kitri, sa Juliette. Lui son Albrecht, son Basile, son Roméo. Une amitié intense, compliquée, tumultueuse les avait toujours unis. Elle avait adoré l'homme et parfois haï l'artiste ; elle avait vénéré son talent, détesté son caractère et désespéré de ses sautes d'humeur. Alors que Nick la serrait contre son cœur, Lindsay revécut ses années à New York, la grande aventure de la danse, l'exaltation de la scène, les fous rires partagés.

Suffoquée par un trop-plein d'émotions, elle se raccrochait à la taille de Nick, les joues ruisselantes de larmes.

Avec un grand éclat de rire, ce dernier se dégagea pour la regarder.

— Ah, ma *ptichka*, mon petit oiseau ! Ça faisait une éternité que je ne t'avais pas tenue dans mes bras !

Il avait une voix forte, avec un accent russe qui restait prononcé. Incapable de proférer un mot, Lindsay secoua la tête et enfouit de nouveau le visage contre son épaule. Après la nuit d'amour qu'elle venait de passer avec Seth, ces retrouvailles inattendues achevaient de la déstabiliser.

De nouveau, Nick l'écarta de lui en riant. Lindsay constata qu'il n'avait pas changé. Il n'avait perdu ni sa jeunesse, ni son air trompeusement innocent. Mais elle savait d'expérience que sa beauté presque angélique ne l'avait jamais empêché de raconter des blagues salaces ou de jurer comme un charretier.

Il avait des yeux très bleus, frangés de cils épais, une bouche généreuse et bien dessinée. Et deux discrètes fossettes se creusaient dans ses joues lorsqu'il souriait. Ses épais cheveux blond foncé frisaient en abondance. Il les portait toujours assez longs, affichant une décontraction qui allait bien avec son personnage.

Avec une exclamation de joie, Lindsay prit son visage entre ses paumes.

— Oh, Nick, je suis tellement heureuse que tu sois resté le même.

— Mais toi, *ptichka,* tu as changé. Comment se fait-il que tu sois encore plus belle qu'il y a trois ans ?

— Nick... Espèce de vil flatteur !

Le rire se mélangeait aux larmes. Elle l'embrassa avec fougue, sur les joues et sur les lèvres.

— Tu m'as manqué, Davidov. Mais qu'est-ce que tu fais ici ?

— Je suis passé chez toi dans un premier temps. Et lorsque j'ai trouvé porte close, j'en ai déduit que je te trouverais à ton école de danse. Je t'avais dit que je ferai le voyage en janvier, tu te souviens ? Comme tu vois, j'ai pris un peu d'avance.

— Tu es venu en voiture de New York en pleine tempête de neige ?

Les yeux bleus de Nikolai se posèrent sur le paysage immaculé.

— Ton Connecticut m'a rappelé la Russie. J'avais oublié ce que c'était, l'odeur de la neige.

Il eut un brusque mouvement d'épaules, comme pour chasser un début de nostalgie. Puis son attention se porta sur Seth et sur Ruth, restés légèrement en retrait.

— Dis-moi, *ptichka,* tu comptes attendre encore longtemps avant de me présenter tes amis ?

— Oh, je suis désolée ! Mais ça a été une telle surprise que...

Les joues en feu, Lindsay s'essuya les yeux.

— Voici Seth et Ruth Bannion, Nick. Ruth est la jeune danseuse dont je t'ai parlé au téléphone.

— Parce que vous avez parlé de moi à M. Davidov ? balbutia Ruth, les yeux écarquillés par un mélange à parts égales de stupéfaction et de joie.

— Bien sûr que j'ai parlé de toi !

Nick et Seth échangèrent une poignée de main.

— Ne seriez-vous pas par hasard, Seth Bannion, l'architecte ?

Seth hocha la tête.

— Je le suis.

Un large sourire éclaira les traits de Nick.

— C'est incroyable. Je viens d'acheter une maison en Californie dont vous avez vous-même tracé les plans ! Elle est construite tout au bord de l'océan. Et comme elle est presque entièrement vitrée, on a l'impression d'habiter dans l'eau. J'en suis tombé amoureux au premier regard.

Lindsay suivait l'échange entre les deux hommes avec une attention fascinée. Nick avait un tempérament bouillonnant et ouvert. Seth, lui, était volcanique et fermé. Ils étaient différents comme le jour et la nuit. Et pourtant, elle leur trouvait de nombreux points communs.

Seth hocha la tête.

— Je me souviens de cette maison. A Malibu, je crois ?

— A Malibu, oui, tout à fait ! Le vendeur m'a précisé que c'était du « Seth Bannion de la première manière ». Sur un ton plein de déférence. Comme si vous étiez déjà mort depuis des lustres.

Seth sourit. Les gens souriaient toujours avec Nick Davidov.

— Tant mieux, après tout. Plus le ton est déférent, plus la valeur « Bannion » grimpe sur le marché.

Lindsay nota que le regard intrigué de Nick se posait alternativement sur Seth puis sur elle. Comme s'il se faisait déjà une petite idée de la situation.

— Et voici donc la jeune recrue que tu te proposes de m'envoyer.

Nick prit les deux mains de Ruth dans les siennes et la contempla intensément.

— Une belle silhouette de danseuse en effet, commenta-t-il gravement.

Muette comme une carpe, Ruth resta pétrifiée sur place. Pour elle, Nikolai Davidov était un dieu, une légende. Et voilà qu'il se retrouvait devant elle sans qu'elle s'y attende le moins du monde. Ici, dans un trou perdu, comme Cliffside. Et il la regardait avec une attention bienveillante en lui tenant les mains !

— Il faudra me dire, jolie Ruth, si l'hospitalité de Lindsay est toujours aussi déplorable. C'est habituel, chez elle, de laisser ses amis battre la semelle dehors dans la neige plutôt que de les inviter à entrer se mettre au chaud ?

Ruth éclata de rire tandis que Lindsay poussait une exclamation catastrophée.

— C'est vrai ! Je suis impardonnable ! Vous devez avoir les pieds gelés tous autant que vous êtes.

Elle sortit en riant les clés de son sac.

— C'est à cause de toi, si je me comporte comme une barbare, Nick. Tu ne peux pas à la fois me tomber dessus à l'improviste et attendre de moi que je me conduise de façon civilisée !

Elle poussa la porte du studio et Nick s'avança jusqu'au milieu de la salle. Retirant ses gants, il regarda autour de lui d'un air approbateur.

— Tu as fait du beau travail ici, *ptichka*. Tu as de bonnes élèves ?

Lindsay sourit à Ruth.

— De très bonnes élèves, oui.

— Parfait. J'imagine que tu as déjà trouvé une enseignante pour te remplacer, puisque ton retour à New York est prévu pour début janvier ?

Sur le point de dénouer la ceinture de son manteau, Lindsay s'immobilisa.

— Ma décision n'est pas encore prise, Nick.

Nikolai rejeta cet argument d'un mouvement désinvolte du poignet. Un geste qui pour Lindsay était éminemment familier.

— Ne dis pas de bêtises, *ptichka*. Je n'ai pas de temps à perdre en débats stériles. Je suis jusqu'au cou dans les répétitions de *Casse-Noisette*. Et en janvier, je commence à monter mon propre ballet.

D'un mouvement d'épaules, Nick se débarrassa de son lourd pardessus noir. Il portait dessous une tenue à la fois élégante et décontractée que Ruth jugea admirable.

— Et il me faut Lindsay Dunne dans le rôle d'Ariel, compléta-t-il d'un ton sans réplique. Aucune autre ballerine ne peut le tenir.

— Nick…

— Cela dit, je veux d'abord te revoir danser, enchaîna-t-il sans lui laisser le temps de s'exprimer. Pour vérifier que tu ne t'es pas trop laissée aller avec les années.

— Me laisser aller, *moi* ?

Furieuse, Lindsay jeta son manteau sur le dossier d'une chaise.

— Tu seras à la retraite en train d'écrire tes *Mémoires d'un danseur russe* bien avant que je commence à me *laisser aller*, Davidov !

— Cela reste à prouver, rétorqua Nick, imperturbable.

Il se tourna vers Seth en ôtant sa toque de fourrure.

— Dites-moi, monsieur Bannion, vous la connaissez bien, ma *ptichka* ?

Le regard de Seth alla chercher celui de Lindsay. Et ne s'en détourna que lorsqu'elle commença à rougir.

— Assez, oui. Pourquoi ?

— Vous pouvez me dire si elle a entraîné ses muscles avec autant d'assiduité qu'elle a entretenu son sale caractère ? J'aimerais d'ores et déjà me faire une idée du temps qu'il me faudra pour la remettre en forme.

Lindsay avait beau être consciente qu'elle se faisait manipuler comme une débutante, elle n'en réagit pas moins au quart de tour.

— Je n'ai besoin de personne pour me remettre en forme.

— O.K. Parfait. Alors enfile tes collants et tes pointes, mon oiseau des îles du nord.

— Je t'en ficherai des oiseaux des îles du nord, moi !

Foudroyant Nick du regard, Lindsay disparut dans son bureau en claquant la porte derrière elle.

Avec un large sourire, Nick se tourna vers Seth et Ruth.

— Vous savez vous y prendre avec elle, commenta Seth.

Nikolai rit doucement.

— Je la connais comme je me connais moi-même. Nous fonctionnons sur le même mode, elle et moi.

— Vous avez l'air d'être proches, en effet.

Nick sortit une paire de chaussons de danse de la poche de son manteau et s'assit pour les enfiler.

— Lindsay et vous êtes amis depuis longtemps, monsieur Bannion ?

Nick était conscient qu'il posait trop de questions. Et que Seth, qui plus est, ne mettait aucun enthousiasme à y répondre. Le célèbre architecte était un homme très secret, de toute évidence.

— Depuis quelques mois, admit Seth d'un ton évasif.

Nick hocha la tête. Même s'il ne révélait pas grand-chose de lui-même, Seth Bannion semblait clairement fasciné par Lindsay. Etait-ce à cause de lui que sa partenaire et amie hésitait tant à retourner à la scène ? Plus Nikolai le regardait, plus il était intrigué par le personnage. Et il brûlait de curiosité de savoir ce qui se passait exactement entre Lindsay et lui.

Seth, cela dit, ne serait pas facile à cerner. Ce n'était pas le genre de personne qui se laissait décoder au premier coup d'œil.

— Vous avez longtemps été partenaires sur scène, Lindsay et vous ? s'enquit Seth en glissant les mains dans les poches.

Sans être particulièrement réceptif à la beauté masculine, Seth était assez esthète pour reconnaître en Nick un homme superbe. Et il était curieux de savoir quel type de personnalité se cachait sous ce physique de prince charmant.

— Après le départ de Lindsay, je n'ai plus jamais

retrouvé son équivalent, admit Nick. Mais j'évite de le lui dire, vu qu'elle danse tellement mieux lorsqu'elle est remontée contre moi ! C'est une nature passionnée, ma *ptichka*... Elle est presque aussi russe que moi, au fond, ajouta-t-il avec un clin d'œil en se levant.

Lindsay revint dans la salle, vêtue de collants noirs, d'un justaucorps et de jambières blanches.

— Tu as pris du poids, commenta Nick, sourcils froncés en l'examinant d'un œil critique.

Elle leva les yeux au ciel.

— Je pèse cinquante malheureux kilos, Nikolai Davidov ! Je n'ai pas l'impression que l'obésité me guette.

Nick se dirigea vers la barre.

— Des kilos, il faudra quand même que tu en perdes deux ou trois d'ici février. Je suis danseur, pas haltérophile.

Il commença à s'échauffer pendant que Lindsay s'étranglait d'indignation.

— Rien ne m'oblige plus à m'affamer pour tes beaux yeux, Nick.

— Tu oublies que je suis directeur de la compagnie, à présent.

— Et toi tu oublies que je n'en fais plus partie, de ta sacro-sainte compagnie, justement.

— Pas sur le papier, non. Mais te réintégrer sera une simple formalité.

Toujours debout près de la porte, Seth s'éclaircit la voix.

— Ruth et moi, allons vous laisser. Vous serez plus tranquilles pour danser.

Nick vit une question muette passer dans le regard que Lindsay tenait braqué sur Seth. Mais ce dernier demeura impénétrable. « Il ne laisse vraiment *rien* transparaître », conclut Nick, de plus en plus désarçonné par le personnage.

Comme Lindsay gardait le silence, il s'adressa à l'oncle et à la nièce.

— Non, ne partez pas, s'il vous plaît.

— Nick est trop narcissique pour danser sans public, dit Lindsay en effleurant la main de Seth. Si rien ne vous presse, restez donc avec nous.

Les yeux brillants d'enthousiasme, Ruth se pendit au bras de son oncle.

— Oh, oncle Seth ! Dis oui, s'il te plaît !

Après un temps d'hésitation, Seth plongea son regard impénétrable dans celui de Lindsay puis hocha lentement la tête.

— D'accord.

Sa voix était redevenue froide ; son attitude distante. Comme s'il l'avait giflée, Lindsay se détourna sans un mot et alla rejoindre Nick à la barre. Pendant le trajet en voiture jusqu'au studio, elle avait eu le sentiment d'un rapprochement, pourtant. Alors pourquoi s'éloignait-il de nouveau à la vitesse de la lumière ?

Pendant qu'elle s'échauffait avec Nick, elle s'efforça de maintenir un semblant de conversation. Mais à plusieurs reprises, elle se surprit à chercher le regard de Seth dans le miroir.

Sans jamais parvenir à le capter pour autant.

— Il y a longtemps que tu es amoureuse de lui ? demanda Nick à voix basse.

Tournant la tête en sursaut, elle le questionna des yeux.

— Tu n'as jamais réussi à garder le moindre secret

pour moi, *ptichka*. Les amis voient souvent plus clair que les amants.

Lindsay sentit un poids tomber sur sa poitrine.

— Je t'avoue que je ne sais même pas quand ça a commencé exactement. J'ai l'impression que mon amour pour lui est vieux comme le temps, admit-elle avec un soupir.

— Et on peut lire toute la douleur du monde dans ton regard.

Il la retint par le menton lorsqu'elle voulut détourner la tête.

— L'amour est donc si tragique, mon oiseau ?

Lindsay se força à sourire.

— C'est toi, un Russe, qui me pose une question pareille ? Je croyais que pour ton peuple, amour et tragédie étaient quasiment synonymes ?

— Chez Tchekhov, peut-être. Mais nous sommes dans la vraie vie, *ptichka*.

Il lui tapota la joue avant de s'accroupir devant le lecteur de CD.

— Peut-être que Shakespeare te fera du bien. Tu te souviens du second pas de deux de *Roméo et Juliette* ?

Soudain saisie de nostalgie, Lindsay ferma un instant les yeux.

— Comment l'aurais-je oublié ? Nous l'avons répété si souvent que j'ai cru en devenir folle. Et toi, fidèle à toi-même, tu as été tantôt l'ange qui soulageait mes crampes tantôt le démon qui m'envoyait des serviettes mouillées de sueur à la figure si j'avais le malheur de rater un saut.

Il inséra le CD en souriant.

— Je vois que tu n'as rien oublié de nos années new-yorkaises... Danse encore une fois avec moi *ptichka*. En hommage à ce qui fut. En éloge à ce qui sera.

Nikolai lui tendit la main. Leurs doigts s'effleurèrent puis se séparèrent de nouveau. Lorsqu'ils dansaient ensemble, c'était chaque fois un moment de rencontre parfaite. Il suffisait à Lindsay de croiser le regard de Nick pour sentir la transformation s'opérer. Devenue Juliette, elle dansa l'amour, l'espoir, la force poignante d'un premier amour. Les enchaînements, mille fois répétés, revenaient d'eux-mêmes. Ses pas coulaient avec la musique, se fondaient à ceux de Nick. Lorsqu'il la souleva pour la première fois, elle songea à Seth et son cœur déborda d'amour.

Ruth les regardait danser, si fascinée qu'elle en oubliait de respirer. Dans leur pas de deux, Nikolai et Lindsay incarnaient la découverte amoureuse dans sa forme la plus pure. Un amour qui éclatait dans le regard de Lindsay lorsqu'elle regardait Davidov. Il n'y avait plus rien en elle de l'insouciance un peu moqueuse d'une Kitri. Son visage exprimait la vulnérabilité d'une toute jeune fille en proie à une passion à la fois impérieuse et interdite.

Lorsque les deux danseurs s'agenouillèrent face à face, avec juste les extrémités des doigts en contact, Ruth, vibrante d'enthousiasme, se leva et applaudit à tout rompre.

Davidov sourit et attira Lindsay dans ses bras. Elle tremblait légèrement dans son étreinte.

— Bon. Je vois que tu n'as pas trop perdu la main, *ptichka*. Tu n'as pas laissé ton beau talent partir en brioche. Reviens à New York. J'ai besoin de toi.

— Oh, Nick...

Soudain vidée de ses forces, elle posa la tête sur son épaule. Elle avait oublié que danser avec Nick avait toujours été un accomplissement. Une expérience aussi profonde qu'inoubliable. Et en même temps, l'exaltation de la danse n'avait servi qu'à intensifier ses sentiments pour Seth.

Si elle avait pu passer des semaines, des mois, dans la grande maison perchée, coupée du monde entier sauf de lui, elle aurait accepté sans hésiter. En cet instant, la violence contradictoire de ses désirs et de ses doutes devenait presque insoutenable. Elle dut se cramponner à Nick, tant son amour lui donnait le vertige.

Par-dessus la tête baissée de Lindsay, Nick sourit à Seth et à Ruth.

— Qu'est-ce que vous en pensez ? Elle ne s'est pas trop mal débrouillée, non ?

— Elle a été sublime, oui ! rectifia Ruth d'une voix enrouée par l'émotion. Vous avez été extraordinaires l'un et l'autre. N'est-ce pas, oncle Seth ?

Le regard encore débordant d'amour, Lindsay releva lentement la tête pour attendre la réponse de Seth.

— Oui, c'était très bien, commenta-t-il froidement. Vous semblez faits pour danser ensemble. Je n'ai jamais vu une pareille synergie entre deux êtres.

Il se leva et prit son manteau.

— Il faut que je parte.

Comme sa nièce émettait un faible murmure de protestation, il lui posa la main sur l'épaule.

— Ruth pourrait peut-être rester, en revanche ? Son cours débute dans une heure.

— Bien sûr que Ruth peut rester.

Lindsay se leva, hésitante, ne sachant comment composer avec l'étranger distant qu'il était redevenu.

— Seth..., murmura-t-elle.

Mais il lui opposa un visage impassible.

— Je passerai récupérer Ruth ce soir.

Il tourna les yeux vers Nick qui était venu se placer juste derrière elle, comme pour lui offrir un soutien à la fois moral et physique.

— Au plaisir, monsieur Davidov.

Lorsque Seth partit à grands pas, Lindsay voulut s'élancer à sa suite. Mais l'évidence de son rejet l'arrêta net. Leur nuit d'amour n'avait donc été qu'un rêve. Sa danse d'amour un fantasme qui n'appartenait qu'à elle seule. Elle ferma les yeux lorsque la porte du studio se referma avec un petit claquement sec, définitif.

— Lindsay, murmura Nick doucement en lui saisissant les épaules.

Mais elle secoua la tête avec violence.

— Non, s'il te plaît. Ne dis rien. Je... je dois vous laisser un moment ? J'ai quelques coups de fil à passer.

Se dégageant d'un mouvement brusque, elle courut s'enfermer dans son bureau.

Chapitre 12

Nick scruta le battant fermé quelques instants, puis il soupira, secoua la tête et concentra son attention sur Ruth. Discrète comme une souris, la jeune fille attendait en silence. Elle avait l'air inquiète et déconcertée, avec ses grands yeux noirs écarquillés.

— Nous autres danseurs avons un tempérament terriblement fragile, précisa-t-il pour la rassurer. En attendant que Lindsay ait fini de téléphoner, vous allez me montrer pourquoi elle s'est mise en tête de vous envoyer à New York.

Les yeux de Ruth s'agrandirent un peu plus encore.

— Vous... vous ne voulez tout de même pas que je danse pour vous ! se récria-t-elle.

Un étau d'angoisse lui serrait la gorge et ses jambes étaient devenues de plomb. Jamais elle ne parviendrait à se mouvoir d'un millimètre sous le regard d'un Davidov !

— Bien sûr que je veux vous voir danser. Puisque nous sommes là, tous les deux, c'est une excellente occasion, non ? Allez, ouste ! Mettez-vous en tenue.

Dans un état d'incrédulité profonde, Ruth se hâta vers son sac de danse pour troquer ses bottes contre des chaussons. Etait-il réellement possible que *Davidov* lui demande de danser pour lui ? Ou nageait-elle en pleine fantaisie ? Ruth jeta un regard éperdu autour d'elle. Si c'était un rêve qu'elle vivait, il ressemblait à s'y méprendre à la réalité : le studio de danse présentait son aspect habituel et familier, avec ses miroirs aux murs, son parquet étincelant, son piano dans un coin qui disparaissait sous les partitions. Même la plante verte un peu chétive sur le rebord de la fenêtre était à sa place familière.

Les mains tremblantes, elle retira son pull et son jean pour se mettre en tenue de danse. Il lui suffisait de tourner les yeux vers Nikolai Davidov pour achever de se persuader qu'elle ne rêvait pas. La présence de cet homme dans le studio n'avait rien de virtuel. Elle était très charnelle, au contraire.

Il aurait pu avoir l'air quelconque dans sa tenue de coton gris. Mais Ruth, malgré son jeune âge, savait déjà que certaines catégories d'êtres se distinguaient *forcément* de l'ordinaire. Ce n'était pas seulement sa beauté qui attirait le regard chez Nick. Il avait quelque chose... une présence... un rayonnement qui le faisait paraître plus grand que nature.

Le voir de près danser avec Lindsay avait été comme une illumination pour elle. Une de ces expériences fondamentales qui s'inscrivent au plus profond de la mémoire et ne vous quittent plus jamais. Nick n'était plus un adolescent, comme le Roméo qu'il incarnait. A vingt-huit ans, il avait sans doute atteint le zénith de sa carrière de danseur. Et néanmoins, il avait su personnifier mieux que personne la jeunesse, l'élan, l'émerveillement d'un premier amour. De la même façon, qu'il aurait été crédible en Don Quichotte ou en Siegfried dans le *Lac des Cygnes*.

En cet instant, cependant, ce n'était plus le danseur mais l'homme qu'elle avait devant elle. Et Ruth ressentait presque une réticence à l'approcher. Elle était encore à l'âge où les légendes sont importantes. Et il lui plaisait de continuer à voir en lui un jeune dieu inaccessible et radieux.

Son visage était d'une beauté saisissante. Mais son regard impérieux et le relief accusé de son nez l'empêchaient d'être trop lisse, trop parfait. Ruth s'en réjouit sans parvenir à s'expliquer pourquoi.

Elle découvrit qu'elle pouvait observer Davidov tout son content. Le regard rivé sur la collection de CD de Lindsay, Nick ne lui prêtait aucune attention. Il avait les yeux baissés sur la jaquette qu'il tenait à la main, mais ses pensées semblaient ailleurs, comme s'il s'était exilé dans son monde intérieur. Ruth hésita, ne sachant si elle devait ou non se mettre à la barre. Il paraissait tellement lointain et inaccessible.

Peut-être était-ce le propre des légendes vivantes de se tenir hors de portée des humains ordinaires ?

Cela dit, Lindsay Dunne, elle, n'avait jamais été inaccessible. Et Davidov s'était adressé à elle avec beaucoup de simplicité au début. Il lui avait même souri.

Peut-être l'avait-il oubliée, tout simplement ? Elle se sentit petite et insignifiante, tout à coup. Pourquoi une célébrité comme Davidov perdrait-elle son temps à regarder danser une obscure débutante comme elle ?

Dans un sursaut de fierté, Ruth redressa la taille et se dirigea vers la barre. La proposition émanait de lui, après tout. Plus qu'une proposition, même, il avait émis un ordre. « Non seulement, il se souviendra de moi, mais un jour, je serai sa partenaire sur scène. Je danserai avec lui, comme Lindsay », se jura-t-elle.

Toujours sans prononcer un mot, Nick plaça le CD dans le lecteur et traversa le studio. Il n'avait pas oublié la jeune ballerine qu'il se préparait à regarder danser. Mais ses pensées tournaient autour de Lindsay, toujours enfermée dans son bureau.

Il revit l'expression lumineuse de son visage lorsqu'elle l'avait reconnu sur le pas de la porte et qu'elle s'était jetée dans ses bras. Lindsay avait une nature aussi emportée que la sienne. C'était une émotive, ultrasensible et passionnée. Et il admirait en elle sa capacité à parler sans mots, à s'exprimer avec le regard, le corps, les gestes.

Il ne lui avait pas fallu dix minutes pour se rendre compte que Lindsay était amoureuse de Seth Bannion. Du côté de l'architecte, le message était moins clair. Mais Nikolai avait néanmoins perçu chez lui une indéniable fascination pour la blonde ballerine.

Ce qui n'avait pas empêché Seth de partir sans embrasser ni toucher Lindsay. Et en lui adressant à peine la parole de surcroît. Nick se demanda s'il parviendrait un jour à comprendre ces drôles d'Américains. Victimes de leur propre rigidité, la plupart d'entre eux se montraient inaptes à exprimer leurs émotions et se comportaient comme une bande de robots coincés.

Mais bon, inutile de se leurrer : il existait un problème

plus grave entre Seth et Lindsay qu'un simple excès de réserve de la part de l'architecte. Impulsif comme il l'était, Nick n'avait qu'une envie : débouler dans le bureau avec fracas et presser son amie de questions. Mais il connaissait suffisamment Lindsay pour savoir qu'elle avait besoin d'un temps de solitude pour se ressaisir. Et il l'avait vue trop dévastée par le chagrin pour ne pas respecter son choix.

Le meilleur service à rendre à Lindsay pour le moment, était de consacrer un moment à la jeune danseuse qu'elle avait prise sous son aile.

Nick tourna son attention vers Ruth qui s'échauffait à la barre. Le soleil oblique de fin d'après-midi entrait par les fenêtres du studio et venait se heurter aux miroirs qui réfléchissaient son éclat. Toute nimbée de lumière dorée, Ruth leva haut la jambe et maintint la position sans effort apparent.

Sourcils froncés, Nikolai plissa les yeux pour se convaincre qu'il ne rêvait pas. En la voyant sur le parking, il l'avait trouvée jolie, avec des traits harmonieux, un charme assez exotique. Mais elle lui était apparue très jeune — presque enfantine encore.

Et voilà qu'inexplicablement, c'était une *femme* qu'il avait sous les yeux. Une femme au sens plein du terme. Et d'une féminité resplendissante qui plus est. D'instinct, il se rapprocha, mû par un élan aussi impérieux qu'injustifiable.

Au même moment, Ruth changea de position et la lumière se modifia. De nouveau, Nick eut devant lui une toute jeune fille au regard grave et innocent. Comme délivré d'un sortilège, il sourit, amusé par les ruses de son imagination fertile.

Sévère et professionnel de nouveau, il lui fit signe d'avancer.

— Allez, c'est parti. Venez au centre. Je vous indiquerai les enchaînements.

Il vit Ruth se décomposer. Elle demeurait collée à la barre, manifestement incapable de faire un pas. Réalisant subitement que la pauvre gamine était terrorisée, il lui adressa un sourire d'encouragement.

— Soyez tranquille. C'est assez rare que je casse les jambes de mes danseurs.

Il fut récompensé par un petit rire timide. D'un pas hésitant, Ruth alla se placer au centre du studio.

Il ne fallut pas cinq minutes à Nick pour se rendre compte que Lindsay avait vu juste et que la gamine irait loin. Mais il continua à lancer ses ordres d'un ton égal, exigeant des pirouettes et des penchés, des arabesques en adage, une petite batterie et un travail de pointes. Ruth, peu à peu, oubliait sa timidité, ses inhibitions. Se laissant porter par la musique et par la voix de Nick, elle lui donnait ce qu'il exigeait, avec un naturel, une évidence qui tenaient de la grâce.

Lorsqu'il cessa de fournir des indications, elle s'immobilisa et attendit, comme en suspens. Avant même qu'il ouvre la bouche, elle sut que ce n'était pas fini, que Nikolai Davidov lui demanderait de danser encore pour lui.

Sans un mot, Nick retourna actionner le lecteur de CD.

— *Casse-Noisette*... C'est ce que Lindsay a prévu pour le spectacle de Noël ?

Ruth répondit sans une hésitation, sans un tremblement. L'enfant terrifiée avait cédé la place à la danseuse sûre de ses capacités et de son talent.

— Oui. C'est ce qu'elle a programmé cette année.

— Et naturellement vous êtes Carla, affirma Nick avec assurance en se croisant les bras. Allez… montrez-moi comment vous tenez le rôle, Ruth. Je veux voir ce que vous avez dans le ventre.

Assise à son bureau, Lindsay entendait la voix de Nick qui s'élevait à intervalles réguliers dans la pièce voisine. Mais rien de ce qu'il disait ne se frayait un chemin jusqu'à sa conscience. Elle était hébétée, hagarde — tétanisée par la souffrance qui se levait en elle, vague après vague, la submergeant sans lui laisser le moindre répit.

La violence de sa douleur la stupéfiait.

Elle avait pensé qu'elle s'accommoderait de la fin de leur brève idylle comme elle s'était accommodée de la neige et du froid. Qu'elle renoncerait à lui comme elle avait renoncé à sa carrière de danseuse étoile à New York : avec une certaine philosophie.

A aucun instant, elle n'avait prévu le chagrin qui se déchaînait en elle avec la puissance dévastatrice d'une tornade.

Les poings crispés, Lindsay enfonça les ongles dans ses paumes. En se donnant à Seth, elle s'était juré de ne pas céder plus tard aux larmes ni aux regrets. Parce qu'elle savait qu'une fois que la souffrance refluerait, il lui resterait la beauté des souvenirs, la douceur de la mémoire.

Elle aurait pu lui avouer son amour, bien sûr. Mais au risque de gâcher les brefs instants qu'ils avaient à passer ensemble. Lindsay ferma les yeux et songea qu'elle avait eu raison de se taire. De ne pas gâcher la seule nuit d'amour entre Seth et elle. Elle avait préféré privilégier la légèreté, l'insouciance, le plaisir.

Comment imaginer néanmoins qu'il se détournerait d'elle avec tant de froideur et d'indifférence ? Qu'il sortirait du studio — et de sa vie — comme s'ils n'avaient jamais cessé d'être des étrangers l'un pour l'autre ?

Lindsay enfouit son visage dans ses mains. Pendant les quelques heures qu'avait duré son idylle avec Seth, elle avait connu des moments d'espoir, pourtant. Elle s'était même laissé aller à penser que leur relation aurait *peut-être* un avenir. Mais c'était la faiblesse de l'amour de chercher des signes partout. L'amour se nourrissait d'illusion ; conduisait même les êtres les plus lucides à interpréter abusivement certains mots, certains regards, certains gestes.

Lindsay secoua la tête. Ce qui s'était passé entre eux avait été merveilleux. Et à présent, c'était fini, terminé. Voilà ce dont elle avait à se souvenir.

Elle se redressa, tenta de se ressaisir. Mais un nouvel afflux de chagrin la submergea et les larmes menacèrent de nouveau. Effarée, Lindsay serra les poings pour contenir un sanglot.

Son regard tomba sur le téléphone. Comme hypnotisée, elle tendit la main. Il ne serait pas bien difficile de trouver un prétexte pour l'appeler. Rien que pour le plaisir de l'entendre prononcer son nom. De laisser sa voix grave résonner en elle.

« Lâche ce combiné, espèce d'idiote ! » Seth avait à peine eu le temps de traverser la ville en voiture. Et déjà elle était prête à se couvrir de ridicule en le relançant au téléphone.

Une danseuse était censée être dure à la souffrance, non ? Peu à peu, avec le temps, la douleur deviendrait plus supportable, le manque moins cuisant.

Elle se leva pesamment pour s'approcher de la fenêtre. Des petits stalactites s'étaient formés sous l'avancée du toit. Tout de suite derrière l'école, c'était la campagne, avec ses collines qui se déroulaient vers l'horizon. Déjà une bonne douzaine d'enfants s'activaient dans la neige. Ils étaient trop loin pour qu'elle puisse entendre leurs cris et leurs rires, mais même à distance, elle devinait leur excitation, la sensation de liberté qu'ils éprouvaient à dévaler la pente.

Lindsay appuya le front contre la vitre. La chaleur du studio lui parut soudain suffocante. Elle ressentait une envie insensée de sortir, de courir dehors elle aussi, de laisser éclater un rire hystérique avant de se laisser tomber dans la neige et de rouler, rouler... pour noyer son chagrin sous la morsure du froid et de l'oubli.

« La vie continue, Lindsay Dunne. Alors serre les dents et tiens ton cap. » Personne ne pouvait s'offrir le luxe de dire pouce, de s'octroyer une pause, d'arrêter les horloges du temps.

Dans la salle voisine, la musique de Tchaïkovski lui fit l'effet d'un signal. Reconnaissant Casse-Noisette, Lindsay se détourna lentement de la fenêtre. La vie continuait, en effet. Et si sa relation avec l'oncle appartenait au passé, il lui restait un rôle à tenir auprès de la nièce.

Lorsqu'elle regagna le studio, ni Ruth ni Nikolai ne l'entendirent entrer. Se gardant bien de les interrompre, Lindsay s'immobilisa pour les regarder. Un demi-sourire rêveur aux lèvres, Ruth évoluait sans effort au milieu de la salle, en se conformant aux indications de Nick.

Quant à ce dernier, il la suivait des yeux sans rien dire, les lèvres pincées en une expression sévère. Personne, en cet instant, n'aurait pu déchiffrer sur ses traits ce qu'il pensait.

Nikolai Davidov était ainsi fait : tantôt la transparence même ; tantôt mystérieux comme un sphinx. Peut-être était-ce pour cette raison qu'il attirait tant les femmes ? Lindsay réalisa soudain qu'à cet égard, il n'était guère différent de Seth. Mais ce n'était pas sur les ressemblances entre les deux hommes qu'elle avait envie de se pencher pour le moment.

Oubliant momentanément Nikolai, elle concentra son attention sur Ruth. Comme elle était jeune encore ! Elle avait l'âge de faire la fête, de « traîner » avec des amis dans les cafés ou sur la plage, de goûter les plaisirs de la flânerie par les longues soirées tièdes d'été.

A dix-sept ans, fallait-il vraiment qu'elle s'interdise l'insouciance ? Qu'elle s'enferme soir après soir dans l'air confiné d'un studio de danse ?

Pressant les mains contre ses tempes, Lindsay se remémora la jeune fille qu'elle avait elle-même été. A dix-sept ans, à New York, son existence était à la fois très simple et terriblement exigeante. Et dans quelques mois tout au plus, il en irait de même pour Ruth.

Pour certains, la vie était ainsi faite : ardue, difficile et tracée d'avance par une vocation impérieuse. Et même si le combat était permanent, le choix ne se posait pas. Lindsay se remémora l'exaltation de la danse, les quelques heures enchantées sur scène qui payaient largement toutes les douleurs, tous les sacrifices. Ruth connaîtrait, elle aussi, les affres et les sommets, les gouffres et les triomphes. C'était sans doute écrit jusque dans ses gènes.

Lindsay prit une profonde inspiration. Si Seth s'obstinait dans son refus, elle serait amenée à le revoir tôt ou tard pour défendre la cause de son élève. Et dans l'affrontement, il lui faudrait être forte. Mais il serait toujours temps de penser à cela plus tard, pendant les nuits d'insomnie qui l'attendaient.

Dans quelques jours — peut-être une semaine — elle serait capable de tenir la bride haute à ses émotions et de parler calmement à Seth.

Lorsque la musique cessa, Ruth tint la position quelques instants. Puis elle baissa lentement les bras. Le mouvement suivant commença mais Nick ne dit rien, se détournant simplement pour éjecter le CD.

Le souffle court, Ruth s'humecta les lèvres. A présent qu'elle avait cessé de danser, la tension de l'angoisse revenait de plus belle. Ses mains qui s'étaient mues sans effort pendant qu'elle interprétait Carla étaient de nouveau agitées de tremblements.

Si seulement Davidov se décidait à dire quelque chose ! Il avait dû la trouver nulle, c'était sûr. Allait-il asséner froidement son verdict ou se contenterait-il de prononcer quelque vague gentillesse pour éviter de lui faire de la peine ?

Des dizaines de questions se pressaient à ses lèvres, mais elle n'osait en poser aucune. Elle se contentait de serrer ses deux mains l'une contre l'autre et d'attendre, terrifiée, comme si sa vie entière dépendait de l'opinion d'un seul homme.

Enfin, Davidov tourna son attention vers elle. Il plongea dans le sien un regard qui lui parut implacable. Puis le masque sévère tomba et il sourit.

« Et voilà, songea-t-elle, les jambes coupées. Il va prononcer quelques paroles d'encouragement sans conséquence. Me faire comprendre à mots couverts que je n'ai aucune chance d'y arriver. »

— Monsieur Davidov, balbutia-t-elle, résolue à l'arrêter avant qu'il ne l'assassine avec un petit discours gentiment paternaliste.

Elle préférait encore le tranchant d'une lame coupant net.

— Lindsay avait raison, l'interrompit-il. Lorsque vous vous serez décidée pour New York, venez me trouver.

— Aller vous trouver, *vous* ? répéta Ruth stupidement, convaincue qu'elle avait mal compris.

Nick parut amusé par sa réaction.

— Oui, moi. Ça vous étonne ? Je ne suis pas tout à fait un débutant en matière de danse classique.

— Oh, monsieur Davidov, ce n'est pas ce que je voulais dire… Je…

Horrifiée à l'idée qu'elle s'était mal fait comprendre,

Ruth en bégayait presque. Nikolai lui prit les deux mains et secoua la tête.

— Comme vos yeux paraissent immenses lorsque vous êtes en proie à la confusion ! observa-t-il en lui lâchant les doigts pour lui saisir le menton. Je n'ai pas encore tout vu, bien sûr. Comment vous dansez sur pointes, comment vous évoluez avec un partenaire. Mais vous faites une Carla très attachante.

Comme elle restait bouche bée sous le compliment, Lindsay vint les rejoindre. Cessant de scruter le visage levé de Ruth, Nick se tourna vers elle.

— *Ptichka* ?

Il constata que Lindsay avait les yeux secs et les traits plus détendus. Mais il la trouvait encore anormalement pâle. Il prit une de ses mains glacées dans les siennes et la frotta doucement pour la réchauffer.

— Ainsi, tu es satisfait de mon élève, Nick ?

Il lut dans son regard que ce n'était pas le moment de la questionner sur ce qui venait de se passer entre Seth et elle.

— Tu en doutais ?

— Moi non. Mais je suis sûre que Ruth n'était pas rassurée, dit-elle en gratifiant la jeune fille d'un sourire. Tu sais que tu es intimidant, Nikolai Davidov ?

— N'importe quoi ! Tout le monde sait que j'ai la patience d'un saint et la douceur d'un agneau.

— Tu as toujours été le plus délicieux des menteurs, Nick, riposta Lindsay d'un ton suave.

Avec un discret sourire en coin, il se pencha pour lui embrasser la main.

— Cela fait partie de mon charme.

L'amitié chaleureuse de Nick adoucissait son chagrin. En signe de gratitude, elle posa un instant sa joue contre la sienne.

— Merci d'être venu, chuchota-t-elle.

Se détachant de Nick, elle reporta son attention sur Ruth.

— J'imagine qu'une tasse de thé pourrait te faire du bien, non ? Si mes souvenirs sont bons, tu dois avoir l'estomac retourné et les jambes en coton. La première fois que j'ai dansé devant Nick, j'étais passablement secouée. Et il n'avait pas encore le statut légendaire qu'il a aujourd'hui.

— J'ai *toujours* eu un statut de légende, rectifia Nikolai. La seule différence entre ton élève et toi, c'est que Ruth, *au moins*, a le sens du respect. Alors que toi, mon petit oiseau...

Se tournant vers Ruth en souriant, il désigna Lindsay du pouce.

— Celle-ci a toujours eu l'esprit de contradiction dans le sang. C'est une rebelle.

— J'aime m'opposer, confirma Lindsay. Surtout aux grands de ce monde.

Luttant contre le vertige, Ruth riait avec eux en se demandant si elle ne rêvait pas. Dunne et Davidov, ses deux idoles de toujours, plaisantaient avec elle comme si elle faisait désormais partie des leurs !

Croisant le regard de Lindsay, elle y lut une profonde empathie ainsi qu'une secrète tristesse.

Oncle Seth ! se remémora-t-elle brusquement. Lindsay avait paru submergée par le chagrin lorsque son oncle avait quitté le studio sans même lui dire au revoir.

D'un geste hésitant, elle effleura la main de son enseignante.

— Merci, Lindsay. Une tasse de thé me ferait plaisir.
— J'ose espérer que tu as du thé russe, au moins ? s'inquiéta Nikolai.

Lindsay lui sourit avec effronterie.

— Pas un gramme, mon cher maître.
— Quelle horreur. Alors un fond de vodka peut-être ?
— Je n'avais pas prévu de recevoir une célébrité russe. En cherchant bien, je devrais pouvoir te trouver une canette de soda light.

Nick soupira ostensiblement.

— Je crois que je préfère encore me rabattre sur ton thé ordinaire.
— O.K. Je vais vous préparer ça.

Mais lorsque Lindsay voulut se diriger vers son bureau, Ruth s'interposa.

— Non... s'il vous plaît... Restez avec M. Davidov. Je peux m'occuper du thé. Je sais où trouver ce qu'il faut.

Sans lui laisser le temps de répondre, la jeune fille fila dans la pièce voisine. Nikolai glissa un nouveau CD dans le lecteur et les notes mélancoliques d'un nocturne de Chopin s'élevèrent.

— Elle a un sacré potentiel, en effet, commenta Nick. Je te félicite de ton choix.

Lindsay sourit en direction de la porte restée entrouverte.

— Elle sera encore plus motivée à présent qu'elle a dansé pour toi. Il faut que tu la prennes dans ton corps de ballet, Nick. Tu ne le regretteras pas. Ruth fera une merveilleuse ballerine.

— Ce n'est pas une décision que je peux prendre à la légère. Et d'autres que moi ont leur mot à dire sur la question.

Elle secoua la tête avec impatience.

— Je ne te demande pas d'être rationnel. Je veux que tu laisses parler tes émotions. Dis-moi ce que tu sens, donne-moi un avis qui vient du fond du cœur !

— Mon cœur me dit qu'il est temps que tu reviennes à New York.

Il lui attrapa les deux mains lorsqu'elle voulut protester.

— Mon cœur me dit aussi que tu as mal, que ton âme est blessée et que tu restes une des ballerines les plus exquises avec qui j'ai jamais eu l'occasion de danser.

— Nous parlions de Ruth, Nick. Pas de moi.

— Toi, tu parlais de Ruth... Mais moi j'ai besoin de toi, *ptichka*, admit-il simplement.

Elle ferma les yeux.

— Ne me dis pas ça, Nick. C'est injuste de ta part d'user de tels arguments.

— Qui se soucie de ce qui est juste ou injuste ? La vie nous entraîne là où elle doit nous mener, c'est tout. Dis-moi, cet architecte...

Effarée, elle l'arrêta en plaquant sa main sur sa bouche.

— Non, Nick. Je t'en supplie. Pas maintenant.

Elle avait l'air si pâle et si fragile qu'il hocha la tête.

— O.K. Alors je vais te poser une autre question : crois-tu que je te proposerais de réintégrer ma compagnie et de danser le rôle principal de ma première chorégraphie si j'avais le moindre doute quant à tes capacités et à ton talent ? Si je n'étais pas intimement persuadé que tu es la meilleure danseuse à qui je puisse m'adresser en ce moment ?

Ebranlée, Lindsay prit une profonde inspiration et se détourna de Nick pour se diriger vers la barre. Elle connaissait Nikolai Davidov. Suffisamment pour savoir qu'il ne faisait aucun cadeau sur le plan professionnel. Lorsqu'il s'agissait de danse, aucune considération affective ou amicale n'entrait pour lui en ligne de compte.

Même s'il pouvait être d'une générosité infinie sur le plan personnel, le professionnel en lui ne s'autoriserait jamais le moindre écart, le moindre copinage.

Lindsay frotta machinalement ses épaules nouées par la tension.

— Je ne sais pas, murmura-t-elle. Honnêtement, je ne sais plus quoi penser...

Lorsqu'il vint se placer devant elle, Lindsay leva son visage vers le sien. Nick y vit un mélange à parts égales de douleur et d'égarement. Le sifflement strident de la bouilloire vint couvrir momentanément la musique de Chopin.

— Nous en reparlerons plus tard, d'accord ? proposa-t-il en glissant un bras autour de sa taille. Allons nous détendre devant une tasse de thé, maintenant. Ton cours de danse commence dans une demi-heure.

Lindsay l'embrassa avec la plus grande tendresse.

— Je suis contente que tu sois là, Nikolai.

Il l'entraîna en riant vers le bureau.

— Parfait. Alors c'est toi qui payes à dîner ce soir.

Chapitre 13

Le lendemain de Noël, la neige formait des congères sur le bord des routes. Les toits étaient hérissés de stalactites et de minuscules aiguilles de glace étincelaient aux branches des arbres. Le soleil d'hiver restait pâle et le froid était mordant.

Pour tromper l'ennui d'une matinée solitaire, Monica sortit marcher dans le parc municipal envahi par la neige. Désertée par les enfants, l'aire de jeux donnait une impression de tristesse et d'abandon. Essuyant la neige qui avait recouvert une des balançoires, elle s'assit sur la planche de bois et poussa de la pointe des pieds pour se donner de l'élan.

Sourcils froncés, Monica commença à se balancer, sans prêter attention au paysage hivernal pétrifié sous ses mornes étendues de glace. Elle se faisait du souci pour Lindsay.

Un changement radical s'était produit chez son amie. Un changement qui avait commencé à se manifester juste après les premières chutes de neige du début de l'hiver. Monica avait été incapable de déterminer s'il fallait le relier à la visite de Nick Davidov ou à la nuit que Lindsay avait passée chez Seth Bannion.

Mais une chose était certaine : depuis ce jour-là, Lindsay semblait avoir perdu une bonne partie de sa joie de vivre. Elle continuait imperturbablement à sourire, à danser et à s'acquitter de ses tâches. Mais on sentait que le cœur n'y était pas.

Monica renversa la tête en arrière et se balança un peu plus vite. Dans le parc abandonné par ses jeunes visiteurs, seuls quelques moineaux frileux apportaient une discrète touche de vie.

Peut-être était-elle d'autant plus sensible à la tristesse de Lindsay qu'elle n'était pas en très grande forme elle-même. Monica soupira en fermant les yeux. Elle était tombée en adoration devant Andy dès le premier jour où son frère avait ramené son copain de foot à la maison. A l'époque, elle comptait à peine dix printemps alors qu'Andy en avait quinze. La différence d'âge entre eux lui avait paru vertigineuse. Et Andy, son héros inaccessible n'avait jamais prêté qu'une attention très distraite à la petite sœur de son meilleur copain.

Depuis toujours, il n'avait d'yeux que pour Lindsay Dunne. Une fille à laquelle — ironie du sort — Monica vouait elle-même une amitié sincère et une profonde admiration.

Et le pire était que Lindsay ne se rendait compte de rien. Comment elle pouvait être aveugle à ce point, Monica avait les plus grandes peines du monde à le concevoir. Quant à Andy, il se contentait de se consumer d'amour en silence au lieu de parler à Lindsay une fois pour toutes.

Et ils continueraient sans doute ainsi jusqu'à la fin de leurs jours. Inutile d'espérer qu'Andy finisse un jour par s'aviser que la petite sœur de son meilleur ami avait grandi. C'était à peine s'il s'apercevait de son existence, de toute façon.

— Salut !

Tournant la tête, Monica eut une brève vision d'un visage d'homme souriant, avant que la balançoire ne reparte vers l'avant. *Andy ?* Rêvait-elle ou l'objet de ses pensées venait-il bel et bien de se matérialiser dans le parc municipal désert ?

Freinant des deux pieds dans la neige, elle ralentit son va-et-vient.

— Salut, Andy.

— Tu t'es levée tôt pour un samedi, dit-il en attrapant la chaîne. Tu as passé un bon Noël ?

Monica haussa les épaules.

— Excellent, oui… Tu t'es levé tôt, toi aussi.

Son cœur fit un bond dans sa poitrine lorsqu'il s'assit à côté d'elle sur la balançoire.

— J'avais envie de marcher un peu. Tu donnes toujours tes cours de piano ?

— Toujours, oui. J'ai appris que tu allais agrandir ton magasin de fleurs ?

— Oui. J'ai le projet d'en faire une jardinerie.

— C'est une super idée !

Monica regarda amoureusement les mains d'Andy. Elle avait toujours été stupéfaite que des mains aussi grandes, aussi fortes puissent manier les fleurs avec autant de dextérité et de douceur.

— Et tu n'ouvres pas ce matin ?

Il haussa les épaules.

— A quoi bon alors qu'il n'y a pas une âme debout ? Je crois que nous devons être les deux seules personnes à déambuler dans les rues de Cliffside ce matin.

Lorsqu'il tourna la tête pour lui sourire, Monica en eut des palpitations.

— J'aime bien l'idée d'être levée alors que le reste du monde dort encore, murmura-t-elle.

— Moi aussi.

Andy se surprit à penser que Monica avait un regard d'une étonnante douceur. Ses yeux étaient immenses et il semblait tentant de se laisser sombrer dans leurs accueillantes profondeurs.

Elle se leva d'un bond, cependant, et se baissa pour effleurer la neige.

— Tu n'as jamais pensé à quitter Cliffside, toi ? demanda-t-elle après un court silence.

Andy descendit de la balançoire pour la rejoindre.

— J'y songe de temps en temps, si. Surtout dans les moments de déprime. Mais je crois bien qu'au fond, je n'ai aucune envie de partir d'ici, admit-il avec une moue mi-amusée mi-résignée.

Les yeux de Monica pétillèrent.

— Tu veux que je te dise, Andy ? Moi non plus.

Du bout du pied, elle heurta un vieux ballon resté à demi enfoui sous la neige. Lorsqu'elle se pencha pour le ramasser, Andy vit le pâle soleil d'hiver jouer dans ses cheveux défaits.

— Je me souviens quand vous vous entraîniez à la

maison, mon frère et toi, murmura-t-elle. Des fois, vous me laissiez jouer avec vous.

— Tu te débrouillais pas mal, pour une fille.

— Pour une fille ?

Il rit doucement, se sentant soudain le cœur plus léger.

— Qu'ai-je dit ?

— Une horreur sexiste, comme d'habitude.

Comme elle lançait le petit ballon en l'air, il l'attrapa en riant.

— Je te fais une passe ?

Les yeux rieurs, Monica se mit en position puis courut latéralement sur le « terrain ». Lorsque le ballon arriva dans sa direction, elle l'intercepta sans difficulté.

— Pas mal, cria Andy. Mais tu ne marqueras jamais de point.

— Tu paries que si ?

Monica cala le ballon sous son bras et se mit à courir à perdre haleine dans la neige. Elle avança d'abord droit sur lui puis, au dernier moment, vira sur le côté pour éviter de se faire intercepter. Son agilité le prit au dépourvu mais il avait gardé de bons réflexes. Il partit sur ses talons et la suivit dans son parcours en zigzag. Pris dans son élan, il bondit, l'attrapa par la taille et la plaqua à terre. Ils atterrirent avec un bruit étouffé sur le tapis de neige.

Horrifié, Andy la fit rouler sur le dos. Elle avait les joues rosies par le froid, le visage couvert de neige.

— Oh zut ! Désolé, Monica ! Je ne t'ai pas fait mal, au moins ?

Elle secoua la tête, le souffle coupé par le choc. Andy était à moitié allongé sur elle et très occupé à essuyer la neige qui s'était prise dans ses cheveux. Leurs respirations formaient de petites volutes de buée blanche qui se mêlaient dans l'air froid.

Monica sourit et leurs regards se rencontrèrent. Soudain, il se pencha sur son visage et lui effleura les lèvres.

— Tu es sûre que ça va ?

Elle ne répondit pas. Les lèvres d'Andy étaient tièdes et douces, malgré le froid. Elle savoura un second baiser léger lorsque sa bouche hésitante redescendit de nouveau à la rencontre de la sienne.

— Oh, Andy...

Jetant les bras autour de son cou, Monica roula avec lui jusqu'à ce qu'il se retrouve sous elle. Elle l'embrassa à son tour. Sans timidité ni hésitation, mais avec la conviction d'un amour qui trouvait enfin sa voix. La neige se glissait dans le cou d'Andy mais il sentait à peine la morsure du froid. Enfouissant les doigts dans les cheveux de Monica, il laissa ce baiser inattendu se prolonger, gagner en ampleur.

— Je t'aime, chuchota-t-elle en explorant son visage de ses lèvres. Je t'aime tellement.

Andy laissa ses mains glisser plus bas, sur ses épaules et dans son dos. Allongée sur lui, Monica lui paraissait légère comme la brise, belle comme l'océan. Il se redressa en position assise en la maintenant contre lui. Dévorant son visage des yeux, il se perdit dans son regard humide de larmes, rayonnant d'amour.

Et l'embrassa de nouveau avant de la relever.

— Viens, Monica. On va chez moi.

*
* *

En traversant la ville endormie en voiture, Lindsay vit Andy et Monica marcher étroitement enlacés sur le trottoir. Surprise de les découvrir aussi intimes, elle leur adressa un petit signe de la main. Mais ils étaient bien trop occupés à se regarder dans les yeux pour prêter la moindre attention à leur environnement.

Lindsay continua à rouler en direction du but qu'elle s'était fixé, si obnubilée par l'épreuve qui l'attendait, que le jeune couple lui sortit presque instantanément de l'esprit. En ce lendemain de Noël, elle s'était habillée avec soin, avait avalé une tasse de café à la hâte et renoncé à venir à bout de sa tartine. Il lui avait fallu rassembler tout son courage pour se résoudre à monter dans sa voiture et à prendre la direction des Hauts de la Falaise. Mais elle avait déjà suffisamment tergiversé et reculé le moment de son entrevue avec Seth.

Le temps des décisions était venu, désormais. A la fois pour elle, pour eux, et pour Ruth.

Rien ne s'était passé comme elle l'aurait voulu depuis le jour où Seth l'avait plantée là en quittant le studio de danse sans un regard en arrière. Dès le surlendemain, il était parti en Nouvelle-Zélande sur son nouveau chantier et il n'était de retour à Cliffside que depuis l'avant-veille de Noël.

Il n'avait ni écrit ni téléphoné pendant ces longues semaines d'absence. Un silence prévisible qui ne l'avait en rien surprise. Et pourtant, elle avait tressailli à chaque sonnerie de téléphone ; guetté chaque jour le facteur avec l'espoir insensé qu'il donnerait quand même des nouvelles.

Seth lui avait manqué en permanence, jour après jour,

heure après heure. Et ce manque lancinant l'avait éreintée. Elle n'aspirait qu'à retrouver l'intimité de ces instants enchantés qu'ils avaient passés ensemble, dans un monde envahi par la neige. Mais elle savait que la conversation qui les attendait les éloignerait peut-être l'un de l'autre de façon définitive.

Car elle ne pouvait reculer plus longtemps devant ses responsabilités. D'une façon ou d'une autre, elle devrait persuader Seth de laisser partir sa nièce. La visite de Nick avait achevé de la conforter dans ses certitudes : il était grand temps que la jeune fille poursuive son apprentissage de la danse dans des conditions adaptées à son niveau et à son talent.

Quant à elle, il lui revenait de faire enfin un choix clair sur le plan professionnel. Et elle voulait Ruth avec elle lorsqu'elle partirait à New York dans quelques jours.

Le cœur battant, Lindsay se gara devant le vaste manoir en granit. Elle descendit de voiture et se dirigea lentement vers le perron. Quoi qu'il arrive, elle devait rester calme et maîtresse d'elle-même. Elle ne pouvait se permettre la moindre faiblesse si elle voulait défendre efficacement la cause de Ruth.

Le vent glacé d'hiver lui mordit les joues. Lindsay pria pour que le froid leur redonne un peu de couleurs. Elle avait tressé ses cheveux pour les relever dans la nuque en un chignon strict. Il lui importait avant tout de garder une contenance. A aucun prix, ses sentiments pour Seth ne devaient interférer dans sa démarche. Si sa visite se soldait par un échec, elle ne se le pardonnerait jamais.

Worth lui ouvrit dès le premier coup de sonnette. Il

était vêtu exactement comme la première fois qu'elle l'avait vu et paraissait aussi immuable que les murs en pierre de la vieille demeure.

L'austère majordome la salua avec une imperturbable politesse, comme si c'était la chose la plus naturelle au monde qu'elle surgisse ainsi sans prévenir, le lendemain de Noël, à une heure plus que matinale.

Lindsay rajusta nerveusement la bride de son sac sur son épaule.

— Bonjour, monsieur Worth. Seth est-il à la maison, ce matin ?

— Je crois qu'il travaille, mademoiselle.

A son grand soulagement, le majordome s'effaça pour la laisser entrer.

— Si vous voulez bien attendre dans le petit salon, je vais voir si Monsieur peut être dérangé.

— Oui, je vous remercie. C'est très aimable à vous. Je...

Elle s'interrompit en se mordant la lèvre. « Ne commence pas à parler à tort et à travers ! » Worth la précéda en silence et s'immobilisa à l'entrée de la pièce.

— Laissez-moi prendre votre manteau, mademoiselle.

Lindsay lui tendit le vêtement sans rien dire. La vue du feu qui brûlait dans la cheminée ravivait le souvenir des heures passées dans cette même pièce à faire l'amour avec Seth. Son regard tomba sur l'horloge ancienne dont le léger tic tac avait scandé leur brève, si brève, idylle.

D'un pas d'automate, elle se dirigea vers la fenêtre, en retirant ses gants. De combien de temps disposait-elle pour se ressaisir avant l'arrivée de Seth ? Quelques secondes ?

Une minute ? Posant son sac et ses gants sur la table basse, elle croisa les doigts, fébrile.

S'entretenir avec Seth ici, dans ce lieu chargé de souvenirs, exigerait un courage qui frisait le stoïcisme. Son regard tomba sur le canapé où elle s'était donnée à lui pour la première fois. Il lui avait paru si proche, si accessible lorsqu'ils s'étaient aimés là, à la lumière des flammes. Il y avait eu entre eux un accord, une harmonie majeure, une musique profonde et grave qui lui avaient rappelé la danse. Comment imaginer que cette vertigineuse proximité soit restée si éphémère ?

La poitrine nouée, Lindsay se tourna vers la vitre et se trouva face à son propre reflet. Avec la coupe stricte, élégante de son ensemble en laine grise, la jeune femme dont l'image se dessinait devant elle, donnait une image voulue de sérieux et de maîtrise.

Mais tout comme le reflet en lui-même, cette impression n'était qu'une illusion optique.

— Lindsay ?

Se croyant prête à l'affronter, elle se tourna vers l'homme qui se tenait à l'entrée de la pièce. A la vue de Seth, une myriade d'émotions l'assaillit. Mais à son grand étonnement, le sentiment dominant fut une joie confinant à l'allégresse. Un irrépressible sourire lui monta aux lèvres.

Sans interroger l'élan qui la guidait, elle s'avança vers lui et ses mains cherchèrent les siennes sans une hésitation.

— C'est bon de te revoir, Seth.

Il serra un instant ses doigts entre les siens avant de les lâcher.

— Comment vas-tu ? s'enquit-il d'un ton distant.

— Bien, merci.

Soudain glacée, elle se tourna vers le feu pour se chauffer les mains.

— J'espère que je ne te dérange pas ?

— Non, Lindsay. Tu ne me déranges pas.

— Ton chantier en Nouvelle-Zélande avance comme tu le souhaites ? demanda-t-elle avec une laborieuse politesse.

Seth vint la rejoindre près de la cheminée mais il maintint entre eux une distance appréciable.

— Globalement, ça se passe plutôt bien. Je dois y retourner quelques semaines après le premier de l'an. Mais, ensuite, ça devrait rouler plus ou moins tout seul... Ruth m'a dit que ta maison était vendue ?

Elle hocha la tête.

— Oui, ça y est. J'ai déménagé quelques affaires dans le studio de danse et le reste est dans un garde-meuble. Ainsi tout sera réglé lorsque je partirai à New York.

— Ainsi tu as décidé de retourner là-bas ? coupa-t-il presque brutalement. Quand ?

Elle fronça les sourcils, étonnée par l'âpreté de sa réaction.

— Début janvier.

Incapable de rester en place, elle retourna se placer face à la fenêtre.

— Nick commence les répétitions pour son ballet dans moins de deux semaines. Et nous avons fini par trouver un accord, lui et moi.

Il y eut un bref silence dans son dos. Puis la voix de Seth s'éleva, sombre et impersonnelle.

— Tu renoues avec la danse professionnelle, autrement dit ?

Lindsay s'efforça de sourire avec indifférence, mais son cœur battait à grands coups sourds dans sa poitrine.

— Juste pour une représentation, précisa-t-elle en se retournant pour lui faire face. La première d'*Ariel* sera télévisée. Comme j'ai longtemps été la partenaire attitrée de Nick, nos retrouvailles feront du bruit dans le monde de la danse. « Le retour à la scène de Lindsay Dunne » devrait constituer une bonne publicité pour la première chorégraphie de Davidov.

— Une seule représentation, répéta Seth. Et tu crois honnêtement que tu seras capable de te retirer après cela ?

Lindsay lui jeta un regard surpris.

— Bien sûr que je le pourrai. Mais je suis contente de retourner une dernière fois sur scène. C'est important pour Nick. Et je pense que ce sera également une expérience très positive pour moi.

— Tu veux te prouver que tu peux redevenir une star adulée par la critique ?

Elle rit doucement.

— Si j'avais ce genre d'ambition, je me serais arrangée pour retourner à New York plus tôt, Seth. J'aime danser mais je ne recherche pas la gloire. Je suppose que c'est pour cette raison que nous n'avons jamais été sur la même longueur d'onde, ma mère et moi.

— Sois réaliste, Lindsay : tu changeras d'avis dès que tu auras remis un pied sur une scène. Je t'ai vue danser avec Davidov : tu n'étais plus la même femme.

Elle fronça les sourcils, déconcertée par l'attitude presque agressive de Seth.

— C'est normal d'être transfigurée par la danse lorsqu'on a ça dans le sang. Mais danser est une chose ; se produire sur scène en est une autre. Les feux de la rampe, je les ai connus. Je n'en ai plus besoin, à présent.

— C'est facile de l'affirmer maintenant. Mais une fois que tu auras retrouvé les applaudissements, les éloges des critiques… Le succès est une drogue, Lindsay. Et rares sont ceux qui y résistent.

Elle secoua la tête.

— Tu te trompes, Seth. Veux-tu savoir pour quelle raison je souhaite retourner une dernière fois à New York ?

Il hésita un instant, scrutant ses traits avec une attention presque douloureuse avant de lui tourner brusquement le dos.

— Et si je te demandais de ne pas partir ?

— De ne pas partir ?

De plus en plus décontenancée, elle lui posa la main sur le bras.

— Pourquoi me demanderais-tu cela, Seth ?

Il se tourna lentement pour plonger son regard dans le sien.

— Parce que je t'aime et que je ne veux pas te perdre.

Lindsay écarquilla les yeux. Une fraction de seconde plus tard, elle était dans ses bras et s'accrochait à lui de toutes ses forces.

— Embrasse-moi, ordonna-t-elle dans un murmure. Avant que je ne me réveille toute seule dans mon lit pour découvrir que ce n'était qu'un rêve.

Leurs bouches se mêlèrent avec une même avidité de part et d'autre, une même faim née de la cruauté de la séparation. Puis, les yeux clos, Lindsay posa le front sur son épaule. Tout paraissait si fragile, si improbable encore. Elle osait à peine croire qu'elle avait bien entendu.

Tendrement, les mains de Seth se murent sous sa tunique, glissant sur la nudité de sa chair avec une amoureuse révérence.

— Cela me rendait fou d'être privé de toi, murmura-t-il. Je voulais te tenir, te toucher... Il y a eu des nuits où je ne pouvais penser à rien d'autre qu'à la douceur de ta peau.

— Oh, Seth... Dis-le-moi encore... encore... Je n'arrive toujours pas à le croire.

Il posa un baiser léger sur sa tempe, puis l'attira plus étroitement dans ses bras.

— Je t'aime, Lindsay... Et tu sais que c'est la première fois que je déclare mon amour à une femme ?

Elle pressa fiévreusement les lèvres contre son cou.

— Mmm... Même pas à une comtesse russe ou à une actrice italienne ?

Seth lui saisit les épaules et la tint de manière à plonger son regard dans le sien.

— Aucune autre ne m'a touché, atteint au cœur comme tu m'as atteint, toi, Lindsay. J'aurais aimé pouvoir te dire que je recherchais depuis toujours une femme à ton image, mais ce serait un mensonge.

Il sourit en saisissant son visage entre ses paumes.

— Car je ne concevais même pas avant de te connaître

que quelqu'un comme toi puisse exister. Tu as été une révélation pour moi.

— C'est le plus beau compliment que l'on m'ait jamais fait, Seth.

Elle tourna la tête pour poser un baiser au creux de sa paume.

— Lorsque j'ai compris que je t'aimais, le jour où nous nous sommes croisés sur la plage, j'ai eu tellement peur que j'ai pris la fuite, confessa-t-elle. C'est terrifiant de découvrir qu'on ne se suffira plus jamais à soi-même.

Levant les yeux sur son visage, elle sentit une attirance vertigineuse. Consciente qu'elle lui appartenait corps et âme, elle se pressa contre lui, le cœur battant.

— Serre-moi fort... fort... La peur est encore là, Seth.

Leurs bouches se cherchèrent de nouveau et le baiser qui suivit bouleversa leurs frontières intérieures les plus intimes. Ils s'entraînèrent ensemble dans les profondeurs d'un don total. Ce fut un baiser de reconnaissance mutuelle — un baiser d'engagement, plus fort qu'un serment.

Le cœur battant d'allégresse, Lindsay posa son front contre le sien.

— Ces dernières semaines ont été un cauchemar. Tout était devenu plat, sans vie ; j'avais l'impression de fonctionner comme un robot. Ç'a été affreux de te voir sortir du studio comme si nous étions des étrangers l'un pour l'autre.

— Je ne pouvais pas rester. Tu m'avais clairement laissé entendre qu'entre nous, cela n'avait été qu'un bon moment partagé, rien de plus.

Secouant la tête, Seth la serra contre lui à l'étouffer.

— Quand je t'ai vu prendre ce petit air dégagé, juste avant le retour de Ruth, ça m'a terrassé, Lindsay. J'étais amoureux pour la première fois de ma vie et je n'imaginais même plus de te laisser repartir. Et toi, tu faisais comme si tout cela n'avait été qu'un moment de plaisir, agréable sans plus.

Elle poussa un soupir de contrition.

— Et dire que je pensais être une si piètre comédienne… Tu n'as pas vu que j'essayais désespérément de faire bonne figure parce que j'avais peur de te faire fuir avec mon amour démesuré ?

— Si j'avais été dans mon état normal, j'aurais sans doute été moins aveugle. Mais j'étais beaucoup trop secoué pour penser à chercher au-delà des apparences.

— Si seulement tu m'avais dit ce que tu ressentais, Seth…

Posant la joue contre sa poitrine, elle se tut pour écouter le son rassurant de ses battements de cœur.

— J'avais l'intention de te parler, de te convaincre. Mais j'ai changé d'avis en te regardant danser avec Davidov. Tu étais exquise, altière, magnifique… et de plus en plus inaccessible. Plus je te regardais, plus je te voyais t'éloigner de moi.

D'un doigt sur les lèvres, elle lui imposa silence.

— Non, Seth. Ce n'était pas ça du tout.

De nouveau, il lui saisit les épaules pour plonger les yeux dans les siens.

— Davidov venait te proposer une vie que tu ne pourrais jamais partager avec moi. Il t'offrait la gloire sur un plateau. Tu n'avais qu'à tendre la main pour retrouver une existence à la mesure de ton talent, de ta beauté et de ta grâce. J'ai estimé que je n'avais pas le droit de me mettre en travers de ton chemin. Et je me suis tenu à ma résolution Mais lorsque je t'ai vue debout dans ce salon, en entrant, j'ai su que je n'aurais pas la force de te laisser partir. Je ferai tout pour te garder ici avec moi, Lindsay. Tout.

Elle secoua la tête, dardant sur lui un regard qui le suppliait de comprendre.

— Je n'ai pas la nostalgie de ma vie d'antan, Seth. Ce n'est pas pour être sous les projecteurs que j'ai accepté de danser une seule fois le rôle féminin principal dans le ballet de Nick.

Les doigts de Seth se crispèrent sur ses épaules.

— Pour moi, pour nous, je te demande de ne pas aller à New York.

— Mais Seth, c'est insensé ! Que ressentirais-tu si je te suppliais de ne pas retourner en Nouvelle-Zélande ?

Il fronça les sourcils avec impatience.

— Dans mon cas, c'est différent. Dans quelques semaines, le chantier sera bouclé — ou presque — et rien ne me retiendra plus là-bas. Mais pour toi, ce sera comme un rouleau compresseur qui t'emportera loin de moi. La danse est une passion vivante en toi. Et si tu repars là-bas, elle ne te lâchera pas.

Il enfonça les poings dans les poches.

— Sois honnête avec toi-même, Lindsay. Y aurait-il de la place pour moi, pour une famille à nous si tu redevenais la première étoile de la compagnie ?

— Ce serait un peu compliqué à concilier, en effet. Mais même si je le désirais de toutes mes forces, je ne parviendrais pas à décrocher la place. Et je n'en ai même pas le désir, Seth. Il n'a même jamais été question que je réintègre la compagnie. J'aurai un simple statut de soliste invitée. Rien de plus.

— Et tu t'épuiserais en répétitions pour une seule représentation ? C'est absurde.

Elle soupira.

— Je le fais pour Nick, dans un premier temps. Parce qu'il est mon ami et qu'il existe un lien très fort entre nous. Mais je le fais aussi pour moi. Parce que je tiens à clore ce chapitre de ma vie par une expérience heureuse, au lieu de rester sur les souvenirs négatifs liés à la mort de mon père. En parlant avec Nick, je me suis rendu compte que c'était vital pour moi. A présent que je suis parvenue à cette décision, je veux aller jusqu'au bout, Seth. Sinon, je le regretterai ma vie durant.

Dans le silence qui suivit, on entendit craquer une bûche. Une pluie d'étincelles rougeoyantes s'éleva dans la cheminée et retomba en cendres éparses.

— Donc tu partiras quoi qu'il arrive ? Sans te soucier de ce que j'éprouve ?

Lindsay prit une profonde inspiration.

— Oui, j'irai Seth. Et j'attends deux choses de toi : que tu me fasses confiance, pour commencer. Et que tu me confies ta nièce lorsque je ferai le voyage.

Le visage de Seth se ferma.

— Ruth ? Jamais. Il y a des limites à ce que tu peux exiger de moi.

Elle réprima un soupir.

— Je ne te le demande pas par caprice, Seth. Ruth vient de se voir offrir une opportunité unique. Nick l'a vue danser, il l'a testée et il est d'accord pour la prendre comme élève. Dès cet été, elle pourrait être admise dans le corps de ballet. Ça te donne une idée du caractère exceptionnel de son talent, non ? Alors, je t'en supplie, ne lui barre pas la route.

Les yeux verts de Seth étincelèrent de fureur.

— Quelle idée te fais-tu de moi en tant que tuteur, au juste ? Tu m'as décrit toi-même la vie qui serait la sienne à New York. Je sais tout des contraintes, de la souffrance physique, du rythme de travail inhumain qui sera exigé d'elle. Ruth est encore une enfant. Elle…

Ce fut au tour de Lindsay de secouer la tête avec impatience.

— Une *enfant* ? Mais ouvre les yeux, Seth. A dix-sept ans, c'est quasiment une adulte. Ses choix de vie lui appartiennent !

— Elle n'est pas majeure.

Lindsay prit une profonde inspiration pour tenter de contrôler son exaspération.

— Pas aujourd'hui, non. Mais elle le sera dans quelques mois. Et sa décision, elle la prendra contre ton gré. Ce qui vous rendra malheureux l'un et l'autre. Et le pire, c'est qu'il pourrait être trop tard. Le temps file vite pour les danseurs, Seth.

A sa grande stupéfaction, il haussa le ton.

— De quel droit te crois-tu autorisée à parler au nom de Ruth ? Ce n'est pas parce que tu lui enseignes la danse que tu peux disposer d'elle à ton gré ! Il a fallu presque un an pour que cette enfant retrouve enfin une certaine joie de vivre. Elle va passer son bac ici bien tranquillement. Point à la ligne.

— Rien ne l'empêche de terminer sa scolarité à New York et tu le sais.

— Ecoute, Lindsay, si tu as envie de mener cette vie de forçat, fais-le, puisque visiblement, rien ne peut t'arrêter. Mais je ne te laisserai sûrement pas réussir ta carrière par procuration, à travers ma nièce.

— *Quoi ?*

Lindsay sentit le sang se retirer de ses joues. Elle darda sur lui un regard incrédule.

— C'est l'opinion que tu as de moi ? demanda-t-elle dans un souffle.

— Je ne sais plus quelle opinion avoir de toi. Je ne te comprends pas. J'aurais voulu te garder ici ; mais mon amour ne te suffit pas, de toute évidence. Ma seule certitude, en revanche, c'est que je ne te laisserai pas reproduire avec Ruth ce que ta mère a fait avec toi. Je refuse que tu te serves d'elle pour assouvir tes propres ambitions. Si c'est la célébrité que tu veux, il faudra que tu l'obtiennes par toi-même et pour toi-même. En laissant ma nièce en dehors du coup. C'est clair ?

— Lâche-moi, s'il te plaît.

Lindsay tremblait de la tête aux pieds, mais sa voix était parfaitement calme, froide et contrôlée.

Lorsque Seth détacha les mains de ses épaules, elle le regarda droit dans les yeux.

— Sache au moins ceci, Seth : tout ce que tu as entendu

de ma bouche aujourd'hui était parfaitement sincère. Maintenant, peux-tu sonner Worth pour qu'il m'apporte mon manteau, s'il te plaît ? Je doute que nous ayons encore quoi que ce soit à nous dire, toi et moi.

Chapitre 14

Après trois ans d'enseignement, retrouver le statut d'élève n'allait pas de soi. La plupart des compagnes de classe de Lindsay étaient encore des jeunes filles — certaines d'entre elles de l'âge de Ruth. Toutes les « anciennes » de son âge étaient déjà entrées dans le circuit professionnel et poursuivaient leur carrière. Si bien qu'à vingt-cinq ans, elle faisait figure d'ancêtre.

Mais Lindsay serrait les dents et s'astreignait à travailler sans relâche. Entre les cours et les répétitions, elle n'avait pratiquement pas une minute de libre. Si bien que le soir, lorsqu'elle regagnait le petit appartement qu'elle partageait avec deux autres danseuses, elle s'effondrait dans son lit, brisée de fatigue, et dormait d'un sommeil presque comateux.

Un mois s'écoula ainsi. Son corps se familiarisait de nouveau avec les crampes et les courbatures. Quant au rythme de ses journées, il restait tel qu'elle l'avait toujours connu à New York : infernal.

Ce jour-là, une tempête de neige faisait rage au-dessus de la ville, mais personne dans le studio ne s'inquiétait du ciel noir ni du vent qui cognait aux vitres. Ils répétaient un enchaînement du premier acte de l'*Ariel* de Davidov. La musique évoquait un univers mythologique, à la fois mystérieux et poétique. C'était dans la forêt profonde, que se déroulait la première rencontre entre Ariel et le prince. Le pas de deux était difficile, et d'autant plus exigeant pour Lindsay qu'il alternait les soubresauts et les jetés.

Le rôle demandait à être dansé avec un mélange de tonicité, de grâce et de légèreté qui exigeait une immense énergie. Vers la fin de la scène, elle devait bondir pour échapper aux bras de Nikolai et retomber néanmoins face à lui, en une attitude où se mêlaient la séduction et le défi.

Ils avaient déjà travaillé l'enchaînement à plusieurs reprises. Mais Lindsay fit une mauvaise réception au sol et dut poser les pieds à plat pour ne pas perdre l'équilibre. Nick jura avec sa virulence habituelle.

— Ah, zut ! Désolée, murmura-t-elle, hors d'haleine.

— Des excuses, des excuses… Je ne danse pas avec une excuse, Dunne !

Le pianiste, par automatisme, revint au début du morceau. Mais les danseurs restèrent figés sur place. Tous les regards se fixèrent sur Lindsay, exprimant des degrés variés de compassion. Davidov, c'était clair, était sur le point de piquer une de ces colères homériques dont il avait le secret.

Lindsay soupira misérablement. Elle avait les orteils martyrisés par une journée de travail de douze heures, elle était morte de fatigue et seul un mince filet d'énergie nerveuse la tenait encore debout.

— C'est à peine si mes pieds touchent le sol, pendant toute cette troisième scène, rétorqua-t-elle en acceptant la serviette que lui tendait une main charitable. La nature ne m'a pas pourvu d'une paire d'ailes, Nick.

— Ça, c'est clair, oui.

Au grand étonnement de Lindsay, l'attitude sarcastique de Nick lui fit l'effet d'une gifle. D'habitude, ses réflexions désagréables la mettaient dans une colère noire et elle n'hésitait pas à crier encore plus fort que lui. Mais aujourd'hui, elle éprouvait le besoin de se justifier.

— L'enchaînement est difficile, commenta-t-elle en repoussant une mèche de cheveux qui s'était échappée de son chignon.

— Difficile ! rugit Nick en levant les yeux au ciel. Evidemment, c'est difficile ! Pourquoi crois-tu que je t'ai amenée ici ? Pour que tu fasses deux pas chassés, une révérence, une pirouette et puis s'en va ?

Sous l'effet de la transpiration, la crinière de lion de Davidov bouclait plus que jamais. Il avait les bras croisés sur la poitrine et ses yeux bleus lançaient des éclairs.

— Tu ne m'as pas amenée ici, protesta-t-elle d'une voix tremblante. Je suis venue de mon plein gré.

— Tu es venue, oui. Pour danser comme un chauffeur de poids lourd !

Le sanglot monta si vite que Lindsay ne put rien faire pour le réprimer. Horrifiée, elle porta la main à sa bouche. Pendant une fraction de seconde, elle vit l'expression sidérée de Nick. Puis elle pivota sur ses talons et sortit en courant du studio.

Laissant la porte du vestiaire claquer derrière elle, Lindsay se recroquevilla sur un banc et pleura comme si elle allait en mourir. Elle n'avait plus l'énergie nécessaire pour garder la tête haute. Le travail de sape de la souffrance l'avait vidée de ses forces et elle était au bout du rouleau.

Lorsqu'elle sentit une présence amicale derrière elle, Lindsay se réfugia d'instinct dans le havre offert. Elle avait besoin d'une épaule secourable, d'un réconfort.

Nikolai la berça et lui caressa les cheveux jusqu'à ce que ses sanglots s'apaisent. Sa *ptichka* s'était blottie dans ses bras comme une enfant. Il la serra fort contre lui en lui murmurant des mots de consolation en russe.

— Ma petite colombe. J'ai été cruel avec toi.

— Tu as été affreux, oui.

Lindsay se redressa tant bien que mal et s'essuya les yeux avec la serviette qu'elle avait drapée autour de ses épaules. Elle se sentait vidée de tout, même de sa souffrance.

Nick lui souleva le menton.

— Mais jusqu'à présent, tu me répondais sur le même mode. Nous étions aussi volcaniques l'un que l'autre, non ? On criait un bon coup, puis on dansait ensemble comme des dieux.

A leur grand désarroi mutuel, Lindsay réagit par un nouvel afflux de larmes.

— Je suis désolée, chuchota-t-elle. Je déteste les gens qui pleurent pour un oui ou pour un non. Je ne sais pas ce qui m'arrive. Parfois j'ai l'impression que tout est comme avant et que rien n'a changé. Puis, je regarde une fille comme Allyson Gray et je me dis que nous ne sommes plus de la même génération. Elle ne doit pas avoir plus de douze ans, si ?

Allyson Gray était la jeune danseuse qui devait reprendre le rôle d'Ariel après la première.

— Allyson a fêté son vingtième anniversaire le mois dernier, précisa Nick en lui caressant les cheveux.

— Quand je suis avec elle, j'ai le sentiment d'être une digne quadragénaire. Et les cours me paraissent plus longs qu'avant.

— Tu fais un travail magnifique et tu le sais.

— Tu dis ça maintenant et demain, tu m'accuseras encore de danser comme une vache, marmonna-t-elle.

Nikolai sourit et lui embrassa le front.

— Comme une frêle petite génisse, alors. Tu as perdu tes cinq kilos.

Avec un profond soupir, Lindsay s'essuya de nouveau les yeux.

— Cinq kilos et demi, même. Mon emploi du temps est tellement serré que je saute en moyenne deux repas sur trois. Je me demande même si je ne vais pas finir par disparaître à force de fondre.

Regardant soudain autour d'elle, Lindsay ouvrit de grands yeux.

— Nick ! se récria-t-elle. Tu n'as pas le droit d'entrer ici. C'est le vestiaire des filles !

— Le grand Davidov va où il veut, rétorqua-t-il d'un ton si impérial qu'il eut le plaisir de la voir éclater de rire.

— Sérieux : je suis désolée, Nick. C'est la première fois que je m'effondre pendant une répétition.

Il lui saisit les épaules.

— Je sais. Et ce n'est pas à cause de ta perte de poids,

de ton âge ou de la longueur des cours. Mais parce que ton architecte te manque.

Son premier réflexe fut de nier mais Nick se contenta de hausser un sourcil ironique et d'attendre une vraie réponse.

— Oui, il me manque, finit-elle par admettre d'une voix lasse en détournant le regard.

— Et si tu me racontais, un peu ?

Avec un soupir de détente, elle ferma les yeux et cala de nouveau sa tête contre l'épaule amie.

— J'ai revu Seth juste avant mon départ pour New York. Et il m'a avoué qu'il m'aimait, Nick ! J'étais folle de joie. J'avais le sentiment qu'il ne pouvait plus rien nous arriver de négatif. Mais ce qui est terrible, c'est que l'amour ne suffit pas. S'il ne s'accompagne ni de compréhension ni de confiance, il ne résout rien. Et nous laisse plus seuls et démunis que jamais.

Le cœur serré, elle revit son ultime entrevue avec Seth.

— Il ne supportait pas l'idée que je retourne une dernière fois à New York pour danser avec toi. Il avait trop peur de me perdre. Je lui ai dit et répété que c'était juste pour une représentation et que je ne me laisserais pas happer par mon ancien univers. Mais il était terriblement sceptique. Il a insisté pour que je revienne sur ma décision.

Nick fronça les sourcils.

— Il a réagi en égoïste, *ptichka*.

Lindsay sourit à part soi, en songeant que Nikolai avait exigé tout aussi égoïstement de son côté qu'elle revienne à New York pour lui. A croire qu'elle était prise en étau entre deux grands égocentriques.

— Je pense que j'aurais fini par le convaincre qu'il n'avait rien à craindre. Mais je n'étais pas seule en cause.

Déconcerté, Nikolai fronça les sourcils.

— Qui d'autre ?

— Ruth. Seth refuse d'admettre qu'elle est arrivée à un âge où elle doit tout miser sur la danse si elle choisit d'y faire carrière. Il pense qu'elle a encore du temps devant elle et qu'elle est trop jeune, trop fragile pour subir les contraintes d'une vie aussi exigeante que celle que nous menons tous ici.

Elle fut interrompue dans ses explications par un juron russe qui la fit sourire.

— Je savais que tu penserais comme moi, Nikolai. Mais pour quelqu'un d'extérieur à notre univers, ça n'est pas forcément évident.

— Il n'y a pas trente-six façons de voir les choses, en l'occurrence.

— Pour le grand Davidov, il n'y a qu'une vérité et c'est la sienne, le taquina-t-elle avec l'ombre d'un sourire. Mais je peux me mettre à la place de Seth et comprendre qu'il veuille protéger sa nièce. Même si je sais que la place de Ruth est ici. Le problème, c'est que Seth me soupçonne de… de…

Elle se mordit la lèvre et tomba dans le silence.

— Il te *soupçonne* ? Toi ? Grands dieux mais de quoi ?

— Seth croit que je veux me servir de Ruth pour prolonger ma propre carrière à travers elle, admit-elle dans un souffle. Il pense qu'à cause de mes antécédents, je reproduis avec elle le comportement que j'ai moi-même subi de la part de ma mère.

Davidov laissa passer un long moment de silence. Puis il secoua la tête.

— Il faut que cet homme ait été profondément blessé par la vie pour se fabriquer un scénario aussi tordu.

— Je ne sais pas… Je ne l'ai plus jamais revu depuis cet épisode. Nous nous sommes quittés sur une blessure mutuelle, pour le coup.

Nick lui prit gentiment le menton dans la paume.

— Tu retourneras à Cliffside au printemps. Et vous vous retrouverez, puisque vous vous aimez.

— Je ne sais pas, Nick… Ce ne serait peut-être pas très avisé de prendre le risque de nous faire souffrir encore.

Davidov haussa les épaules.

— L'amour fait mal. La danse fait mal. La *vie* fait mal. Mais ce n'est pas une raison pour vivre planqué, *ptichka*. Allez, va te passer le visage sous l'eau. Il est temps de reprendre la danse.

Debout face au miroir, Lindsay vérifia sa posture. Elle était seule dans une des salles de cours, cinq étages au-dessus de Manhattan. Et il faisait nuit noire depuis des heures. Elle avait mis une musique calme. Juste une mélodie douce au piano. Lentement, elle leva la jambe gauche sur le côté, l'étira derrière elle et se dressa sur pointe. Elle maintint fermement sa position en veillant à ne pas laisser trembler ses muscles.

Une semaine s'était écoulée depuis qu'elle avait « craqué » en pleine répétition. Depuis, elle avait pris l'habitude de venir répéter une heure supplémentaire chaque soir, lorsque les autres danseurs étaient déjà rentrés chez eux.

Une heure pour travailler au calme, en se concentrant sur ses mouvements. Une heure pour penser à autre chose qu'à la douleur d'avoir perdu Seth.

Dans six semaines, elle se produirait en public pour la première fois après une longue parenthèse de trois ans. Et elle voulait que cette ultime représentation couronne dignement sa carrière.

Toujours face à la barre, elle descendit en grand plié, le plus lentement possible, pour faire travailler chacun de ses muscles. Lorsqu'elle se releva, un mouvement dans le miroir cassa sa concentration.

Elle ouvrait la bouche pour protester lorsqu'elle reconnut la mince silhouette engoncée dans une énorme parka.

— Ruth ? murmura-t-elle, incrédule.

Elle se retourna juste au moment où la jeune fille s'élançait pour lui sauter au cou. Enveloppée dans une étreinte vigoureuse, Lindsay se remémora leur première rencontre, quelques mois plus tôt, lorsque Ruth encore recroquevillée dans sa coquille, ne supportait même pas qu'on lui pose la main sur l'épaule ou qu'on lui effleure la joue.

Lindsay se dégagea pour mieux la regarder. Et sourit en découvrant le jeune visage animé, les yeux brillants d'enthousiasme.

— Tu as l'air en pleine forme, Ruth ! Je ne t'avais encore jamais vue aussi rayonnante.

— Je suis trop contente d'être là, Lindsay ! Cliffside sans vous, ça devenait sinistre. La nouvelle prof de danse ne vous arrive pas à la cheville. Et Monica passe tout son temps libre avec Andy.

Lindsay eut un sourire en songeant à son amie.

— Monica m'a écrit qu'ils ne se quittaient plus, en effet… Mais toi, que fais-tu à New York, tout à coup ? s'enquit-elle, médusée, en prenant les mains glacées de la jeune fille dans les siennes. Et Seth ? Seth est ici avec toi ?

Avec un mélange d'espoir et d'anxiété, elle tourna les yeux vers la porte. Mais Ruth secoua la tête.

— Non, il est resté à la maison. Il ne peut pas s'absenter en ce moment.

Lindsay se força à sourire.

— Ah oui, bien sûr, je comprends. Tu es venue comment, alors ?

— En train. Pour poursuivre mes études de danse classique.

Lindsay douta d'avoir bien entendu.

— Tes études ? Ici ? Oh Ruth… Ne me dis pas que tu as fugué, au moins ?

La jeune fille pouffa de rire.

— Mais non, pas du tout ! Mon oncle et moi avons eu une longue discussion, il y a quelques semaines. Juste après votre départ pour New York, en fait.

S'essuyant le front avec une serviette, Lindsay s'approcha du lecteur de CD pour baisser la musique.

— Une discussion ? répéta-t-elle mécaniquement.

— Oui, au sujet de ce que je veux faire de la vie, et tout ça… Des trucs sérieux, quoi… Oncle Seth n'était pas très chaud pour que je quitte Cliffside si jeune. Mais je crois que vous le saviez déjà.

— Je m'en doutais un peu, oui, acquiesça Lindsay en songeant que c'était l'euphémisme du siècle.

— Oncle Seth a toujours été super avec moi. Après l'accident de mes parents, j'étais un vrai zombie. Tout m'agressait, en fait. Je ne savais plus quoi faire de ma peau et j'en voulais au monde entier d'être encore en vie. Mon oncle a tout laissé tomber pour m'aider à passer le cap. C'est à cause de moi qu'il a transféré son cabinet d'archi dans le Connecticut. C'était drôlement généreux de sa part, non ? Au début, je détestais Cliffside, c'est vrai. Mais je crois que j'aurais été mal partout, de toute façon. Et puis, vous étiez là…

Ruth ôta sa parka et son blouson en velours et les jeta sur le dos d'une chaise.

— C'est grâce à mon oncle et à vous que j'ai réussi à refaire surface. Vous êtes les deux personnes que j'aime le plus au monde.

Incapable de prononcer un mot, Lindsay hocha la tête. Elle songea à Seth et, de nouveau, sa blessure d'amour s'ouvrit, béante et douloureuse.

— Ça a été très dur pour mon oncle d'accepter de me laisser partir, poursuivit Ruth. Mais il a respecté mon choix. Et je trouve que c'est génial de sa part. Surtout qu'il s'est chargé de toutes les démarches administratives : le changement de lycée, les inscriptions et tout le bazar. Et puis il a trouvé à m'héberger chez des amis à lui. Ils ont un super appart dans l'East Side. Et ils ont même été d'accord pour que j'amène Nijinski.

Se dirigeant vers la barre, Ruth commença machinalement à s'échauffer les muscles.

— Tout est super ici ! commenta-t-elle, radieuse en souriant à Lindsay dans le miroir. Et M. Davidov m'a promis qu'il me donnerait des cours particuliers le soir, lorsqu'il aurait le temps.

— Tu as déjà parlé avec Nick ? s'étonna Lindsay en regardant la jeune fille évoluer gracieusement à la barre.

— Il y a environ une heure. Il m'a dit que je vous trouverais ici. J'ai hâte de voir le nouveau ballet ! Il paraît que je pourrais même assister aux répétitions si j'en ai envie.

Lindsay lui effleura les cheveux en souriant puis s'assit pour retirer ses pointes.

— Et j'imagine que ce n'est pas l'envie qui te manque ?

Ruth traversa la pièce en diagonale en décrivant une série de pirouettes.

— Quand je pense que vous allez danser le rôle principal dans le premier ballet de Davidov ! C'est trop génial ! Dites-moi que vous allez rester à New York ici, avec moi !

Le cœur serré par la tristesse, Lindsay secoua la tête.

— Non, ma vie est à Cliffside, désormais. Je suis juste venue pour rendre un service à un ami. Et pour faire mes adieux à la scène. En beauté, je l'espère.

Lindsay fit la grimace en posant son pied nu sur le sol. Ruth se mordit la lèvre.

— Vous avez mal ?

— Affreux.

La jeune fille tomba à genoux pour lui masser les orteils. Avec un profond soupir, Lindsay ferma les yeux et renversa la tête en arrière.

— Normalement, oncle Seth devrait venir passer

quelques jours ici avec moi au printemps. Il n'est pas très joyeux, en ce moment.

— Tu dois lui manquer.

— Je crois qu'il n'y a pas que moi qui lui manque.

L'annonce fit à Lindsay l'effet d'un électrochoc. Oubliant ses pieds torturés, elle souleva les paupières. Et trouva le regard solennel de Ruth rivé sur elle.

— Il t'a dit quelque chose pour moi ? Tu as un message ? s'enquit-elle dans un souffle.

La jeune fille secoua tristement la tête. Lindsay referma les yeux. Et ses pieds recommencèrent à la faire souffrir de plus belle.

Chapitre 15

Lindsay découvrit que ces trois années d'absence ne l'avaient pas guérie du trac qui la frappait avant chaque entrée en scène. Elle était d'autant plus sur les nerfs que les deux semaines écoulées ne lui avaient pas laissé une seconde de répit. Sollicitée presque jour et nuit par les journalistes, elle avait multiplié les interviews et les séances de pose pour les médias. Les retrouvailles annoncées entre Dunne et Davidov avaient fait grand bruit dans le monde du spectacle. Et comme elle souhaitait donner toute la publicité possible au nouveau ballet de Nick, elle avait joué le jeu à fond.

L'intégralité des recettes que rapporterait la représentation devait être versée à un fonds de soutien qui proposait des bourses à de jeunes danseurs. Pour encourager les dons, Lindsay s'était improvisée ambassadrice de la cause. Elle tenait à ce que cette première télévisée soit un succès absolu.

Une heure à peine avant le début du spectacle, sa mère l'avait appelée de Californie. Lorsqu'elle lui avait fait part de son projet, Mae s'était déclarée ravie, bien sûr, et lui avait prodigué tous les encouragements possibles.

Mais pour le plus grand plaisir de Lindsay, elle n'avait exercé aucune pression pour qu'elle poursuive sa carrière à New York.

Mae était tellement accaparée par sa nouvelle existence qu'elle n'avait même pas trouvé le temps de s'éclipser de sa boutique de fleuriste pour venir voir danser sa fille. Loin de s'en offusquer, Lindsay y avait vu un très bon signe. A cinquante-cinq ans, Mae Dunne semblait enfin avoir réussi à laisser derrière elle ses rêves déçus de petite fille.

Sa mère lui avait assuré que son cœur et ses pensées seraient avec elle. Et que, naturellement, elle regarderait sa fille danser sur le petit écran. Puis elle avait raccroché en hâte parce qu'une cliente venait d'entrer dans la boutique.

Peu après le coup de fil de Mae, Ruth était venue lui rendre visite dans sa loge. Fascinée par la vie en coulisses, la jeune fille s'était découvert une vocation d'accessoiriste et se démenait pour se rendre utile à qui voulait bien faire appel à ses services. Dans un an, songea Lindsay en la voyant aller et venir, elle serait trop occupée par son propre passage en scène pour s'intéresser aux costumes des autres.

Lindsay prit un marteau et une paire de chaussons neufs et entreprit de les assouplir elle-même avant de coudre les rubans. Ses costumes étaient suspendus sur un portant, soigneusement classé dans l'ordre de ses passages.

Le chaos habituel régnait dans les coulisses. Lindsay se coiffa et se maquilla, consciente que les caméras de la télévision enregistraient d'ores et déjà tous ses gestes. Elle avait obtenu malgré tout de faire ses échauffements en privé. Il lui fallait quelques moments de solitude loin des regards extérieurs pour se préparer mentalement avant son entrée en scène.

Une fois prête, elle se dirigea vers la gauche du rideau, en sachant que Nick, au même moment, s'acheminait vers le côté opposé. Le ballet avait commencé par la danse d'ouverture, avec le groupe des nymphes et des faunes de la forêt.

Ruth vint se placer à côté d'elle et lui caressa doucement la main, comme pour lui insuffler du courage. Lindsay commença à compter les secondes et se concentra sur la musique tout en se forçant à faire de grandes respirations abdominales. La boule dans son estomac menaçait de se transformer en nausée. Sa peau se couvrait d'une sueur froide ; une onde de terreur la parcourut.

Et elle s'élança sur scène.

Il y eut un tonnerre d'applaudissements. Mais Lindsay n'entendait plus que la musique qui guidait ses pas. Sa première apparition fut brève mais bondissante. Et elle était en nage lorsqu'elle revint dans les coulisses pour regarder Nick se lancer à son tour. Au bout de quelques secondes à peine, le public parut galvanisé.

Lindsay serra fort la main de Ruth dans la sienne.

— C'est gagné, chuchota-t-elle. Ça va marcher, je le sens !

Très enlevé, le ballet se poursuivit au rythme des rencontres entre Ariel et le prince. Dans la scène finale, la musique ralentit et la lumière devint vaporeuse. Lindsay portait une robe souple qui flottait comme une corolle d'argent autour d'elle. Ariel était désormais acculée à prendre une décision. Pour épouser le prince, il lui faudrait devenir mortelle et renoncer au monde mythique qui avait toujours été le sien.

La dryade en robe blanche dansa seule dans la forêt inondée de lune, en songeant au prix à payer pour obtenir l'amour. Ariel avait toujours mené une vie simple et légère dans un univers sylvestre, au bord d'une rivière à l'onde pure.

Pourquoi l'amour impliquait-il un renoncement aussi terrible ? Comment pourrait-elle laisser derrière elle ses compagnes et amis de la forêt ?

Ecartelée par des élans et des désirs irréconciliables, Ariel finit par tomber en larmes dans l'herbe verte d'une clairière. Alors qu'elle s'abandonnait au désespoir, le prince arriva dans la forêt et s'agenouilla auprès d'elle.

Dans le grand pas de deux, le prince dansait son amour pour elle. Mais Ariel restait torturée par la peur. Renoncer à l'immortalité, c'était accepter le vieillissement, la maladie et la mort.

Mais chaque fois, qu'ivre de sa liberté retrouvée, elle partait en bondissant dans la forêt, la force de l'amour la tirait de nouveau en arrière.

Les premières lueurs de l'aube apparurent. Le thème joué par l'orchestre se fit plaintif et tendre. Il ne restait plus que quelques minutes à la fille de la Forêt et du Vent pour prendre sa décision.

Le prince lui tendit les bras, mais elle se détourna — hésitante et plus terrifiée que jamais. Le cœur brisé par la douleur, le prince s'éloigna entre les arbres. Mais au dernier moment, elle le rappela. Les premiers rayons de soleil perçaient sous les frondaisons épaisses lorsque

Ariel courut vers son amour. Le prince la souleva dans ses bras et elle lui offrit son cœur de mortelle pour la vie.

Même une fois le rideau retombé, Nick ne la relâcha pas tout de suite.

— Merci, murmura-t-il en l'embrassant tendrement, comme en adieu.

— Nick, chuchota-t-elle, le regard lumineux.

Mais il la reposa sur ses pieds avant qu'elle ait pu lui donner son sentiment.

— Ecoute-les, *ptichka*, lança-t-il, radieux, en désignant le public invisible qui applaudissait à tout rompre dans la salle. Nous ne pouvons pas les faire attendre plus longtemps.

La loge de Lindsay était pleine à craquer de bouquets, d'admirateurs et d'amis. La tête bourdonnante, elle reposa le verre de champagne qu'on lui avait placé d'autorité entre les mains. Même sans avoir bu une seule goutte d'alcool, elle flottait dans un état proche de l'ivresse. Toujours vêtue de son costume d'Ariel, elle souriait, répondait aux questions.

Et se sentait totalement ailleurs.

Elle avait papoté avec un acteur de cinéma de stature internationale et avec un haut dignitaire britannique. Mais elle ne se souvenait que vaguement des propos échangés, comme s'ils avaient été adressés à quelqu'un d'autre.

Lorsqu'elle repéra Ruth dans la foule, elle lui fit signe de venir la rejoindre.

— Reste avec moi, tu veux bien ? Je ne suis pas dans un état normal ; j'ai besoin de toi.

Ruth lui jeta les bras autour du cou.

— Oh, Lindsay, vous avez été merveilleuse. Je n'avais encore jamais rien vu d'aussi beau.

Riant doucement, Lindsay la serra contre elle à son tour.

— Ramène-moi sur terre, Ruth. J'ai encore un pied dans la forêt enchantée, avec les faunes et les nymphes des bois.

Elle fut interrompue par l'assistant du directeur qui arrivait avec de nouveaux bouquets, une énième bouteille de champagne.

Plus d'une heure s'écoula avant que la foule dans sa loge ne commence à s'éclaircir. Ce fut Nick, providentiel comme toujours, qui réussit à mettre tout le monde dehors, en rappelant que tous étaient attendus à la réception donnée dans un restaurant proche.

— Allez, allez, il faut laisser *ptichka* tranquille, si vous voulez qu'elle puisse se changer pour faire la fête. Et pensez à nous garder du champagne et du caviar, à condition qu'il soit russe, bien sûr.

Cinq minutes plus tard, elle était seule avec Ruth et lui dans la loge débordante de fleurs. Nick pinça gentiment la joue de la jeune fille.

— Alors ? Qu'as-tu pensé de ton prof ?

Ruth sourit à Lindsay.

— Elle a été extraordinaire.

— Allons, allons… Je ne te parlais pas d'elle, mais de moi ! rectifia Nick d'un air profondément blessé, en rejetant sa crinière de lion en arrière.

— Toi ? Tu n'as pas été trop mauvais pour une fois, commenta Lindsay.

— *Pas trop mauvais* ? Mmm… Tu peux nous laisser seuls deux secondes, Ruth, s'il te plaît ? J'ai deux mots à dire à notre vedette du jour.

Lindsay rattrapa Ruth juste avant qu'elle ne quitte la pièce.

— Tiens, dit-elle en lui tendant une des roses rouges qu'on avait jetées à ses pieds juste après la représentation. Pour une future Ariel.

Visiblement bouleversée, Ruth prit la rose en silence et lui jeta les bras autour du cou en la serrant contre elle de toutes ses forces.

Dès que la jeune fille fut sortie, Nick prit la main de Lindsay et la porta à ses lèvres.

— Tu as le cœur généreux, ma *ptichka*. Il se peut qu'un jour, ta jeune protégée reprenne le rôle. Mais jamais je ne danserai avec une Ariel aussi parfaite que toi.

Lindsay pressa en riant son front contre le sien.

— Tu me fais du charme, Nick ? Tu ne crois pas que j'ai déjà reçu assez de fleurs et de compliments pour une soirée ?

— Sache que tu resteras à jamais — pour moi comme pour ton public — une danseuse mythique. Tu accepterais de me rendre un ultime petit service ?

Elle sourit avec bonne humeur en se renversant contre son dossier.

— Je ne peux rien te refuser après une soirée comme celle-ci.

— Il y a une dernière personne que j'aimerais que tu reçoives ce soir.

Lindsay leva les yeux au ciel en riant.

— *Encore* un journaliste ? Bon, je veux bien m'entretenir encore une fois avec un de tes fichus reporters, mais à une seule condition : tu me dispenses de la réception. Je suis morte.

— Pas de souci, pour la réception. Ils pourront déjà s'estimer heureux de m'avoir moi, rétorqua Nick avec sa modestie habituelle.

Vaincue par la fatigue, Lindsay ferma les yeux dès qu'il eut quitté la loge et attendit ainsi, les cheveux défaits, sa robe blanche tombant en plis souples autour d'elle.

Un frisson la parcourut lorsqu'elle sentit soudain une nouvelle présence dans la pièce. Sa gorge se serra et elle sut qui se tenait devant elle avant même de soulever les paupières.

Lindsay se leva lentement lorsque Seth referma la porte de la loge derrière lui. De nouveau, elle était alerte, présente au monde, comme si elle se réveillait enfin d'un interminable demi-sommeil. Humant l'odeur des fleurs, elle fut frappée par les parfums, la beauté, les couleurs.

Seth avait maigri, nota-t-elle. Mais son regard restait le même : grave, contenu, réservé. Quant à son amour pour lui, il n'avait pas diminué d'un iota.

— Bonsoir, Seth.

Elle le trouvait extraordinairement séduisant en tenue de soirée. Mais elle se souvenait de l'avoir trouvé merveilleux également en jean, avec une vieille chemise de bûcheron. Il existait plusieurs Seth Bannion, en fait. Et le problème, c'est qu'elle les aimait tous, sans exception.

— Tu as été absolument sublime ce soir, observa-t-il

en s'approchant. Mais j'imagine que tu dois en avoir assez qu'on te le dise.

— Bizarrement, on ne se lasse pas d'entendre ce genre de chose. Et lorsque le compliment vient de toi, il a d'autant plus de prix.

Un élan puissant la poussait à se porter à sa rencontre. Mais la souffrance restait trop profondément inscrite. Même si Seth n'était qu'à deux pas, un gouffre les séparait encore.

— J'ignorais que tu devais venir ce soir, commenta-t-elle en s'efforçant de prendre un ton léger.

— J'ai demandé à Ruth de ne pas t'en parler. Et il ne m'a pas paru judicieux non plus de venir te saluer avant la représentation. J'ai imaginé que cela risquait de te perturber. Et je ne me suis pas reconnu le droit de t'infliger cela en plus du reste.

Elle hocha la tête.

— Tu as envoyé Ruth ici. J'en suis très heureuse.

— Je me trompais sur la vraie nature de ses besoins.

Il souleva une rose abandonnée sur une table et l'examina distraitement.

— Tu avais raison. Sa place est ici. J'avais tort sur pas mal de plans, en fait.

Lindsay croisa les mains. Les décroisa.

— J'ai eu mes torts aussi. Celui de vouloir précipiter son départ, pour commencer. Ruth avait effectivement besoin de calme et de stabilité lorsqu'elle est arrivée en septembre. Ces mois qu'elle a passés à Cliffside avec toi l'ont aidée à reprendre pied. Elle est heureuse, maintenant.

Levant les yeux de la rose qu'il tenait toujours à la main, il chercha son regard.

— Et toi, Lindsay ? Tu l'es aussi ?

Incapable de répondre, elle détourna la tête. Sur une coiffeuse, elle trouva son verre inentamé et une bouteille encore à moitié pleine.

— Je t'offre un verre de champagne, Seth ?

— Volontiers, oui.

Gagnée par une soudaine nervosité, elle regarda autour d'elle.

— C'est idiot, mais je ne trouve pas de verre propre, murmura-t-elle.

— Je boirai dans le tien.

D'une pression légère, il la fit pivoter vers lui. Posant les doigts sur les siens il amena la flûte à ses lèvres et but une gorgée.

— Sans toi, rien n'a plus de saveur, admit-elle d'une voix étranglée. Rien.

Un éclair traversa le regard vert de Seth et ses doigts se crispèrent sur les siens.

— Ne me pardonne pas trop vite, Lindsay. J'ai eu des paroles effroyables.

Brisant le contact, il posa le verre sur une table. Les yeux de Lindsay se remplirent de larmes.

— Ce que tu as dit n'a plus d'importance.

— Ça en a pour moi. J'avais tellement peur de te perdre que je t'ai chassée de ma vie.

— Je ne suis jamais sortie de ta vie, Seth. Pas un instant.

Il se détourna juste au moment où elle allait lui ouvrir les bras.

— Tu ne le réalises sans doute pas, mais c'est terrifiant d'aimer quelqu'un comme toi, Lindsay. Tu es si libre et généreuse que tu me parais parfois aussi insaisissable que l'Ariel bondissante que tu incarnais tout à l'heure sur scène.

— Seth...

Lorsqu'il lui offrit son regard, elle ne vit plus en lui ni maîtrise ni réserve.

— J'avais déjà désiré des femmes, Lindsay. Mais jamais je n'avais ressenti cette dépendance absolue, ce besoin de l'autre qui confine à l'obsession. Et plus tu me devenais indispensable, plus je te sentais m'échapper.

— Je ne m'échappais pas, Seth.

Avant qu'il puisse prononcer un mot, elle se glissa d'autorité entre ses bras. Il se raidit, mais elle leva le visage vers lui, chercha avidement ses lèvres. Dès le premier effleurement, le baiser se fit impérieux, exigeant, passionné. Une onde de désir acheva de ramener Lindsay à la vie.

— Oh, Seth... J'ai vécu comme une morte vivante pendant trois mois. Jure-moi que tu ne me quitteras plus jamais.

— C'est toi qui es partie, murmura-t-il en la serrant contre lui, les lèvres enfouies dans ses cheveux.

— Je ne le ferai plus... Plus jamais.

Levant le visage vers lui, elle réitéra sa promesse par ses regards, ses murmures, ses baisers.

— Lindsay, écoute-moi. Ce serait criminel de ma part de te demander de renoncer à ta carrière. Après t'avoir vue danser ce soir, je...

Elle lui attrapa les poignets.

— Tu n'as pas besoin de me demander quoi que ce soit, Seth. Car ma décision est prise depuis longtemps et elle n'a pas changé. Ce n'est pas New York que je veux conquérir, c'est toi. Je veux une maison, un foyer, une famille.

Il demeura quelques instants silencieux et finit par secouer la tête.

— Cela paraît tellement difficile à croire. Tout le monde était unanime ce soir : tu es la plus grande. Tu as entendu les applaudissements, au moins ?

Elle sourit. Tout aurait pu être si simple entre eux depuis le début s'ils ne s'étaient pas obstinés mutuellement à plaquer sur l'autre des désirs imaginaires.

— Seth, je me suis épuisée trois mois durant. Pour cette unique représentation, j'ai travaillé comme je n'avais encore jamais travaillé de toute mon existence. Mais je suis fatiguée, maintenant. Tout ce que je veux, c'est rentrer à la maison. Epouse-moi. Partage ma vie. Aime-moi.

Il se détendit avec un profond soupir et appuya son front contre le sien.

— Tu sais que c'est la première fois qu'on me demande en mariage ?

— Tant mieux. J'inaugure la série.

Il faisait si bon se nicher dans les bras de cet homme.

— Tu l'inaugures et tu la boucles aussi, précisa-t-il entre deux baisers. Rentrons chez nous, Lindsay. Les Hauts de la Falaise n'en peuvent plus de t'attendre.

DÈS LE 29 OCTOBRE

L'éveil d'une passion - Nora Roberts

Quelles mystérieuses raisons ont poussé Lindsay Dunne, danseuse étoile adulée du public, à quitter New York pour venir vivre à Cliffside, une paisible bourgade du Connecticut ? Est-ce simplement afin d'y ouvrir une école de danse et transmettre son savoir à de jeunes ballerines ? Seth Bannion, architecte réputé récemment installé à Cliffside, ne croit guère à cette explication. Séduit par la jeune femme depuis le premier jour où il l'a croisée, fasciné par sa grâce et sa beauté, il est bien décidé à faire tomber les murailles qu'elle semble avoir érigées pour protéger les secrets de son cœur.

Aimer, danser passionnément... Un roman intense, bouleversant, signé par la référence incontournable de la littérature féminine.

Petits secrets et grand mariage - Louise Allen

Elinor se fiche bien que la saison batte son plein à Londres. Pendant que les autres filles dansent dans les salons en espérant y ferrer un mari, elle trouve son bonheur à la campagne et dans la peinture... Jusqu'à sa rencontre avec le séduisant lord Ravenhurst, qui se moque de ses airs revêches et l'attire par sa drôlerie et sa conversation. Sans compter que, grand amateur d'art comme elle, il est à la recherche d'un objet précieux qu'on lui a volé. Et ça, se lancer dans une folle aventure pleine de rebondissements avec un jeune gentleman juste un peu débauché et vraiment très séduisant, l'intrépide Elinor n'est pas sûre de pouvoir y résister !

Tasse à thé, mousseline, redingote et gossip. Tout l'esprit de la Régence anglaise hérité de Jane Austen.

Coup de foudre sous la neige -
Sarah Morgan et Kate Hoffmann

Evie n'avait pas prévu de mettre son patron sur sa liste au Père Noël : le prince charmant milliardaire qui embrasse la femme de chambre, il y a longtemps que ça ne se fait plus, si ? Mais quand un paparazzi les photographie ensemble et qu'Evie se retrouve au bras de son irrésistible patron à jouer la comédie des fiançailles sous le sapin, elle se met à rêver du plus beau des cadeaux : l'amour...

Une romance façon « Coup de foudre à Manhattan ».

Pendant ce temps, Julia, elle, a décidé que l'amour, Noël et autres illusions, on ne l'y prendrait plus. Mais Sam, son fils de huit ans, veut sa part de magie : il se lance, tout seul, à la recherche du Père Noël, et se cache dans un petit avion en partance pour le Grand Nord... Un coup de fil furieux prévient Julia : à l'autre bout de la ligne, le pilote — il vient de trouver Sam et somme Julia de venir immédiatement récupérer son fils...

Un très joli conte de Noël entre deux personnages que tout oppose.

Un prince charmant, s'il vous plaît ! - Jill Shalvis

Se lancer dans une véritable relation ? Trop risqué, merci ! **Cami** préfère accepter les blind-dates organisés par sa mère, déterminée à la caser..., et se consacrer à son job de décoratrice. Pour l'aider, elle vient d'embaucher un entrepreneur, Tanner James. Le hic, c'est que celui-ci la regarde avec un petit sourire en coin chaque fois qu'elle se pomponne pour ses rendez-vous arrangés... et qu'il a l'air habile de ses mains pour un tas d'autres choses que le bricolage...

« Les hommes, c'est terminé ! » lance **Dimi**, excédée par sa vie amoureuse... avant de se rendre compte de sa gaffe : elle est déjà à l'antenne et les milliers de téléspectateurs de sa célèbre émission de cuisine l'ont entendue. Y compris le nouveau directeur des programmes, Mitch Knight, qui a un tout autre avis sur la question : pour relancer l'audience, il exige au contraire que Dimi ajoute deux ingrédients à ses recettes – de l'humour... et une bonne pincée de sexe.

La comédie sentimentale contemporaine telle qu'on l'aime : tendre, mutine et sexy.

GRAND FORMAT - 9,50€ LE ROMAN

Dans la même collection
Par ordre alphabétique d'auteur

LOUISE ALLEN — *Petits secrets et grand mariage*

KATE HOFFMANN — *Noël en Alaska*
(dans le volume *Coup de foudre sous la neige*)

SARAH MORGAN — *Un Noël dans ses bras*
(dans le volume *Coup de foudre sous la neige*)

NORA ROBERTS — *L'éveil d'une passion*

JILL SHALVIS — *Un prince charmant, s'il vous plaît !*